우리가 정말 알아야 할 동양고전

삼국지 4

펴낸곳 / (주)현암사
펴낸이 / 조근태
지은이 / 나관중
옮긴이 / 정원기
그린이 / 왕굉희 외 60명

주간 · 기획 / 형난옥
교정 · 교열 / 김성재
편집 진행 / 김영화 · 최일규
표지 디자인 / ph413
본문 디자인 / 정해욱
제작 / 조은미

초판 발행 / 2008년 10월 25일
등록일 / 1951년 12월 24일 · 10-126

주소 / 서울시 마포구 아현 2동 627-5 · 우편번호 121-862
전화 / 365-5051 · 팩스 / 313-2729
홈페이지 / www.hyeonamsa.com
E-mail / editor@hyeonamsa.com

ISBN 978-89-323-1507-2 03820
ISBN 978-89-323-1515-7 (전10권)

정역삼국지
4

나관중 지음

정원기 옮김

왕굉희 외 60명 그림

ㅎ 현암사

천년 고전 『삼국지』를 옮기며

국내 번역 상황

천년이 넘는 조성 과정을 거쳐 14세기 후반에 완성된 『삼국지』는 6백 년이란 장구한 세월을 넘겼는데도 갈수록 독자들의 사랑을 더욱 끌어들이는 마력을 발휘하고 있다. 우리나라에는 조선 중기에 처음 소개된 이래로 필사본에서 구활자본에 이르기까지 현대어 번역 이전 판본이 이미 1백 종을 넘었다. 번역도 조선시대부터 완역과 부분 번역, 번안繙案(개작), 재창작 등 다양한 방식으로 진행되었으며 번역의 저본이 된 대상은 가정본·이탁오본·모종강본 등이었다. 그런데 현대어 번역이 시작되고부터는 모종강본 일색으로 통일되었다.

최근 인하대학교 한국학연구소에서 발표한 연구 결과에 의하면, 1920~2004년에 한국어로 출간된 완역본 『삼국지』가 모종강본毛宗崗本 계열의 중국본(즉 정역류正譯類)이 58종, 요시카와 에이지吉川英治 계열을 위주로 한 일본본(즉 번안된 일본판 중역류重譯類)이 59종, 국내 작가에 의한 독자적 재창작 및 평역(즉 번안류)이 27종으로 모두 144종이고, 거기다 축약본 86종까지 합치면 230종이나 된다고 한다. 뿐만 아니라 만화 극 장르(애니메이션·영화·드라마·대본·연극), 참고서 등으로 발전한 응용서까지 포함하면 무려 342종이 넘고, 그 가운데는 발행 부수가 수십 쇄를 넘기는 종류도 상당수 된다고 하니, 근·현대기 한국에서 간행된 그 어떤 소설도 경쟁을 불허한다고 하지 않을 수 없다.

그런데 여기서 한 가지 놀라운 사실은 이렇게 144종이 넘는 정역류, 번안류, 번안된 일본판 중역류 가운데 단 한 종도 중국문학 전공자가 체계적인 『삼국지』 학습을 통하여 성실하고 책임 있는 완역을 시도한 경우를 찾아볼 수 없다는 것이다.

지금까지 국내에 번역 출간된 기존 『삼국지』에 나타난 문제점을 살펴보면, 무엇보다 중대한 것은 '『삼국지』 자체에 대한 무지'이다. 요약하면 『삼국지』 판본에 대한 무지, 저본 선택에 대한 무지, 원작자에 대한 무지로 나눌 수 있다. 이러한 무지는 어느 누구의 『삼국지』를 막론하고 종합적인 것으로, 그야말로 국내 기존 번역은 '『삼국지』의 근본에 대한 무지'에서 출발했다고 해도 과언이 아니다.

그 다음으로 중요한 문제는 '번역상의 오류'이다. 대별하면 저질 저본의 선택에서 비롯한 2차 오류, 원문을 한글로 옮기는 과정에서 발생한 3차 오류로 나눌 수가 있다. 이러한 오류도 거의 전반적인 현상으로 번역서의 대부분을 차지한다.

셋째 문제는 역자 자신이 원본을 마주하고 진지한 번역 작업을 수행한 것이 아니라 초창기의 부실한 번역을 토대로 기술적 변형 및 교묘한 가필과 윤색을 가한 경우나 아예 번안된 일어판을 재번역한 역본이 많다는 사실이다. 그러면서도 저마다 이구동성으로 '시중에 나도는 판본에 오류가 많아 자신이 원전을 방증할 만한 여러 책을 참고해서 완역했다'는 식이다. 이 때문에 수십 년 동안 동일 오류가 개선될 줄 모르고 답습되어 온 상황이다.

이러한 현상은 저명 문학가의 번역일수록 두드러지는 경향이 있는데, 그 자체가 내포한 엄청난 양의 오역으로 말미암아 재중 동포 작가가 단행본을 출간하여 신랄하게 비판하는 국제적 망신까지 당하는 일도 벌어졌다.

그러면 이와 같은 현상은 왜 일어나는 것일까? 이런 현상이 우리 풍토에서 고질적으로 반복되는 이유를 중문학자인 홍상훈 선생은 "기존 『삼국지』 번역이 중국 고전 소설에 대해 문외한에 가까운 이들에 의해 주도되었을 뿐만 아니라 상업성 높은 필자를 내세운 사이비 번역본이 국내 출판 시장을 주도하고 있기 때문"이라고 지적했다. 그렇다면 이렇게 사이비 번역이 판치는 우리 풍토에서 『삼국지연의』의 실체를 올바로 소개해 줄 정역은 진정 나오기 어려운 것일까?

진정한 정역

이 책은 나관중羅貫中이 엮고 모종강毛宗崗이 개편한 작품을 선뻐권沈伯俊의 교리 과정을 거쳐 중국 고전문학을 전공한 역자가 책임 의식을 가지고 번역한 『삼국지』다. 국내 『삼국지』 전래 사상 최초로 가장 확실한 저본을 통한 정역이라고 할 수 있다. 앞에서 살펴본 바와 같이 지금까지는 문명文名이나 광고에 현혹된 『삼국지』 시대로, 과장·변형·왜곡되거나 어딘가 결함을 가진 『삼국지』가 독자를 오도해 왔다. 우리는 이제 중국의 실체를 있는 그대로 파악하기 위해서라도 '과장되거나 왜곡된 『삼국지』' 읽기에서 과감히 벗어나야 한다. 다행히 지금은 『삼국지연의』를 다시 연의한 작품에 대한 비평과 반성으로부터 시작된 정역 붐이 한창이다. 그러나 『삼국지』 정역이란 한문을 좀 안다고 되는 것이 아니며, 글재주만으로 되는 것도 아니다. 더욱이 명성이나 의욕만 앞세운다면 더욱 곤란하다. 널린 게 『삼국지』, 손에 잡히는 게 『삼국지』지만『삼국지』의 실체를 있는 그대로 보여 준『삼국지』는 없었다. 그야말로『삼국지』를 전공한 전문가가 없었기 때문이다. 그러면『삼국지』의 정체는 무엇인가?

나관중 원본의 변화 발전

전형적 세대 누적형 역사소설인『삼국지』는 크게 보아 세 차례의 집대성을 거친 작품이다. 첫 번째는 나관중 원본이다. 14세기 후반인 원말 명초元末明初에 나관중은 천 년이 넘는 세월을 거치며 다양한 형태의 민간 예술로 변화 발전해 오던『삼국지』이야기를 중국 최초의 완성된 장편 연의소설演義小說로 집대성하기에 이른다. 그런데 육필 원고로 된 이 나관중 원본은 종적이 사라지고 수많은 필사본으로 전해지며 변화 발전해 오다가 150년 정도의 세월이 흐른 명대明代 가정嘉靖 임오년壬午年(1522년)에 최초의 목각 인쇄본으로 출간되기에 이른다. 이것이 이른바 가정본嘉靖本(일명 홍치본弘治本)으로, 두 번째의 집대성이다. 그 후 다시 1백 수십 년의 세월 동안 유례없는 출판 호황기를 거치며 '가정본' 및 '지전본志傳本' 계열로 분화되어 발전을 거듭해 오다가 17세기 후반 청대淸代 초기에 모종강에 의해 다시 한 번 집대성되기에 이른다. 이것이 바로 모종강본으로, 세 번째의 집대성이다.

가정본과 모종강본 사이인 명대 만력萬曆·천계天啓 연간에는 출판 경쟁이 치열하게 벌어져 여러 출판사에서 각기 총력을 다 해 다양한 종류의『삼국지』를 시장에 내놓았다. 당시 유행한 판본이 지금도 30여 종이

나 남아 있다. 그러나 모종강본이 한 번 세상에 나오자 가정본은 물론 그 이후에 나타난 수많은 종류의 판본은 모두 경쟁력을 상실하고 말았다. 모종강본이 독서 시장을 장악하게 된 것이다. 모종강본은 그 이후로『삼국지』의 대명사가 되어 3백 년이 흐른 오늘날까지도 베스트셀러의 자리를 유지하고 있다. 따라서 지금 우리가 읽고 있는 144종이 넘는 국내『삼국지』는 예외 없이 모두 모종강본을 모태로 한 것이다. 그런데 대부분의 번역자는 나관중 이름만 내세우고 모종강 이름은 언급조차 하지 않고 있다. 게다가 일부 번역가는 가정본을 나관중의 원작으로 오인하고 있을 뿐만 아니라 가정본을 모종강본보다 우수한 작품이라 억단하는 경우도 있다. 그러나 사실상 나관중의 손으로 편집된 원본은 찾을 길이 없고, 찾는다고 해보아야 형편없이 얇고 볼품없는 육필 원고에 불과할 따름

이다. 왜냐하면 나관중『삼국지』는 원본 형태를 유지하며 정체하고 있었던 게 아니라 모종강본 출현 이전 3백 년이란 세월 동안 부단히 진화되어 왔기 때문이다.

모종강본의 특징과 가치

모종강은 자字가 서시序始이고 호號는 혈암孑庵으로, 명나라 숭정崇禎 5년(1632년)에 출생하여 80세 가까이 살았다. 그는 눈 먼 부친(모륜毛綸)의 『삼국지』 평점評點 작업을 도우며 『삼국지』 공부를 시작하여 마침내 『삼국지』를 개작하기에 이르렀다. 첫 작업은 부친이 생존한 청나라 강희康熙 5년(1666년) 이전에 이루어졌다. 그러나 경제적인 이유로 출판하지 못하자 부친이 세상을 떠난 후에도 쉼 없는 원고 수정 작업을 계속하다 마침내 강희 18년(1679년)에 정식 출판을 하게 되었다. 이것이 바로 '취경당본醉耕堂本'인데, 모종강의 육필 원고를 출간한 최초의 목판본으로 간주된다. 취경당본이 나온 이후로 모종강본은 다시 필사본·목각본·석인본石印本·연鉛 활자본 형태로 널리 전파되면서 각기 조금씩 다른 판본이 수십 종 이상으로 늘어났다. 학계에서 표현하는 청대 판본 70여 종 대다수는 바로 모종강본인 셈이다.

모종강본은 장기간에 걸쳐 여러 차례 출판되면서 책 이름도 몇 차례나 바뀌었다. 명칭의 변화를 시간 순서로 나열하면 사대기서제일종四大奇書第一種→제일재자서第一才子書→관화당제일재자서貫華堂第一才子書→수상김비제일재자서繡像金批第一才子書→삼국지연의三國志演義→삼국연의三國演義가 된다. 여기서 사대기서제일종(일명 고본삼국지사대기서제일종古本三國志四大奇書第一種)이 바로 모종강본 『삼국지』의 본래 명칭이다. 이것은 강희 18년에 간행된 취경당본의 명칭인데, 여기에는 김성탄의 서문序文이 아닌 이어李漁(이립옹李笠翁)의 서문이 실려 있다. 조선 숙종肅宗 연간에 유입되어 1700년을 전후로 국내에 널리 간행된 판본은 바로 모종강의 제3세대 판본에 속하는 관화당제일재자서 종류이다.

모종강본의 특징은 '어떻게 『삼국지』를 읽어야 하는가'(별책 부록에 수록)에서 잘 나타난다. 모종강은 '어떻게 『삼국지』를 읽어야 하는가'를 통해 작가로서의 역사관과 가치관을 드러냄은 물론 『삼국지』의 문체와 서사 기법까지 상세히 분석했다. 즉

『삼국지』가 사대 기서 중에서도 첫 자리에 위치해야 할 당위성이나, 가정본에서는 피상적 서술에 불과하던 '정통론'과 '존유폄조尊劉貶曹'도 확실한 작가적 의도로 논리 정연한 사상적 체계를 이루었다. 그의 개편 작업은 앞서 나온 '이탁오본李卓吾本'에 대한 불만에서 출발했다. 협비夾批와 총평을 가하는 데서부터 시작하여 문체를 다듬고, 줄거리마다 적절한 첨삭을 가하며, 각 회목을 정돈하고, 논찬論贊이나 비문碑文 등을 삭제하며, 저질 시가를 유명 시인의 시가로 대체함으로써 문장의 합리성, 인물 성격의 통일성, 등장인물의 생동감, 스토리의 흥미도를 대폭 증가시켰다. 이에 과거 3백 년 간 내려오던 『삼국지』의 면모를 일신하고 종합적인 예술적 가치를 한 차원 제고시킴으로써 마침내 최종 집대성을 이루기에 이른다. 따라서 모종강본은 실질적인 면에서 과거 유통된 모든 『삼국지연의』의 최종 결정판이며, 개편자인 모종강 역시 『삼국지연의』 창작에 직접 참여한 작가임을 부정할 수 없다.

왜 교리본인가?

그런데 『삼국지연의』 원문 중에는 역사소설로서 갖추어야 할 기본적 사실에 위배되는 결함이 적지 않았다. 이 결함은 기술적인 면에서 발생한 문제이므로 '기술적 착오'라고 할 수 있다. '기술적 착오'는 작가의 창작 의도는 물론 작품상의 허구나 서사 기법과는 전혀 상관없이 발생한 것으로, 그 원인은 작가의 능력 한계나 집필상의 오류, 필사나 간행 과정에서 생긴 오류 등으로 나눌 수 있다. 이러한 오류들은 최종 결정판인 모종강본에 이르러 일정 부분 삭제되거나 수정되었다. 하지만 그 중 대부분은 그대로 답습되며 사안에 따라 모종강본 자체에서 새로 발생시킨 오류도 적지 않다.

선뻬쥔의 '교리본'은 바로 이러한 '기술적 착오'를 교정 정리한 판본이다. 여기서 '교리校理'란 '교감 및 교정 정리'를 줄인 말인데, 이 교리본은 26년 간 『삼국지연의』 연구에만 몰두해 온 선뻬쥔 선생의 노작券作이다. 선 선생은 『교리본 삼국연의』 작업을 진행하면서 취경당본 『사대기서제일종』을 저본으로, 선성당본善成堂本과 대도당본大道堂本 『제일재자서』를 보조본으로 삼고, 가정본과 지전본 류는 물론 관련 사서史書나 전적을 광범위하게 참고했다. 장기간에 걸친 교리 작업이 완성되자 중국 저명 학자인 츠언랴오陳遼, 주이쉬앤朱一玄, 치우전성丘振聲 선생들로부터 '심본沈本 삼국지연의', '삼국지연의 판본사상 새로운 이정표', '모종강 이후 최고의 판본'이란 격찬을 받았다. 따라서 본 번역의 범위는 기술적 착오 부분까지 포함하였다. 이는 타쓰마시 요우스케立間祥介 교수의 일어판 및 모스 로버츠Moss Roberts 교수의 영문판에서도 손대지 못한 작업이다.

모종강본을 교정 정리한 것으로 선쩌쿤의 '교리본' 이전에도 인민문학출판사人民文學出版社의 '정리본整理本'과 사천문예출판사四川文藝出版社의 '신교주본新校注本'이 있다. 하지만 이들의 작업은 전면적이고 지속적이지 못했고, 여러 이유로 일정 한계를 넘어서지 못한 채 중단되고 말았다. 따라서 이들의 '기술적인 착오' 정리는 선쩌쿤의 교리본에서 완성한 숫자에 비하면 그 10분의 1 정도에 불과하다.

준비 작업까지 치면 8년이란 세월이 지났고, 본격적으로 투자한 시간만 해도 5년이나 된다. 더욱이 최종 3년은 거의 모두 이 작업에 몰두한 시간이라 해도 과언이 아니다. 뿐만 아니라 지금까지 출간된『최근 삼국지연의 연구 동향』→『삼국지평화』→『설창사화 화관색전』→『여인 삼국지』→『삼국지 사전』→『다르게 읽는 삼국지 이야기』→『삼국지 상식 백가지』→『삼국지 시가 감상』등의 작업이 이번 정역을 귀결점으로 모두 하나의 고리로 연결되어 있다. 한마디로 말해 지난 10여 년 동안의『삼국지』관련 연구와 번역 작업은 모두 이번 정역을 탄생시키기 위한 기초 작업이었던 셈이다. 동시에 그동안 나름대로 계획하고 실행해 온 일련의『삼국지』관련 프로젝트 역시 일단락을 보게 되었다.

완벽한 번역이란 하나의 이상일지 모른다. 그러나 역자는 자신이 수행한 작업에 나름대로 자부심을 가진다. 왜냐하면 단순한 의욕이나 열정만으로 손을 댄 것이 아니라 충분한 사전 학습과 면밀한 기초 작업을 거치면서 이루어 낸 번역이기 때문이다. 따라서 근 1세기 동안이나 답습되어 온 왜곡과 과장과 오류로 점철된 사이비 번역의 공해를 걸어 내고 일반 독자에게는 원전 본래의 진미를, 연구나 재창작을 계획하는 전문가에게는 신뢰할 수 있는 한국어 텍스트를 제공할 수 있게 되기를 기대한다. 특히 원전의 1차적 오류까지 해소한 선쩌쿤의 '교리 일람표'를 별책 부록으로 발행하니, 기간된『삼국지 시가 감상』과 곧 개정증보판이 나올『삼국지 사전』등과 연계한다면『삼국지』에 관한 이해를 한 차원 높이리라 생각한다.

2008년 10월
옮긴이 정원기

차례

제37회 삼고초려   889

제38회 천하삼분의 계책   917

제39회 제갈량의 첫 용병   947

제40회 불타는 신야성   971

제41회 조자룡은 필마단기로 어린 주인을 구하다   993

제42회 장비가 장판교에서 호통을 치다   1023

제43회 강동 선비들을 설전으로 누르다   1043

제44회 강동 이교   1073

제45회 군영회   1101

제46회 풀단 실은 배로 화살을 빌리다   1129

제47회 연환계   1157

제48회 장강의 밤잔치   1179

1권

제1회 복사꽃 아래서 형제 의를 맺다
제2회 장비, 독우를 매질하다
제3회 동탁과 여포의 만남
제4회 동탁 암살을 시도하는 조조
제5회 세 영웅이 여포와 싸우다
제6회 전국옥새를 감추는 손견
제7회 반하대전
제8회 절세미인 초선
제9회 역적 동탁의 최후
제10회 조조, 군사를 일으키다
제11회 서주를 세 번 사양하다
제12회 복양대전

2권

제13회 이각과 곽사의 난
제14회 수도를 허도로 옮기다
제15회 소패왕 손책
제16회 색을 탐하다 아들과 조카를 죽이다
제17회 머리털을 잘라 머리를 대신하다
제18회 곽가의 십승십패론
제19회 천하 영웅 여포의 최후
제20회 옥대 속에 숨겨진 비밀 조서
제21회 푸른 매실 안주 삼아 영웅론을 펼치다
제22회 조조의 두통을 치유한 진림의 격문
제23회 재사 예형과 의원 길평
제24회 동귀비의 죽음

3권

제25회 사흘 만에 작은 잔치 닷새 만에 큰 잔치
제26회 떠나는 관운장
제27회 다섯 관문을 지나며 여섯 장수를 베다
제28회 고성古城의 해후
제29회 손권, 강동의 주인이 되다
제30회 관도대전
제31회 궁지에 몰리는 유비
제32회 원씨 형제들의 골육상쟁
제33회 조조의 북방 통일
제34회 용마, 단계를 뛰어넘다
제35회 수경선생 사마휘
제36회 떠나가는 서서

5권

제49회 적벽대전
제50회 화용도
제51회 남군 쟁탈전
제52회 미인을 사양하는 조자룡
제53회 관우와 황충의 결투
제54회 감로사
제55회 부인 잃고 군사마저 꺾이다
제56회 동작대의 큰 잔치
제57회 복룡과 봉추
제58회 수염 자르고 전포 벗고 달아나는 조조
제59회 마초와 허저의 난투극
제60회 서천도西川圖

6권

제61회 장강을 가로막고 아두를 빼앗다
제62회 서천 진격
제63회 낙봉파
제64회 충신 장임
제65회 성도 입성
제66회 칼 한 자루 지니고 연회에 나가다
제67회 한중 평정
제68회 유수대전
제69회 관로의 점술
제70회 장비와 황충의 지혜
제71회 정군산
제72회 양수와 계륵

7권

제73회 한중왕 유현덕
제74회 방덕을 죽이고 우금을 사로잡다
제75회 뼈를 깎아 화살 독을 치료하다
제76회 맥성으로 패주하는 관운장
제77회 관운장의 혼령
제78회 간웅 조조의 최후
제79회 칠보시
제80회 황제 유비
제81회 장비의 죽음
제82회 동오 정벌
제83회 동오의 대도독 육손
제84회 팔진도
제85회 백제성

8권
제86회 촉과 오의 화해
제87회 남만 정벌
제88회 두 번 세 번 맹획을 사로잡다
제89회 독룡동의 샘물
제90회 칠종칠금
제91회 출사표
제92회 노장 조운의 맹활약
제93회 강유의 귀순
제94회 다시 병권을 잡는 사마의
제95회 공성계
제96회 읍참마속

9권
제97회 다시 올리는 출사표
제98회 거듭되는 북벌
제99회 공명과 중달
제100회 조진의 죽음
제101회 목문도의 장합
제102회 목우와 유마
제103회 불타는 상방곡
제104회 죽은 제갈량이 산 중달을 쫓다
제105회 비단 주머니 속에 남긴 계책
제106회 기회를 노리는 사마의
제107회 사마씨의 정권 장악
제108회 사마의와 손권, 제갈각의 죽음

10권
제109회 인과응보
제110회 사마사의 죽음
제111회 제갈탄의 사마소 토벌
제112회 수춘 함락
제113회 강유와 등애
제114회 피살되는 위나라 황제
제115회 어리석은 후주
제116회 서촉 정벌
제117회 면죽성의 충혼
제118회 촉한의 멸망
제119회 진 황제 사마염
제120회 삼분천하는 다시 하나로

주요 등장인물

유비 현덕

관우 운장

강유 백약

장비 익덕

제갈량 공명

황충 한승

조운 자룡

유선 공사

조조 맹덕

사마염 안세

손견 문대

여포 봉선

등애 사재

손책 백부

조비 자환

원소 본초

주유 공근

허저 중강

손권 중모

37

삼고초려

사마휘는 다시 한번 명사를 추천하고
유현덕은 세 번이나 초가를 찾아가다
司馬徽再薦名士　劉玄德三顧草廬

서서는 길을 서둘러 허창으로 갔다. 조조는 그가 도착했다는 말을 듣고 순욱과 정욱을 비롯한 한 무리의 모사들을 보내 맞이하라고 명했다. 서서가 승상부로 들어가 조조에게 절을 올리며 뵈니 조조가 물었다.

"공 같은 고명한 인재가 무엇 때문에 몸을 굽혀 유비를 섬기셨소?"

서서가 대답했다.

"저는 일찍이 난을 피해 강호를 떠돌다가 우연히 신야에서 현덕을 만나 깊은 교문을 가지게 되었습니다. 집에 계신 노모를 승상께서 보살펴 주셨다니 부끄럽기 그지없습니다."

조조가 말했다.

"이제 공이 왔으니 아침저녁으로 모친을 모시게 되었고 나 역시 밝은 가르침을 듣게 되었구려."

서서는 조조에게 감사의 절을 올리고 나와서 부랴부랴 모친을 찾아가 눈물을 흘리며 대청 아래 엎드려 절을 올렸다. 모친은 깜짝 놀랐다.

“네가 무슨 까닭에 이곳으로 왔느냐?”

서서가 대답했다.

“근래 신야에서 유예주를 섬기고 있었는데 어머님의 편지를 받고 밤을 새워 달려왔습니다.”

서서의 모친은 벌컥 화를 내더니 탁자를 내리치며 꾸짖었다.

“욕된 자식놈이 몇 해 동안 강호를 떠돌았으니 학업에 진보가 있는 줄 알았더니 어찌 오히려 처음보다 못하단 말이냐? 네가 글을 읽었다면 충성과 효도를 모두 온전히 이룰 수는 없다는 걸 알 것이다. 그런데 어찌 조조가 임금을 업신여기고 속이는 역적임을 모른단 말이냐? 유현덕은 사해에 널리 인의仁義를 펼칠 분이다. 더구나 한나라 황실의 후예가 아니시냐? 네가 그분을 섬겼다면 옳은 주인을 찾은 것이다. 그런데 이제 거짓으로 꾸민 편지 한 통을 믿고 자세히 살펴보지도 않은 채 광명을 버리고 암흑 속으로 뛰어들어 스스로 더러운 이름을 얻으려 하니 참으로 어리석은 자로다! 내가 무슨 면목으로 너를 대하겠느냐? 너는 조상들을 욕보였으니 천지간에서 헛되이 살고 있도다!”

　얼마나 매섭게 꾸짖는지 서서는 엎드린 채 감히 모친의 얼굴을 쳐다보지도 못했다. 모친은 병풍 뒤로 돌아가 버렸다. 조금 뒤 심부름꾼이 나와서 말했다.

“노부인께서 들보에 목을 매셨습니다.”

　서서가 황급히 들어가 구했을 때는 모친은 이미 숨이 끊어진 뒤였다. 후세 사람이 서서의 어머니를 찬양하는 ‘서모찬徐母贊’을 지었다.

어질도다! 서서 모친이여 그 향기 천고에 길이 전하리니 /

절개 지켜 어그러짐 없었고 집안에 도움이 많았도다. /

갖은 방법으로 자식을 가르치니 자신의 몸은 고달팠네. /

그 기개는 산과 같고 그 의리는 폐부에서 우러났노라. /

유예주를 찬미하고 위무제를 꾸짖었도다. /

끓는 가마솥도 두렵지 않고 칼과 도끼도 겁내지 않았지만 /

오직 두려운 것은 아들이 조상을 욕되게 하는 일이었네. /

검을 물고 자진한 왕릉의 어미 같고 베 자르던 맹자 모친과 같았네. /

살아서는 그 명성을 얻었고 죽어서는 올바른 곳을 얻었으니 /

어질도다! 서서 모친이여 그 향기 천고에 길이 전하리.

賢哉徐母, 流芳千古. 守節無虧, 於家有補.

敎子多方, 處身自苦. 氣若丘山, 義出肺腑.

讚美豫州, 毀觸魏武. 不畏鼎鑊, 不懼刀斧.

조지전 그림

唯恐後嗣, 玷辱先祖. 伏劍同流, 斷機堪伍.

生得其名, 死得其所. 賢哉徐母, 流芳千古.

서서는 어머니가 돌아가신 것을 보고 통곡하다가 땅바닥에 까무러쳐서는 한참이 지나서야 회복되었다. 조조는 사람을 시켜 예물을 보내 조문하고 직접 추모의 제사에도 참석했다. 서서는 모친을 허도의 남쪽 들판에 장사지낸 다음 상복을 입고 무덤을 지키면서 조조가 내린 물건은 하나도 받지 않았다.

이때 조조가 남방 정벌을 상의하자 순욱이 간했다.

"날씨가 추우니 군사를 움직여서는 안 됩니다. 우선 날이 풀릴 때까지 기다렸다가 대군으로 기세 좋게 밀고 나가는 게 좋겠습니다."

조조는 그 말에 따라 장하의 물을 끌어다가 큰 못을 하나 만들었다. 그 못을 현무지玄武池라 이름하고 거기서 수군을 훈련하며 남정할 준비를 했다.

한편 현덕은 제갈량을 만나기 위해 예물을 준비하여 융중으로 떠나려던 참이었다. 이때 보고가 들어왔다.

"문밖에 도사 같은 분이 한분 오셨습니다. 높은 관을 쓰고 넓은 띠를 두른 모습이 예사롭지 않은데 일부러 사군을 뵈러 오셨답니다."

현덕이 말했다.

"혹시 공명이 아닐까?"

즉시 옷매무새를 바로 하고 맞이하러 나갔다. 찾아온 사람은 사마휘였다. 현덕은 대단히 기뻐하며 사마휘를 후당으로 모셔서 윗자리에 앉히고 절을 올리며 물었다.

"선안仙顔을 작별한 이래 군중에 일이 많아 찾아뵙지 못했습니다. 오늘 이곳까지 왕림해 주시니 그동안 우러러 사모하던 마음에 큰 위로가 됩니다."

사마휘가 말했다.

왕굉희 그림

"서원직이 여기 있다는 소문을 듣고 특별히 만나러 왔소이다."

현덕이 말했다.

"얼마 전 조조가 원직의 어머님을 가두자 원직의 어머님께서 글을 보내 허창으로 불러 갔습니다."

사마휘가 탄식했다.

"그렇다면 조조의 계책에 걸린 것이오! 원직의 어머니는 아주 현명한 분이라고 들었소. 비록 조조에게 잡혀서 갇혔더라도 편지를 보내 아들을 부를 분은 아니지요. 그 편지는 가짜가 틀림없소. 원직이 가지 않았으면 그 모친은 아직 살아 계시겠지만 이미 갔다니 모친은 반드시 돌아가셨을 것이오."

현덕이 놀라며 까닭을 물으니 사마휘가 설명했다.

"원직의 모친은 의를 높이 여기는 분이라 아들을 보고 부끄러워하셨을 것이오."

현덕이 물었다.

"원직은 떠나기에 앞서 남양의 제갈량을 추천했습니다. 그 사람은 어떠합니까?"

사마휘는 빙그레 웃었다.

"원직이 가려면 저 혼자나 갈 것이지 어찌 또 남을 끌어내어 심혈을 토하게 하는고?"

"선생께서는 어찌하여 그런 말씀을 하십니까?"

사마휘가 설명했다.

"공명은 박릉博陵의 최주평崔州平, 영천의 석광원石廣元, 여남의 맹공위孟公威, 그리고 서원직 이 네 사람과 아주 가까운 친구지요. 이 네 사람이 학문하는 태도는 정밀함과 순수함을 따지는 데 힘썼지만 공명만큼은 요점을 꿰뚫어 볼 따름이었소. 언젠가 무릎을 껴안고 앉아 길게 시를 읊조리며 네 사람을 지적하여 '공들이 벼슬길에 들어서면 자사나 군수까지는 할 것이오'라고 했다 하오. 그래서 여러 사람이 공명의 뜻은 어떠냐고 물었는데 공명은 웃기만 하고 대답하지 않더라고 하오. 그는 매양 자신을 관중과 악의에 비유하는데 그 재주는 도무지 헤아릴 수가 없을 정도지요."

현덕이 감탄했다.

"어떻게 영천에는 훌륭한 사람이 그토록 많습니까?"

사마휘가 대답했다.

"예전에 천문을 잘 보는 은규殷馗라는 사람이 이렇게 말한 적이 있소. '뭇 별들이 영천에 해당하는 분야에 모였으니 그 땅에서는 훌륭한 인재가 많이 날 것이다'라고 말이오."

이때 곁에 있던 운장이 한마디 했다.

"듣자니 관중과 악의는 춘추전국시대의 이름난 인물로 그 공적이 세상을 덮었다고 합니다. 공명이 자신을 그 두 사람에 비유한다는 것은 너무 지나치지 않습니까?"

사마휘가 빙긋 웃으며 말했다.

"내가 보기에도 공명을 그 두 사람과 비유하는 건 마땅치 않은 것 같소. 나는 그를 다른 두 사람과 비유하고 싶소."

운장이 물었다.

"그 두 사람은 누굽니까?"

사마휘가 대답했다.

"주周나라 팔백년 사직을 일으킨 강자아子牙(강태공의 자)와 한나라 사백년을 왕성하게 한 장자방子房(장량의 자)이지요."

자리에 있던 사람들이 모두 깜짝 놀랐다. 사마휘가 계단을 내려서며 작별을 하고 떠나려 했다. 현덕이 아무리 말렸지만 잡을 수가 없었다. 문을 나선 사마휘는 하늘을 우러러보며 너털웃음을 웃었다.

"와룡이 주인을 만났지만 때를 얻지 못한 것이 애석하구나!"

말을 마친 사마휘는 표연히 떠나갔다. 현덕은 탄식을 금치 못했다.

"참으로 속세를 떠나 사는 현사賢士로구나!"

다음날 현덕은 관우, 장비와 함께 종자들을 데리고 융중으로 출발했다. 멀리 바라보니 산자락에서 몇 사람이 호미를 들고 밭일을 하며 노래를 부르고 있었다.

푸른 하늘 둥근 일산과 같고 / 넓은 땅 네모진 바둑판같네. //
세인들 흑백의 돌처럼 나뉘어 / 높고 낮은 자리 서로 다투네.

이긴 자 스스로 평안하지만 / 패한 자는 필경 수고스럽네. //
남양 땅에서 숨어 사는 이는 / 높은 베개 잠도 부족하구나!
蒼天如圓蓋, 陸地似棋局. 世人黑白分, 往來爭榮辱.
榮者自安安, 辱者定碌碌. 南陽有隱居, 高眠臥不足!

노래를 들은 현덕은 고삐를 잡아당겨 말을 세우고는 농부를 불러 물었다.

"그 노래는 누가 지었소?"

농부가 대답했다.

"와룡선생이 지었습니다."

현덕이 다시 물었다.

"와룡선생은 어디에 계시오?"

농부가 대답했다.

"이 산 남쪽 한줄기 높게 뻗은 언덕을 와룡강臥龍岡이라고 합니다. 언덕 앞 나무가 듬성듬성 자란 곳에 초가가 있는데 그곳이 바로 제갈선생께서 계신 곳입니다."

현덕은 농부에게 인사하고 말에 채찍을 가하여 나아갔다. 몇 리를 가지 못해 멀리 와룡강이 보였다. 과연 유달리 맑고 빼어난 경치였다. 후세 사람이 고풍시古風詩 한 편을 지어 와룡이 살던 곳을 노래했다.

양양성 서쪽으로 이십 리쯤 되는 곳에 /
한줄기 높은 구릉 흐르는 물 베고 누웠네. //
긴 구릉은 꿈틀대며 구름자락 짓누르고 /
흐르는 물은 졸졸대며 석수를 흩날리네.

기세는 곤한 용이 바위 위에 서리고 있는 듯 /
모습은 외로운 봉황이 노송 그늘에 앉은 듯. //
사립문 반쯤 닫혀 있는 초가집 사랑채에는 /
고결한 선비가 잠이 든 채 일어날 줄 모르네.

기다란 장죽 어우러져 푸른 병풍 둘러쳤고 /
철철이 울 밑에선 들꽃 향기 풍겨 오누나. //
책상머리에 쌓인 거라곤 모두가 서적이고 /
찾아드는 손님 가운덴 무식한 인물이 없네.

원숭이는 문 두드리며 때때로 과일 바치고 /
문지기 늙은 학은 밤새워 글소리 엿듣네. //
이름 있는 거문고는 비단 자루에 들어 있고 /
벽에 걸린 보검엔 북두칠성 아로새겼네.

초가집의 선생은 유독 그윽하고 고상하여 /
한가하면 몸소 나가 밭 갈아 농사짓지만 //
봄 우레에 놀라 꿈에서 돌아오는 날이면 /
한 소리 긴 고함으로 천하를 평정하리라.

襄陽城西二十里, 一帶高岡枕流水. 高岡屈曲壓雲根, 流水潺湲飛石髓.
勢若困龍石上蟠, 形如單鳳松陰裏. 柴門半掩閉茅廬, 中有高人臥不起.
修竹交加列翠屛, 四時籬落野花馨. 床頭堆積皆黃卷, 座上往來無白丁.
叩戶蒼猿時獻果, 守門老鶴夜聽經. 囊裏名琴藏古錦, 壁間寶劍挂七星.
廬中先生獨幽雅, 閑來親自勤耕稼. 專待春雷驚夢回, 一聲長嘯安天下.

　　장원 앞에 이른 현덕은 말에서 내려 친히 사립문을 두드렸다. 한 동자가 나와 누구냐고 물었다. 현덕이 대답했다.
　　"한나라 좌장군 의성정후 겸 예주 목 황숙 현덕이 특별히 선생을 찾아뵈러 왔다고 여쭈어라."
　　동자가 말했다.
　　"저는 그렇게 긴 이름은 기억하지 못하겠는데요?"
　　현덕이 다시 말했다.
　　"너는 그저 유비가 찾아왔다고만 전하여라."
　　동자가 말했다.

"선생님은 오늘 아침 일찍 출타하셨어요."

맥이 풀린 현덕이 물었다.

"어디로 가셨느냐?"

동자가 대답했다.

"가시는 곳이 일정치 않아서 어디로 가셨는지 몰라요."

"언제 돌아오시느냐?"

"돌아오시는 시기도 일정치 않아요. 사나흘이 될 때도 있고 열 며칠이 걸릴 때도 있으니까요."

현덕은 실망을 금치 못했다. 장비가 재촉했다.

"만나지 못할 바에야 그만 돌아갑시다."

현덕은 너무나 아쉬웠다.

"우선 잠시 기다려 보세."

관우도 장비와 같은 생각이었다.

"우선 돌아가는 편이 낫겠습니다. 다시 이곳으로 사람을 보내 알아보도록 하시지요."

현덕은 그 말에 따르기로 하고 동자에게 당부했다.

"선생께서 돌아오시면 유비가 뵈러 왔더라고 전해 다오."

마침내 말에 올라 몇 리를 가다가 고삐를 잡아당겨 말을 세우고는 융중의 경치를 돌아보았다. 과연 산은 높지 않으면서도 빼어나게 우아하고 물은 깊지 않으면서도 해맑으며 땅은 넓지 않으면서도 평탄하고 숲은 크지 않으면서도 무성했다. 원숭이와 학이 사이좋게 지내고 소나무와 참대가 비취빛으로 어우러져 있었다. 아무리 보아도 싫증이 나지 않았다. 이때 별안간 한 사람이 나타났다. 용모가 훤칠하고 풍채가 늠름한데 머리에는 소요건逍遙巾을 쓰고 몸에는 검은 무명 도포를 입고 있었다. 그 사람은 명아줏대 지팡이를 짚으며 후미진 오솔길을 걸어오고 있었다.

"저분은 틀림없이 와룡선생일 것이다!"

현덕은 급히 말에서 내려 앞으로 나아가 인사를 했다.

"선생께선 와룡선생이 아니시오?"

그 사람이 되물었다.

"장군은 뉘시오?"

"유비라 합니다."

그 사람이 말했다.

"나는 공명이 아니라 공명의 친구인 박릉의 최주평올시다."

공명의 친구라 하니 역시 반가웠다.

"높은 성함을 들은 지 오래인데 오늘 다행히 만났군요. 잠시 이곳에 앉아서 한마디 가르침을 내려 주십시오."

두 사람은 숲속 바위 위에 마주 앉고 관우와 장비는 그 곁에 모시고 섰다. 최주평이 먼저 물었다.

"장군께선 무슨 까닭으로 공명을 만나려 하시오?"

현덕이 말했다.

"지금 바야흐로 천하가 크게 어지러워지고 사방이 들끓고 있습니다. 그래서 공명을 만나 나라를 안정시킬 방책을 찾고자 합니다."

최주평은 웃음을 지었다.

"공은 난리를 평정하려는 뜻을 품으셨는데 그 마음은 비록 훌륭합니다만 예로부터 치란治亂은 늘 되풀이되어 왔습니다. 고조께서 흰 뱀을 베고 의로운 군사를 일으키시어 무도한 진秦나라를 쳐 없앴으니 이로부터 난세는 치세로 돌아섰지요. 그리하여 애제哀帝(유흔劉欣,

BC 6~1년), 평제平帝(유간劉衎. BC 1~AD 5년) 시대까지 2백 년 동안 태평세월이 지속되다가 왕망王莽이 황제 자리를 빼앗는 바람에 다시 난세로 들어갔습니다. 광무光武께서 중흥하시어 다시 제업을 정돈하시니 또 난세로부터 치세로 바뀌었습니다. 그리하여 지금까지 2백 년 동안 백성들은 편안하게 지냈는데, 이 까닭에 다시 사방에서 전쟁이 일어나고 있습니다. 이는 바로 잘 다스려지던 치세에서 혼란스러운 난세로 들어가는 때이므로 빠른 시일 안에 안정시킬 수는 없을 것입니다. 장군께서는 공명에게 비틀어진 천지를 되돌려 놓고 갈가리 찢어진 세상을 하나로 깁도록 하려 하시지만 아마 일이 쉽지 않을 것이고 공연히 마음과 힘만 낭비할 것입니다. '하늘의 이치를 따르는 자는

조지전 그림

편하고 하늘의 이치를 거스르는 자는 수고롭다'는 말과 '정해진 운수는 이치로 어떻게 할 수 없고 정해진 운명은 힘으로 어떻게 할 수 없다'는 말도 듣지 못하셨소이까?"

현덕이 대꾸했다.

"선생의 말씀은 참으로 고견이십니다. 하지만 이 비는 한나라 황실의 후예로 태어났으니 한나라 조정을 보좌해야 마땅합니다. 어찌 감히 운수와 운명에만 맡겨 둔단 말입니까?"

최주평은 더 이상 따질 필요가 없음을 깨달았다.

"산야에 사는 촌부와 천하의 일을 논해 보아야 만족스럽지 못할 것입니다. 마침 물으시기에 제가 함부로 지껄여 보았소이다."

현덕이 다시 물었다.

"선생의 가르침은 잘 받았습니다. 그런데 공명은 어디로 갔는지 모르십니까?"

최주평이 대답했다.

"나 역시 그를 만나러 온 참이니 어디로 갔는지 알 수 없지요."

현덕이 또 물었다.

"선생께서 우리 현으로 함께 가시면 어떻겠습니까?"

최주평은 사양했다.

"우둔한 이 사람은 천성이 한가롭고 자유로운 것을 좋아하여 공명 功名에 뜻을 두지 않은 지가 오랩니다. 뒷날 다시 뵙겠습니다."

말을 마치자 길게 읍하고는 제 갈 길로 가 버렸다. 현덕은 관우, 장비와 함께 말에 올라 출발했다. 장비가 투덜거렸다.

"찾아온 공명은 만나지도 못하고 저따위 썩어빠진 선비나 만나니, 쓸데없는 헛소리만 늘어지는 게지요!"

현덕이 대꾸했다.

"그 또한 은자의 말씀일세."

세 사람은 신야로 돌아왔다. 며칠 후 현덕이 사람을 보내 공명의 소식을 알아보게 했다. 심부름을 갔던 사람이 돌아와 보고했다.

"와룡선생은 이미 돌아오셨습니다."

현덕은 즉시 떠날 채비를 갖추라고 분부했다. 장비가 말렸다.

"그까짓 시골뜨기 하나 만나러 형님이 어찌 몸소 가신단 말이오? 사람을 보내 불러오면 그만이오."

현덕이 꾸짖었다.

"자네는 맹자孟子의 말씀도 듣지 못했는가? '훌륭한 이를 만나려고 하면서 도리를 다하지 않는다면 마치 들어오기를 바라면서 문을 닫는 격'이라고 하셨네. 공명은 당대의 큰 현인이시거늘 어찌 다른 사람을 보내 불러온단 말인가?"

마침내 말에 올라 다시 공명을 방문하러 융중으로 떠났다. 관우, 장비도 말을 타고 뒤를 따랐다.

때는 마침 한겨울이라 날씨가 매섭게 춥고 새카만 구름이 짙게 내리깔렸다. 몇 리를 가지 못해 북풍이 몰아치며 새하얀 눈송이가 펑펑 쏟아졌다. 눈 덮인 산은 마치 옥 무더기가 모인 듯하고 나무들은 은가루로 단장한 듯했다. 장비가 또 한번 볼멘소리를 했다.

"날씨는 춥고 땅은 얼어붙어 아직 군사도 움직일 수 없는데 쓸모없는 사람을 만나러 이토록 멀리 간단 말이오? 차라리 신야로 돌아가서 눈보라나 피하는 게 낫겠소."

현덕은 단호했다.

"나는 공명에게 내 정성을 알리고 싶네. 추위가 겁난다면 아우들

진전승 그림

은 먼저 돌아가도 좋으이."

장비가 얼른 태도를 바꾸었다.

"죽음도 두려워하지 않거늘 어찌 추위 따위를 겁내겠소? 그저 형님이 헛고생을 하고 속이나 끓이지 않으실까 걱정될 뿐이지요."

현덕이 일침을 놓았다.

"그렇다면 입을 다물고 따라오기만 하게."

공명의 초가에 거의 다다랐을 즈음이었다. 느닷없이 길가의 주점에서 웬 사람이 노래를 불렀다. 현덕이 말을 세우고 들어 보니 이런 노래였다.

대장부가 여태껏 공명 이루지 못한 것은 /

아아, 너무 오랫동안 때를 만나지 못한 때문이로다! //

그대는 보지 못했는가?/동해 땅 늙은 강태공이 평생의 불운 벗어던지고/뒷수레 타고 마침내 문왕을 따라나서게 된 일을. /

8백 명의 제후들이 기약 없이도 모여들고 /

흰 물고기 뱃전에 뛰어들어 맹진 나루를 건넜다네. /

목야 들판 한 판 싸움에 피 흘러 내를 이루니 /

매처럼 드날린 매서움 무신들 중에서 으뜸이었지. //

또 보지 못했는가?/고양 땅 술꾼 역이기도 초야에서 몸 일으켜 /

절 않고 읍만 하며 망탕산의 한고조와 만난 일을. /

왕도 패도 고담준론에 귀가 번쩍 열리어 /

씻던 발 그만두고 윗자리에 모셔 흠모했네. /

동쪽 제나라 칠십 두 성 구변으로 함락하니 /

천하의 어느 누가 이 사람을 따를쏜가. //

강태공 역이기 두 사람 공적 이러하거늘 /

오늘날 누가 감히 영웅이라 칭하리?

壯士功名尙未成, 嗚呼久不遇陽春!

君不見: 東海老叟辭荊榛, 后車遂與文王親; 八百諸侯不期會,

白魚入舟涉孟津; 牧野一戰血流杵, 鷹揚偉烈冠武臣.

又不見: 高陽酒徒起草中, 長揖芒碭"隆准公"; 高談王霸驚人耳,

輟洗延坐欽英風; 東下齊城七十二, 天下無人能繼踪.

二人功績尙如此, 至今誰肯論英雄?

노래가 끝나자 다시 한 사람이 탁자를 두드리며 다른 노래를 불렀다.

우리 고제 검을 뽑아 온 천하 청소하고 /

나라 세워 터 닦은 지 사백 년이 되었네. /

환제 영제 말세 되자 화덕이 사그라져 /

간신 역적 나서서 재상 권력 농단하네. //

푸른 구렁이 날아서 옥좌 옆에 떨어지고 /

요기 서린 무지개도 옥당으로 내리 뻗네. /

도적들은 사방에서 개미떼처럼 모여들고 /

간웅과 온갖 무 리 무용 뽐내며 날뛰누나. //

우리네야 노래하고 손장단이나 맞추면서 /

답답하면 주막 찾아 막걸리나 마신다네. /

초야에서 몸 닦으니 종일토록 편안한데 /

구태여 천고에 이름 남길 필요 있으랴!

吾皇提劍淸寰海, 創業垂基四百載. 桓靈季業火德衰, 姦臣賊子調鼎鼐.

靑蛇飛下御座傍, 又見妖虹降玉堂. 群盜四方如蟻聚, 奸雄百輩皆鷹揚.

吾儕長嘯空拍手, 悶來村店飮村酒. 獨善其身盡日安, 何須千古名不巧!

노래를 마친 두 사람은 손뼉을 치며 너털웃음을 터뜨렸다. 현덕이 소리쳤다.

"와룡이 이곳에 계시는가 보구나!"

즉시 말에서 내려 주점으로 들어갔다. 두 사람이 탁자를 사이에 놓고 마주 앉아 술을 마시고 있는데, 윗자리에 앉은 사람은 흰 얼굴에 수염이 길었고 아랫자리에 앉은 사람은 맑은 반면 예스럽고 특이한 모습이었다. 현덕은 두 손을 맞잡고 읍揖을 한 뒤 물었다.

"두 분 가운데 어느 분이 와룡선생이십니까?"

수염 긴 사람이 되물었다.

"공은 뉘시오? 와룡은 찾아서 무엇을 하시려오?"

현덕이 대답했다.

"저는 유비입니다. 와룡선생을 찾아 세상을 바로잡고 백성들을 편안히 살게 할 방법을 구하고자 합니다."

수염 긴 사람이 말했다.

"우리는 와룡이 아니라 둘 다 와룡의 친구올시다. 나는 영천의 석광원이고 이분은 여남의 맹공위지요."

현덕은 매우 기뻤다.

"이 비는 두 분의 큰 이름을 들은 지 오래였는데 다행히 만나 뵙게 되었군요. 지금 저희를 따라온 마필들이 여기 있습니다. 감히 청하건대 두 분께서는 함께 와룡의 장원으로 가서 이야기나 나누어 보시지요."

석광원이 거절했다.

"우리는 모두가 산야에 사는 게으른 무리들이라 나라를 다스리거
나 백성을 편안히 하는 일 따위는 아는 것이 없으니 하문하실 일이
없소이다. 명공께선 어서 와룡이나 찾아보시지요."

두 사람에게 인사한 현덕은 말에 올라 와룡강을 향해 갔다. 장원
앞에 이르러 말에서 내렸다. 문을 두드려 동자를 불러서 물었다.

"오늘은 선생께서 장원에 계시느냐?"

동자가 대답했다.

"지금 초당草堂에서 책을 읽고 계셔요."

안매화 그림

현덕은 대단히 기뻐하며 동자를 따라 안으로 들어갔다. 중문中門에 이르니 문 위에 큼직한 글씨로 대련對聯이 적혀 있었다.

담담하게 과욕을 부리지 않음으로써 목표를 명확히 하고 /
마음을 평온하게 가라앉혀 원대한 경지에 이른다네.
淡泊以明志　寧靜而致遠

현덕이 적힌 글귀를 읽고 있는데 갑자기 시를 읊조리는 소리가 들렸다. 문 곁에 서서 가만히 안을 들여다보니 초당의 화로 곁에서 한 젊은이가 무릎을 끼고 앉아 노래를 했다.

봉황이 천길 높이 날아오름이여 / 오동나무가 아니면 쉬지 아니하고 /
선비가 한 쪽에 숨어 있음이여 /
옳은 주인이 아니면 의탁하지 않는다네. //
즐겁게 몸소 밭 갈고 씨 뿌림이여 / 내가 나의 초가집을 사랑함이요 /
잠시 거문고와 책 속에 정 붙임이여 /
이로써 하늘이 내리는 때를 기다린다네.
鳳翱翔於千仞兮, 非梧不棲; 士伏處於一方兮, 非主不依.
樂躬耕於隴畝兮, 吾愛吾廬; 聊寄傲於琴書兮, 以待天時.

현덕은 노래가 그치기를 기다려서 초당으로 올라가 예를 올렸다.
"이 비는 선생을 흠모한 지 오래였지만 만나 뵐 인연이 없었습니다. 지난번에 서원직이 선생을 추천하는 말을 듣고 저희가 선장仙莊으로 찾아왔으나 뵙지 못하고 그냥 돌아갔습니다. 오늘은 특별히 눈보라를 무릅쓰고 왔는데 도인의 모습을 뵈오니 실로 천만다행입니다!"

젊은이가 황망히 답례하며 말했다.

"장군께서는 혹시 저의 형님을 만나러 오신 유예주가 아니십니까?"

현덕은 흠칫 놀라며 되물었다.

"선생 또한 와룡이 아니신가요?"

젊은이가 대답했다.

"저는 와룡의 아우 제갈균이라 합니다. 저희는 형제가 셋인데 큰형님 제갈근은 지금 강동 손중모仲謀(손권의 자)의 막료로 계시고 공명은 둘째 형입니다."

현덕이 다시 물었다.

"와룡은 지금 댁에 계신가요?"

제갈균이 대답했다.

"어제 최주평과 약속하고 놀러 나갔습니다."

"어디에서 노시지요?"

제갈균이 대답했다.

"때로는 작은 배를 저어 강과 호수에서 노닐기도 하고 때로는 스님이나 도사를 만나려고 산과 고개를 오르기도 하며 때로는 친구를 찾아 마을로 가는가 하면 때로는 동굴 속에서 거문고나 바둑을 즐기기도 합니다. 그 오고감을 짐작할 수 없으니 어디로 갔는지 알 수가 없습니다."

현덕이 탄식하며 말했다.

"유비가 줄곧 이렇게 인연이 박하구려. 두 번씩이나 대현을 만나지 못하다니!"

제갈균이 미안한 듯 말했다.

"잠깐 앉으시면 차를 올리겠습니다."

장비가 짜증을 부렸다.

"그 선생이란 자가 집에 없다니 형님께선 어서 말에 오르시오."

현덕이 말했다.

"내가 여기까지 온 이상 어찌 말 한마디 없이 돌아간단 말인가?"

그러고는 제갈균에게 물었다.

"듣자니 형님 되시는 와룡선생께선 도략韜略에 능통하시고 날마다 병서兵書를 보신다고 하던데 그 이야기를 좀 들어 볼까요?"

조지전 그림

제갈균은 대답을 피했다.

"저는 모릅니다."

장비는 울화통이 터질 지경이었다.

"그자에게 물어 뭘 한단 말이오? 눈보라가 심하니 속히 돌아가는 편이 낫겠소."

현덕은 장비를 꾸짖어 입을 다물게 했다. 제갈균이 말했다.

"형님이 안 계시니 감히 오래 계시도록 잡지는 못하겠습니다. 며칠 사이에 저희가 답방토록 하겠습니다."

현덕이 말했다.

"어찌 감히 선생께서 오시기를 바라겠소이까? 며칠 후에 이 유비가 다시 오는 것이 마땅하리다. 바라건대 지필묵을 빌려 주시면 형님께 글이라도 한 장 남겨 저의 성의를 표하겠소이다."

조지전 그림

제갈균은 즉시 종이, 붓, 먹, 벼루를 내놓았다. 현덕은 얼어붙은 붓을 입김으로 녹이면서 구름 모양의 꽃무늬가 있는 종이를 펴고 글을 적었다.

유비는 높으신 이름을 오랫동안 사모하다가 두 차례나 찾아왔으나 만나 뵙지 못하고 헛되이 돌아가게 되었으니 그 슬픈 마음을 어디에다 비하오리까? 이 비는 한나라 황실의 후예로서 그럭저럭 이름과 작위를 얻었는데, 엎드려 살펴보면 조정의 힘이 쇠약해지고 기강이 무너지자 뭇 영웅들이 나라를 어지럽히고 악당들이 임금을 속이니 심장과 쓸개가 다 찢어지려 합니다. 비록 나라를 바로잡고 세상을 건질 성의는 있으나 실로 천하를 경륜할 방책이 모자랍니다. 우러러 바라건대 선생께서 인자하고 충의로운 마음을 움직이시어 기꺼이 여망呂望의 큰 재주를 펼치시고 자방子房의 웅대한 방략을 베풀어 주신다면 천하를 위해서도 참으로 행운이겠고 사직을 위해서도 참으로 다행이겠습니다! 먼저 이 글로 뜻을 알리고 이후에 목욕재계하고 다시 찾아와 존귀한 얼굴을 뵈옵고 지극한 정성을 기울일까 합니다. 간절히 바라건대 너그럽게 양해하소서.

현덕은 다 쓰고 나서 제갈균에게 건네주어 거두게 하고는 절하여 작별하고 문을 나섰다. 제갈균이 밖으로 나와 전송하자 현덕은 두 번 세 번 간절한 뜻을 전하고는 헤어졌다.

바야흐로 말에 올라 떠나려 할 때였다. 갑자기 동자가 울타리 밖을 바라보고 손짓을 하며 소리쳤다.

"노선생께서 오셔요."

현덕이 보니 방한모로 머리를 가리고 여우 가죽으로 만든 갖옷으로 몸을 감싼 사람 하나가 조그마한 다리 서쪽에서 나귀를 타고 오고 있었다. 그 뒤에는 푸른 옷을 입은 동자가 술을 담은 조롱박을 들고 눈을 밟으며 따라왔다. 나귀를 탄 사람은 작은 다리를 건너며 시한 수를 읊었다.

온 밤 차가운 북풍 몰아치더니 / 만리 하늘 먹구름 짙게 깔렸네. //
공중에 어지러이 눈발 흩날리니 / 강산의 옛 모습 모두 바뀌었네. //
얼굴 들고 먼 하늘을 쳐다보니 / 마치 옥룡이 어울려 싸우는 듯. //
흰 비늘 부서져 펄펄 날리더니 / 순식간에 하늘 땅 온통 뒤덮네. //
나귀 타고 작은 다리 건너가며 / 매화꽃 시듦을 홀로 탄식하노라.
一夜北風寒, 萬里形雲厚. 長空雪亂飄, 改盡江山舊.
仰面觀太虛, 疑是玉龍鬪. 紛紛鱗甲飛, 頃刻遍宇宙.
騎驢過小橋, 獨嘆梅花瘦.

노래를 들은 현덕이 소리쳤다.
"이번에는 진짜 와룡이시다!"
안장에서 굴러 떨어지듯 말에서 내린 그는 앞으로 나아가 예를 올리며 말했다.
"선생께서 추위를 무릅쓰시다니 참으로 쉽지 않은 일입니다. 유비가 여기서 기다린 지 오래 되었습니다."
그 사람도 황급히 나귀에서 내리더니 답례를 했다. 제갈균이 등 뒤에서 일러 주었다.
"이분은 와룡 형님이 아닙니다. 형님의 장인 황승언黃承彦 선생이

914

십니다."

현덕이 말을 돌렸다.

"방금 읊으신 구절은 지극히 고상하고 묘합니다."

황승언이 대꾸했다.

"이 늙은이가 사위집에서 '양보음梁父吟'을 보고 이 한 편을 기억했소이다. 마침 작은 다리를 지나다가 우연히 울타리 사이에 피어 있는 매화를 보고 느낀 바가 있어 읊어 본 것이지요. 귀한 손님께서 듣고 계실 줄은 몰랐소이다."

현덕이 물었다.

"사위 되는 분을 만나셨습니까?"

황승언이 대답했다.

"이 늙은이도 그를 만나러 오는 길이외다."

현덕은 황승언에게 작별하고 말을 타고 귀로에 올랐다. 때마침 눈보라는 더욱 기승을 부렸다. 와룡강을 돌아보니 답답하고 우울하기 그지없었다. 후세 사람이 현덕이 눈보라를 무릅쓰고 공명을 찾아간 일을 두고 시를 지어 말했다.

온종일 부는 눈보라 속 훌륭한 이 찾아갔지만 /
만나지 못하고 돌아오니 실망스럽고 속상하네. //
개울과 다리 함께 얼어붙고 돌길은 미끄러운데 /
추위는 말안장 파고들고 갈 길은 멀기만 하네.

머리에는 배꽃 같은 눈송이 하염없이 내려앉고 /
얼굴에는 어지러운 버들 솜 미친 듯 후려치네. //

말채찍 멈추고서 고개 돌려 먼 곳을 바라보니 /
찬란한 은 무더기 와룡강에 가득히 쌓였구나.
一天風雪訪賢良, 不遇空回意感傷. 凍合溪橋山石滑, 寒侵鞍馬路途長.
當頭片片梨花落, 撲面紛紛柳絮狂. 回首停鞭遙望處, 爛銀堆滿臥龍岡.

현덕이 신야로 돌아온 다음 세월은 덧없이 흘러 다시 봄이 되었다.
현덕은 점쟁이에게 시초蓍草로 점을 쳐서 길일을 잡게 하고는 사흘
동안 재계하며 향을 피워 옷에 쏘이고 목욕하고 새 옷으로 갈아입은
다음 다시 공명을 만나러 와룡강으로 떠나려고 했다. 관우와 장비는
그 소식을 듣자 매우 기분이 좋지 않았다. 그들은 마침내 일제히 현
덕의 거처로 들어가 충고했다. 이야말로 다음 대구와 같다.

고명하고 훌륭한 이 영웅의 뜻을 따르지 않아 /
자신을 낮췄더니 기어코 걸사들 의심 자아내네.
高賢未服英雄志 屈節偏生傑士疑

그들은 무슨 말을 할 것인가, 다음 회를 보라.

38

천하삼분의 계책

천하삼분 계책 융중에서 정하고
장강에서 싸워 손씨는 복수하다
定三分隆中決策 戰長江孫氏報仇

현덕은 두 번이나 공명을 찾아갔다가 만나지 못하고 다시 찾아가려
고 했다. 관공이 말렸다.

"형님께서 두 번이나 몸소 가신 것만으로도 예우
가 지나치셨습니다. 어쩌면 제갈량은 이름뿐이지
실제 학문이 없기 때문에 일부러 피하고 만나지 않
는 것인지도 모릅니다. 형님은 어째서 그 사람에게
이렇게 혹하셨습니까?"

현덕이 설명했다.

"그렇지 않네. 옛날 제齊나라 환공桓公은 한낱
동곽東郭의 야인野人*을 만나려고 다섯 번이나
찾아가서야 겨우 얼굴을 보았다네. 하물며

---

*동곽의 야인野人 | 춘추시대 제나라 환공은 지체가 매우 낮은 신하를 만나려고 동쪽 성밖에 살고 있는 그
를 세 번이나 찾아갔지만 만나지 못했다. 다른 사람들이 말렸지만 계속 찾아간 그는 다섯 번 만에야 만나
게 되었다 한다.

나는 대현을 만나 뵈려 하는 게 아닌가?"

장비가 투덜거렸다.

"형님이 틀렸소. 그까짓 시골뜨기가 무슨 대현이란 말이오? 이번에는 형님이 가실 것 없소. 그자가 오지 않겠다면 내가 밧줄로 꽁꽁 묶어서 끌고 오겠소!"

현덕이 꾸짖었다.

"자네는 주문왕周文王이 강자아(강태공)를 만난 일을 듣지도 못했

는가? 문왕께서도 훌륭한 이를 그처럼 존경하셨거늘 자네가 어찌 이토록 무례하게 군단 말인가! 이번에 자네는 오지 말게. 내 운장과 함께 가겠네."

장비가 수그러들었다.

"두 분 형님이 가신다는데 이 막내가 혼자 어찌 떨어지겠소?"

현덕이 다짐을 두었다.

"자네가 함께 가겠다면 혹시라도 실례를 범해서는 아니 되네."

양선심 그림

장비는 순순히 응낙했다.

세 사람은 말에 올라 종자들을 데리고 융중으로 떠났다. 초려에서 반리쯤 떨어진 곳에 이르자 현덕은 말에서 내려 걸었다. 때마침 마주 오던 제갈균과 만났다. 현덕은 황급히 예를 올리며 물었다.

"형님께서는 장원에 계신가요?"

제갈균이 대답했다.

"어제 저녁에 돌아오셨습니다. 장군께서 오늘은 형님을 만나실 수 있을 겁니다."

제갈균은 말을 마치자 표연히 가 버렸다. 현덕이 말했다.

"이번에는 요행히 선생을 만나게 되었구나!"

장비는 심사가 뒤틀렸다.

"저자가 무례하구먼! 우리를 장원까지 안내해 주고 가도 무방할 텐데 무엇 때문에 그냥 가는 거야!"

현덕이 달렸다.

"저 사람도 자기 일이 있을 텐데 어찌 그리 억지를 쓰느냐?"

세 사람이 장원 앞에 이르러 문을 두드렸다. 동자가 문을 열고 나와 무슨 일이냐고 물었다. 현덕이 말했다.

"선동仙童에게 폐를 끼치게 되었구나. 유비가 선생을 뵈러 왔다고 전해 다오."

동자가 대꾸했다.

"오늘은 선생님께서 집에 계시긴 하지만 지금 초당에서 낮잠을 주무시고 계셔요."

"그렇다면 잠시 알리지 마라."

현덕은 관우, 장비 두 사람은 문어귀에서 기다리게 하고 천천히 안으로 걸어 들어갔다. 선생은 초당의 안석 위에 반듯이 누워 잠이 들어 있었다. 현덕은 두 손을 앞으로 모아 쥐고 섬돌 아래 서 있었다. 반나절을 기다렸으나 선생은 깨어나지 않았다. 관우와 장비는 바깥에서 아무리 기다려도 기척이 없자 문안으로 들어가 보았다. 현덕은 그때까지 공손히 지키고 서 있었다. 화가 꼭뒤까지 치민 장비가 운장에게 말했다.

"저 선생이란 작자가 어찌 이리도 오만하오? 우리 형님을 섬돌 아래 세워 놓은 채 저만 높이 누워서 자는 척하고 있지 않소? 내가 집 뒤로 돌아가서 불을 확 질러서 그래도 일어나지 않는지 두고 봐야겠소!"

펄펄 뛰는 장비를 운장이 두 번 세 번 말리며 붙들었다. 현덕은 두 사람에게 문밖으로 나가서 기다리라고 했다. 초당 위를 바라보니 선생이 몸을 뒤채며 일어날 듯하더니 다시 또 벽 쪽으로 돌아누우며 잠을 잤다. 동자가 알리려 하자 현덕이 말렸다.

"놀라시게 하지 마라."

현덕은 다시 한 시진時辰(두 시간 정도)이나 더 서 있었다. 그제야 공명은 잠에서 깨어나면서 시 한 수를 읊었다.

큰 꿈을 누가 먼저 깨닫는고? / 평생을 나 스스로 알고 있거늘. //
초당의 봄잠 흡족히 잤는데도 / 창밖의 해는 더디기만 하구나.
大夢誰先覺, 平生我自知. 草堂春睡足, 窓外日遲遲.

공명은 시를 읊고 나서 몸을 뒤집더니 동자에게 물었다.
"속세의 손님이 오시지 않았느냐?"

동자가 대답했다.

"유황숙께서 여기 계서요. 서서 기다리신 지가 오래되었어요."

공명이 몸을 일으키며 나무랐다.

"어찌하여 진작 알리지 않았단 말이냐? 잠시 옷을 갈아입어야겠다."

그러고는 뒤채로 들어갔다. 다시 한참이 지나서야 의관을 정제하고 나와 현덕을 맞았다.

공명은 키가 8척에 얼굴은 관옥처럼 아름다웠다. 머리에는 푸른 비단으로 만든 관건綸巾*을 쓰고 몸에는 학창의鶴氅衣를 걸쳤는데 표연한 모습이 속세를 떠난 신선의 기풍이었다. 현덕은 절을 하고 나서 입을 열었다.

"한 황실의 마지막 후예이고 탁군의 필부인 유비는 선생의 우레같이 큰 이름을 들은 지 오래입니다. 전에도 두 번이나 찾아왔으나 만나 뵙지 못해 천한 이름을 적어 두었는데 보셨는지요?"

공명이 대꾸했다.

"남양의 촌사람이 게으름이 습성이 되었습니다. 장군께서 몇 번이나 찾아 주시니 부끄럽기 그지없습니다."

두 사람은 예를 마치고 손님과 주인의 자리로 나누어 앉았다. 동자가 차를 올렸다. 차를 마시고 나서 공명이 입을 열었다.

"지난번에 남기신 글을 보고 장군께서 백성과 나라를 걱정하시는 마음을 충분히 짐작했습니다. 그러나 한스럽게도 저는 나이도 어리고 재주도 모자라 물으시는 뜻을 그르치지나 않을까 걱정됩니다."

---

*관건ㅣ두껍고 부드러운 푸른 색 명주로 만든 두건. 일명 '제갈건諸葛巾'이라고 한다. '綸'은 '윤'과 '관'으로 읽히는데 일반 선비들은 윤건을 쓰지만 제갈량은 관건을 썼다.

현덕은 말했다.

"사마덕조와 서원직의 말이 어찌 헛말이겠습니까? 선생께서는 저를 비천하다고 버리지 마시고 가르쳐 주시기 바랍니다."

공명이 대답했다.

대돈방 그림

"덕조와 원직은 세상에서 이름 높은 인재입니다. 그러나 이 양은 일개 농부에 지나지 않는데 어찌 감히 천하의 대사를 논할 수 있겠습니까? 두 분이 잘못 천거하셨군요. 장군께서는 어찌하여 아름다운 옥을 버리고 거친 돌을 구하려 하십니까?"

대굉해 그림

924

현덕은 간절한 목소리로 말했다.

"대장부가 세상을 경영할 뛰어난 재주를 품고서 어찌 산야에서 헛되이 늙어 간단 말입니까? 선생께서는 천하의 백성들을 생각하시어 이 비의 어리석음을 깨우쳐 가르쳐 주십시오."

그제야 공명은 빙그레 웃으며 말했다.

"장군의 뜻을 알고 싶습니다."

현덕은 곁의 사람들을 물리치고 공명에게 다가앉으며 말했다.

"한나라 황실이 기울어 무너지려 하고 간신들이 권력을 훔치고 있으므로 이 비는 힘이 모자라는 것도 헤아리지 않고 천하에 대의를 펴고자 합니다. 그러나 지혜도 모자라고 방법도 서툴러 지금껏 이렇다 할 성취가 없었습니다. 선생께서 이 어리석음을 깨우치시어 그 어려움을 풀어 주신다면 실로 천만다행이겠습니다!"

공명은 마침내 천하의 형세를 분석하기 시작했다.

"동탁이 역모를 꾀한 이래 천하의 호걸들이 여기저기서 다투어 일어났습니다. 조조의 세력이 원소에 미치지 못하면서도 결국 원소를 이긴 것은 하늘이 내린 시기를 잘 포착했을 뿐만 아니라 사람의 계책이 있었기 때문입니다. 지금 조조는 이미 백만의 군사를 거느리고 천자를 끼고 제후를 호령하고 있으니 실로 그와 무기를 들고 싸울 수는 없습니다. 손권은 강동을 차지한 지 이미 3대를 거쳤는데 국경은 험난하고 백성들은 그를 따르고 있으니, 이는 지원 세력으로 삼을 수는 있을지언정 도모하려 해서는 안 됩니다. 형주는 북쪽으로 한수漢水와 면수沔水가 막고 있고 남쪽으로는 남해南海(지금의 광동과 광서 지역)의 이익을 모두 거둬들일 수 있을 뿐만 아니라 동쪽으로는 오군과 회계군에 이어지고 서쪽으로는 파巴와 촉蜀 땅과 통합니다. 이는 무력을 쓸 만한 곳이지만 참된 주인이 아니면 지켜 낼 수 없습니다. 아마도 하늘이 장군께 이 땅을 내리시는 것 같은데 장군께서는 받으실 뜻이 있으신지요? 익주는 험한 요새로 둘러싸인 데다 기름진 들판이 천리나 아득히 펼쳐졌으니 하늘이 만들어 준 곳간입니다. 이 때문에 고조께서는 이 고장을 발판으로 제업帝業을 이루셨던 것입니다. 지금 익주는 백성이 많고 나라가 부유하지만 그 주인 유장劉璋은 사리에 어둡고 나약해 아랫사람들을 아낄 줄 모릅니다. 그래서 지혜롭고 재능 있는 이들은 밝은 군주를 기다리고 있습니다. 장군께서는 황실의 후예이신 데다 신의가 세상에 널리 알려지셨고 영웅들을 끌어안으시며 훌륭한 이를 그리워함이 목마른 자가 물을 바라듯 하십니다. 만약 형주와 익주를 차지하여 그 험한 곳을 지키면서 서쪽의 융인戎人, 남쪽의 이彝와 월越 등 주변의 소수 민족들과 화친하고, 밖

조지전 그림

으로는 손권과 손잡고 안으로는 좋은 정치로 다스리십시오. 그러다가 천하 정세에 변화가 생기면 한 상장上將을 보내 형주의 군사를 이끌고 완성宛城과 낙양으로 진군하게 하시고 장군께서는 몸소 익주의 군사를 거느리고 진천秦川으로 나가신다면 밥과 국을 싸 들고 나와 기꺼이 장군을 맞이하지 않을 백성이 어디 있겠습니까? 진실로 이렇게 되면 대업을 이룰 수 있고 한나라를 부흥시킬 수 있을 것입니다. 이것이 제가 장군께 드리는 계책이오니 장군께서 시행하시기만 바랄 뿐입니다."

말을 마친 공명은 동자에게 명하여 그림 족자 한 축을 꺼내 중간 대청에 걸게 했다. 그러고는 그림을 가리키며 현덕에게 말했다.

"이것은 서천西川 54주의 지도입니다. 장군께서 패업을 이루시려면 인화人和를 이루어야 합니다. 북쪽은 조조가 천시天時를 차지했으니 양보하시고 남쪽은 손권이 지리地利를 차지했으니 놓아두십시오. 장군께서는 먼저 형주를 빼앗아 집으로 삼고 뒤이어 서천을 손에 넣어 나라의 기업을 세우시고 그로써 솥발처럼 셋으로 버티는 형세를 이룬 다음에야 중원을 도모하실 수 있습니다."

이 말을 듣고 현덕은 자리에서 일어나 두 손을 맞잡고 사례했다.

"선생의 말씀을 들으니 풀 더미로 가로막혔던 길이 일시에 확 열리는 듯합니다. 이 비는 마치 구름과 안개를 걷어 내고 푸른 하늘을 보는 것 같습니다. 그러나 형주의 유표나 익주의 유장은 모두 같은 황실의 종친인데 제가 어찌 차마 그들의 땅을 빼앗을 수 있겠습니까?"

공명이 말했다.

"제가 밤에 천상天象을 살펴보니 유표는 인간 세상에 오래 있지 못할 것 같습니다. 또한 유장은 공을 이룰 주인이 아니므로 익주는 머지않아 반드시 장군께 들어올 것입니다."

현덕은 그 말을 듣고 머리를 조아리며 고마움을 나타냈다. 이 한 차례의 대화는 바로 공명이 초려草廬를 나서기 전에 이미 천하가 셋으로 나누어질 것을 알고 있었다는 뜻이니 참으로 만고의 어느 누구도 미치지 못할 바가 아니겠는가? 후세 사람이 시를 지어 찬탄했다.

> 유예주는 당시 외롭고 곤궁함을 탄식했는데 /
> 남양 땅에 와룡 있은 게 얼마나 다행이었나! //
> 훗날 천하가 셋으로 나뉠 곳 알고 싶어 하자 /
> 공명 선생 웃으며 그림 속 지도를 가리키네.
> 豫州當日嘆孤窮, 何幸南陽有臥龍! 欲試他年分鼎處, 先生笑指畫圖中.

현덕은 절을 올리며 공명을 청했다.

"이 비 비록 명성도 미미하고 덕도 부족하지만 선생께서는 비천하게 여겨 버리지 마시고 산을 나와 도와주시기 바랍니다. 마땅히 두 손을 맞잡고 밝은 가르침을 듣겠습니다."

공명은 사양했다.

"양은 농사일을 낙으로 삼은 지 오래다 보니 세상일에 참견하기가 싫어졌습니다. 명을 받들 수가 없습니다."

현덕은 눈물을 흘리며 말했다.

"선생께서 나오지 않으시겠다면 천하의 백성들은 어찌하오리까?"

말을 하면서 눈물이 쏟아져 도포 소매와 옷깃을 다 적셨다. 공명은 그 뜻이 너무나 진실한 것을 보고 마침내 대답했다.

"장군께서 저를 버리지 않으시겠다니 견마지로를 다 하겠습니다."

크게 기뻐한 현덕은 즉시 관공과 장비를 불러 공명에게 절하고 예물로 준비해 간 황금과 비단을 전하게 했다. 공명이 한사코 사양하며 받지 않자 현덕이 말했다.

"이것은 대현을 초빙하는 예물이 아닙니다. 오직 이 유비의 자그마한 성의를 나타낼 뿐입니다."

공명은 그제야 예물을 받았다. 그리하여 현덕 일행은 공명의 장

진백일 그림

원에서 함께 하룻밤을 묵었다. 이튿날 제갈균이 돌아오자 공명이 당부했다.

"나는 유황숙께서 세 번이나 찾아 주신 은혜를 입어 나가지 않을 수 없게 되었다. 너는 여기서 농사를 짓되 밭을 묵혀서는 아니 되느니라. 내가 공을 이룬 다음에는 돌아올 것이다."

후세 사람이 시를 지어 탄식했다.

관직에도 오르기 전 물러갈 생각부터 하나니 /
공을 이루면 응당 떠날 때 한 말 생각나리라. //
그러나 오직 선주가 신신 당부한 일 때문에 /
가을바람 부는 오장원에서 별이 떨어졌도다.
身末升騰思退步, 功成應憶去時言. 只因先主丁寧后, 星落秋風五丈原.

또 고풍古風 한 편을 지어 말했다.

고조 황제께서 뽑아 든 삼척검 칼날 아래 /
망탕산 백사는 밤중에 피 흘리며 죽었네. //
진나라 초나라 멸하고 함양으로 들었으나 /
이백 년 전엔 자칫 대가 끊길 뻔했네.

위대하신 광무제가 낙양서 나라 일으키나 /
환제 영제에 이르자 또다시 쇠미해졌네. //
헌제 임금 도읍 옮겨 허창으로 행차하자 /
사방에서 분분하게 호걸들이 일어나네.

조조는 천시 얻어 나라 권력 휘두르고 /
강동 땅의 손씨마저 큰 사업 열었다네. //
외롭고 곤궁한 현덕만이 천하를 떠돌다가 /
홀로 신야에 머물며 백성 고초 근심하네.

남양 땅의 와룡선생 큰 뜻을 품었는데 /
뱃속에는 웅병과 육도삼략 다 들었네. //
서서가 길 떠나며 일러 준 그 말 따라 /
세 번이나 초려 찾아 마음을 통했네.

선생의 그때 나이 불과 스무 일곱 /
거문고와 서책 싸서 융중 땅 이별하네. //
형주를 먼저 뺏고 뒤따라 서천 취하니 /
큰 경륜 펼치면서 탁월한 공훈 세우네.

거침없는 혀끝에선 우렛소리 진동하고 /
담소하는 가슴속엔 하늘과 땅 뒤바꾸네. //
빼어난 재주 장한 뜻 천하를 안정시키니 /
천년만년 흘러가도 그 이름 영원하리.

高皇手提三尺雪, 芒碭白蛇夜流血. 平秦滅楚入咸陽, 二百年前幾斷絶.
大哉光武興洛陽, 傳至桓靈又崩裂. 獻帝遷都幸許昌, 紛紛四海生豪傑.
曹操專權得天時, 江東孫氏開鴻業. 孤窮玄德走天下, 獨居新野愁民厄.
南陽臥龍有大志, 腹內雄兵分正奇. 只因徐庶臨行語, 茅廬三顧心相知.
先生爾時年三九, 收拾琴書離隴畝. 先取荊州後取川, 大展經論補天手.

縱橫舌上鼓風雷, 談笑胸中換星斗. 龍驤虎視安乾坤, 萬古千秋名不巧!

현덕 등 세 사람은 제갈균과 작별하고 공명과 함께 신야로 돌아왔
다. 현덕은 공명을 스승 모시듯 대했다. 같은 탁자에서 밥을 먹고 같
은 침상에서 잠을 자며 종일토록 천하의 일을 논의했다. 공명이 말

갑무삼 그림

했다.

"조조가 기주에서 현무지玄武池를 파고 수군을 조련하는 것은 필시 강남을 침범할 뜻이 있기 때문입니다. 은밀히 강 건너로 사람을 보내 사정을 알아보시지요."

현덕은 그 말에 따라 사람을 보내 강동의 형편을 알아 오게 했다.

한편 손권은 손책이 죽고 강동을 차지한 이래로 아버지와 형의 사업을 이어받아 훌륭한 인재를 많이 받아들였다. 오회吳會에 손님을 맞이하는 빈관賓館을 열고 고옹과 장굉에게 사방에서 모여드는 손님들을 접대하게 했다. 여러 해에 걸쳐 서로 추천하면서 찾아온 인재들이 많았다. 회계 사람 감택闞澤은 자가 덕윤德潤이고, 팽성의 엄준嚴畯은 자가 만재曼才이며, 패현의 설종薛綜은 자가 경문敬文이고, 여양의 정병程秉은 자가 덕추德樞였다. 오군의 주환朱桓은 자가 휴목休穆이고, 역시 오군 사람인 육적陸績은 자가 공기公紀이며, 오현 사람 장온張溫은 자가 혜서惠恕이고, 오상烏傷의 낙통駱統은 자가 공서公緒이고, 오정烏程의 오찬吾粲은 자가 공휴孔休였다. 이 사람들이 모두 강동으로 왔다.

손권은 그들을 예절로 공경하면서 매우 후하게 대접했다. 이 밖에 또 훌륭한 장수 몇 사람을 얻었으니 여남의 여몽呂蒙은 자가 자명子明이고, 오군의 육손陸遜은 자가 백언伯言이며, 낭야의 서성徐盛은 자가 문향文向이고, 동군의 반장潘璋은 자가 문규文珪이고, 여강군의 정봉丁奉은 자가 승연承淵이다. 이들 문관과 무장이 함께 손권을 보좌하니 이로부터 강동에는 훌륭한 인물이 많다는 소문이 났다.

건안 7년(202년) 원소를 깨뜨린 조조가 강동으로 사자를 보내 손권에게 아들을 조정으로 보내 천자를 수행하라는 명을 내렸다. 손권이 어떻게 했으면 좋을지 몰라 머뭇거리며 결정을 내리지 못하자 오태부인이 주유와 장소 등 몇 사람을 불러 상의했다. 장소는 찬성했다.

"조조가 우리에게 주공의 아들을 조정으로 들여보내라고 하는 것은 제후를 견제하려는 것입니다. 보내지 않으면 군사를 일으켜 강동으로 내려올까 두렵습니다. 그리되면 형세가 위급해질 것입니다."

주유는 반대했다.

"장군께서는 부친과 형님께서 남긴 사업을 이어받아 여섯 군의 무리를 아우르시니 군사는 정예하고 양식은 넉넉하며 장병들은 명령에 복종합니다. 그런데 무엇에 핍박을 받아 인질을 보내려 하십니까? 한 사람을 볼모로 잡히면 어쩔 수 없이 조씨와 연합해야 합니다. 그가 부르면 가지 않을 수 없을 것인데 그것은 다른 사람의 제재를 받는 것입니다. 차라리 보내지 말고 천천히 사태의 변화를 살피면서 따로 좋은 대책을 찾아 그들을 제어하는 것이 낫겠습니다."

오태부인이 찬성했다.

"공근公瑾(주유의 자)의 말이 옳네."

손권은 주유의 말을 좇아 사자의 요구를 거절하고 아들을 조정으로 보내지 않았다. 이로부터 조조는 강남을 정복할 마음을 품었다. 그러나 아직 북방이 안정되지 못했기 때문에 남쪽을 정벌할 겨를이 없었다.

건안 8년(203년) 11월 손권은 군사를 이끌고 황조를 공격해 장강에서 싸움을 벌였다. 황조의 군사가 패하여 달아났다. 이때 손권의 부하 장수 능조凌操가 가벼운 배를 몰고 앞장서서 하구夏口로 쳐들어가다가 황조의 부장 감녕甘寧이 쏜 화살에 맞아 죽었다. 그때 겨우 15세

934

대광해 그림

였던 능조의 아들 능통凌統이 힘을 떨쳐 나아가 아버지의 시신을 빼앗아 돌아왔다. 손권은 형세가 불리한 것을 보고 군사를 거두어 동오로 돌아갔다.

한편 손권의 아우 손익孫翊은 단양丹陽 태수로 있었는데, 타고난 성격이 강하고 술을 좋아해 취하기만 하면 병졸들을 채찍질하곤 했다. 그래서 단양의 독장督將 규람嬀覽과 군승郡丞, 대원戴員은 늘 손익을 죽일 마음을 품었다. 그래서 손익의 수하 변홍邊洪을 심복으로 끌어들이고는 함께 손익을 죽이기로 모의했다. 이때 단양군의 장수와 현령들이 모두 단양에 모였는데 손익은 잔치를 베풀어 그들을 대접했다. 손익의 아내 서씨徐氏는 아름답고도 지혜로운 여인으로 『주역』으로 곧잘 점도 쳤다. 이날도 서씨가 괘 하나를 뽑아 점을 쳤는데 괘상卦象이 아주 나빴다. 그래서 남편 손익에게 손님들을 만나지 말라고 권했다. 그러나 손익은 그 말을 듣지 않고 여러 사람들과 한자리에 모였다.

날이 저물어서 연회가 끝났을 때 변홍이 칼을 차고 손익을 따라 문밖으로 나오다가 칼을 뽑아 손익을 찍어 죽였다. 규람과 대원은 모든 죄를 변홍에게 뒤집어씌워 저잣거리에서 목을 쳤다. 두 사람은 권력을 잡은 기세를 이용하여 손익의 재산과 시첩들을 차지했다. 규람은 서씨의 미모를 보고 그녀에게 말했다.

"내가 당신 남편의 원수를 갚아 주었으니 당신은 나에게 순종해야 하오. 따르지 않으면 죽을 것이오."

서씨가 대답했다.

"남편이 돌아가신 지 며칠 되지도 않았는데 차마 바로 따를 수는 없어요. 그믐날까지 기다렸다가 제사를 지내고 상복을 벗고 나서 신방을 차려도 늦지 않아요."

규람은 그 말을 따랐다. 서씨는 손익의 심복 장수였던 손고孫高와 부영傅嬰을 은밀히 저택으로 불러들여 눈물을 흘리며 부탁했다.

"남편은 살아 계실 때 늘 두 분의 충의를 말씀하셨어요. 지금 규람과 대원 두 도적놈이 음모를 꾸며 남편을 죽이고는 그 죄를 변홍에게 덮어씌우고 우리 집의 재산과 종들을 나누어 가졌어요. 그것도 모자라서 규람이란 놈이 또 첩을 억지로 차지할 욕심을 내기에 첩은 일단 허락하는 척하여 그를 안심시켜 두었어요. 두 분 장군께선 속히 오후吳侯께 사람을 보내 알리는 한편 은밀히 계책을 세워 두 도적을 처단해 주세요. 이 원수를 갚고 모욕을 씻는다면 첩은 죽어도 장군들의 은혜를 잊지 않으리다."

말을 마친 서씨가 두 번 절을 올리자 손고와 부영은 눈물을 흘렸다. 두 사람이 말했다.

"우리는 부군府君(태수)의 깊은 은혜를 받았습니다. 오늘의 난리에 즉시 죽지 못한 것은 원수를 갚기 위해서였습니다. 부인께서 명하시는데 어찌 감히 힘을 다하지 않겠습니까?"

손고와 부영은 심복을 시켜 손권에게 달려가 이 사실을 보고하게 했다. 그믐날이 되자 서씨는 미리 손고와 부영을 불러 밀실의 휘장 속에 매복시켰다. 그러고는 대청에 제상을 차렸다. 그녀는 제사가 끝나자마자 상복을 벗고 목욕하고 향을 쏘이고 짙은 화장을 한 다음 아무 일도 없는 것처럼 웃으며 말하곤 했다.

규람은 이 소식을 듣고 매우 기뻐했다. 밤이 되자 서씨는 시녀를 보내 규람을 저택으로 데려오게 하여 대청에 자리를 마련하고 술을 대접했다. 규람이 술에 취하자 서씨는 그를 밀실로 맞아들였다. 규람은 흐뭇한 나머지 거나하게 취하여 밀실로 들어섰다. 이때 서씨가 목청을 돋우어 소리쳤다.

"손장군과 부장군은 어디 계셔요?"

손고와 부영이 즉각 휘장 속에서 칼을 들고 뛰어나왔다. 뜻밖의 습격을 당한 규람은 미처 손을 놀려 볼 사이도 없이 부영의 칼을 맞고 단번에 쓰러졌다. 손고가 다시 한번 칼질을 하여 규람의 숨통을 끊어 버렸다. 서씨는 다시 대원을 잔치에 초대했다. 태수부로 들어와 대청에 당도한 대원 역시 손고와 부영의 손에 피살되었다. 이와 때를 같이 하여 사람을 보내 두 도적의 식솔과 그 잔당들을 모두 죽이게 했다. 서씨는 다시 상복을 입고 규람과 대원의 머리를 잘라 손익의 영전에 놓고 제사를 지냈다.

하루가 지나지 않아 손권이 친히 군사를 거느리고 단양에 당도했다. 서씨가 이미 규람과 대원을 죽인 뒤였다. 이에 손권은 손고와 부영을 아문장牙門將으로 삼아 단양을 지키도록 하고 서씨를 데리고 집으로 돌아가 여생을 편히 보내게 했다. 강동 사람들 치고 서씨의 덕을 칭송하지 않는 사람이 없었다. 후인이 시를 지어 찬탄했다.

재색과 절개 다 갖춘 여인 온 세상 다시없으니 /
간악하고 사악한 원수 하루아침에 뿌리 뽑히네. //
못난 신하 역적 따르고 충신들 목숨 버리지만 /
누구도 동오의 여장부에는 미치지 못하리.
才節雙全世所無, 奸回一旦受摧鋤. 庸臣從賊忠臣死, 不及東吳女丈夫.

이즈음 동오는 곳곳의 산적들을 모두 평정하고 장강에 전선을 7천여 척이나 갖고 있었다. 손권은 주유를 대도독으로 임명하고 강동의 수군과 육군을 총괄하게 했다.

건안 12년(207년) 겨울 10월 손권의 어머니 오태부인은 병세가 위독해지자 주유와 장소를 침상 앞으로 불러 당부했다.

"나는 본시 오吳 땅 사람이오. 어릴 적에 부모를 여의고 아우 오경吳景과 함께 월중越中으로 옮겨가 살다가 후에 손씨네 집에 시집와서 네 아들을 낳았소. 맏아들 책을 낳을 때는 달이 품안으로 들어오는 꿈을 꾸었고 둘째아들 권을 낳을 때에는 해가 품안으로 들어오는 꿈을 꾸었소. 점쟁이는 해와 달이 품안으로 들어오는 꿈을 꾼 것은 그 아들이 크게 귀해질 징조라고 했는데 불행하게도 책은 일찍 죽고 이제 강동의 사업을 권에게 맡겼소. 바라건대 공들은 마음을 합하여 그를 도와주시오. 그러면 내 죽어도 잊지 않을 것이오."

그러고는 또 손권에게 당부했다.

"너는 자포子布(장소의 자)와 공근을 스승의 예로 모시고 태만해서는 아니 된다. 내 동생은 나와 함께 네 아버지에게 시집왔으니 역시 너희 어머니다. 내가 죽은 다음에도 내 동생을 나와 똑같이 섬기도록 해라. 네 누이동생도 은혜를 베풀고 잘 길러서 훌륭한 남편을 골라 시집보내도록 하여라."

말을 마치고 숨을 거두었다. 손권이 슬피 울며 예를 갖추어 장례를 치른 것은 더 말할 나위도 없다.

이듬해 봄 손권은 관원들을 모아 황조를 정벌할 일을 상의했다. 장소가 말렸다.

"상을 당하신 지 아직 일주년이 되지 못했으니 군사를 움직여서는 안 됩니다."

주유의 견해는 달랐다.

"원수를 갚고 한을 씻는 일인데 탈상을 기다릴 게 뭐 있겠습니까?"

손권이 망설이며 결정을 내리지 못하고 있는데 마침 평북 도위平北都尉 여몽이 들어와 손권에게 알렸다.

"제가 용추龍湫의 물 어귀를 지키고 있는데 황조의 부장 감녕이 와서 항복했습니다. 제가 그 내력을 상세히 물었지요. 감녕은 자가 흥패興霸로 파군巴郡 임강臨江 사람입니다. 책을 꽤 읽어 역사에도 자못 밝으며 힘도 세어 떠돌이 협객俠客 노릇을 하며 일찍이 목숨을 내놓은 자들을 불러 모아 강호를 누비기도 했습니다. 그때 허리에 구리 방울을 달고 다녔는데 사람들은 그 방울 소리만 듣고도 모두들 피했다고 합니다. 또 서천에서 나는 비단으로 돛을 만들어 달았으므로 당시 사람들은 모두 그를 '금범적錦帆賊'이라고 불렀답니다. 후에 잘못을 뉘우치고 착한 일을 하려고 무리를 이끌고 유표에게로 갔으

나 유표는 큰일을 할 인물이 아니라고 판단하여 즉시 동오로 오려고 했답니다. 그런데 황조가 그를 하구에다 붙잡아 두었습니다. 지난번 동오가 황조를 깨뜨렸을 때는 감녕이 힘을 떨쳐 싸워 준 덕분에 황조가 살아서 하구로 돌아갈 수 있었던 것입니다. 그런데도 황조는 여전히 감녕을 박대했답니다. 도독 소비蘇飛가 여러 차례 감녕을 천거했지만 황조는 이렇게 말했답니다. '감녕은 강에서 노략질이나 해먹던 도적 출신이거늘 어떻게 중용한단 말이냐?' 감녕은 이 때문에 한을 품었습니다. 그 뜻을 안 소비는 자기 집에 술상을 차려 놓고 감녕을 불러서 말했습니다. '내가 공을 여러 번 천거했으나 주공께서 써 주지 않으니 어떻게 하겠소? 세월은 살같이 흐르는데 인생은 몇 년이나 되겠소? 마땅히 스스로 멀리 내다보고 계획하도록 하시오. 내 공을 보증하여 주현邾縣의 현장으로 천거할 테니 스스로 알아서 거취를 정하도록 하시구려.' 이리하여 감녕은 하구를 벗어나게

진전승 그림

되었는데 막상 강동으로 오려고 해도 황조를 구하느라 능조를 죽인 일 때문에 우리 쪽에서 미워하지나 않을까 걱정하고 있었습니다. 그래서 제가 '우리 주공께서는 목마른 사람이 물을 찾듯 유능한 인재를 구하며 옛날 원한 따위는 기억조차 하지도 않으시는 분이다. 하물며 그때는 각기 자기 주인을 위하여 했던 일이었으니 무슨 원한이 있겠느냐'고 자세히 설명했습니다. 그랬더니 감녕은 기꺼이 무리를 이끌고 강을 건너 주공을 뵈러 왔습니다. 주공께서는 결정을 내려 주시기 바랍니다."

손권은 크게 기뻐했다.

"내가 홍패를 얻었으니 틀림없이 황조를 깨뜨리게 되었구나!"

그러고는 여몽에게 감녕을 장군부로 데리고 들어오게 했다. 감녕이 새 주인에게 예를 올리자 손권이 말했다.

"홍패께서 이곳으로 와 주니 내 마음이 크게 흡족하오. 지난날의 원한 따위를 기억할 리 있겠소? 의심하지 마시고 황조를 깨뜨릴 계책이나 알려 주기 바라오."

감녕이 대답했다.

"한나라의 운명은 갈수록 위태로워지고 있으니 조조가 결국에는 임금 자리를 빼앗을 것입니다. 그리되면 남방의 형주는 조조가 반드시 차지하려고 다툴 땅입니다. 유표는 먼 앞일을 걱정할 줄 모르고 그 아들들 또한 어리석고 열등하여 아비의 사업을 이을 수 없으니 명공께서 일찌감치 형주를 도모하서야 합니다. 늦으면 조조가 먼저 손을 댈 것입니다. 그러나 지금은 우선 황조를 치는 것이 좋겠습니다. 황조는 나이가 많고 망령이 들어 재물이나 이익을 밝히는 데 힘을 기울이고 관원과 백성들을 들볶으니 사람들은 모두 그를 원망하고 있습니다. 전투 기구들은 갖추어지지 않았고 군대에는 기율이 없습니다. 명공께서 공격하신다면 그 형세로 보아 틀림없이 격파할 수 있습니다. 일단 황조의 군사를 깨뜨린 다음에는 서쪽으로 진군하여 초관楚關을 차지하고 파촉巴蜀을 공략한다면 가히 패업을 정할 수 있습니다."

손권이 감탄했다.

"이는 황금이나 옥같이 귀한 말이로다!"

마침내 주유를 대도독大都督으로 임명하여 수륙의 군사를 총괄하게 하고 여몽을 전부 선봉 동습과 감녕을 부장副將으로 삼고, 손권이 직접 10만 대군을 거느리고 황조를 정벌하러 나섰다.

첩자가 이 소식을 탐지하여 강하에 보고했다. 황조는 급히 부하들을 모아 대책을 상의하여 소비를 대장, 진취陳就와 등룡鄧龍을 선봉으로 삼아 강하의 군사를 총동원하여 적을 맞으러 나섰다. 진취와 등룡은 각기 몽충蒙衝이라 부르는 전투함을 이끌고 면수와 장강이 만나는 면구沔口를 가로막았다. 몽충 위에는 각기 강한 활과 쇠뇌를 1천여 벌씩 설치하고 큰 밧줄로 수면 위에 고정시켰다. 동오의 군사가 이르자 몽충에서 북을 울리며 활과 쇠뇌들을 당겨 일제히 살을 날렸다. 동오의 군사들은 감히 나아가지 못하고 수면을 따라 몇 리나 물러섰다. 감녕이 동습에게 말했다.

"일이 여기까지 이른 이상 전진하지 않을 수가 없소."

그는 작은 배 1백여 척을 가려 뽑아 배마다 정예병 50명씩을 나누어 태웠다. 그리고 20명에겐 노를 젓게 하고 30명에겐 제각기 갑옷을 걸치고 강철 칼을 들게 했다. 감녕이 거느린 군사가 비 오듯 쏟아지는 화살과 돌멩이를 무릅쓰고 곧바로 몽충 곁으로 돌진해 굵은 밧줄을 칼로 찍어 끊으니 몽충은 물살에 밀려 옆으로 돌아섰다.

감녕이 나는 듯이 몽충으로 뛰어올라 등룡을 찍어 죽이자 진취는 배를 버리고 달아났다. 이 광경을 본 여몽이 작은 배로 뛰어내리더니 직접 노를 저으면서 곧바로 선단 사이로 들어가 선박에 불을 질렀다. 진취가 기슭으로 올라가려 하자 여몽이 목숨을 내놓다시피 따라가 단칼에 가슴을 찍어 넘어뜨렸다. 소비가 군사를 이끌고 기슭에 이르러 지원하려 했을 때는 이미 동오의 장수들이 일제히 기슭으로 올라

온 뒤라 그 기세를 당할 수가 없었다. 황조의 군사는 크게 패했다. 큰 길을 버리고 황야로 달아나던 소비는 때마침 동오의 대장 반장과 정면으로 마주쳤다. 두 말이 어울리고 몇 차례 싸우지 않아 소비는 반장의 손에 사로잡히고 말았다. 반장은 곧장 소비를 끌고 배로 와서 손권에게 보였다. 손권은 곁에 있던 무사들에게 명하여 소비를 함거檻車에 가두게 했다. 황조를 사로잡기를 기다려 함께 죽이려는 생각이었다. 손권은 삼군을 재촉하여 밤낮을 가리지 않고 하구를 공격했

조지전 그림

다. 이야말로 다음 대구와 같다.

비단 돛 달던 도적을 쓰지 않았기 때문에 /
전함 묶은 굵은 밧줄 끊어지고 말았구나.
只因不用錦帆賊 至令沖開大索船

황조의 승부는 어떻게 될 것인가, 다음 회를 보라.

39

제갈량의 첫 용병

형주성에서 공자는 세 번 계책을 구하고
박망파에서 군사는 처음 군사를 부리다
荊州城公子三求計　博望坡軍師初用兵

손권이 군사를 독려하여 하구를 공격하자 군사와 장수를 잃은 황조는 마침내 하구를 지켜 낼 수 없음을 알고 강하를 버리고 형주를 향하여 달아났다. 그러나 황조가 틀림없이 형주로 달아날 것으로 짐작한 감녕이 동문 밖에 군사를 매복하고 기다리고 있었다. 황조가 수십 명의 기병을 데리고 동문으로 뛰쳐나갔다. 한창 달려가는데 한바탕 함성이 일어나더니 감녕이 앞길을 가로막았다. 황조가 말 위에서

감녕에게 말했다.

"내가 지난날 자네를 박대한 적이 없었는데 오늘 어찌하여 이리도 핍박하는가?"

감녕이 꾸짖었다.

"내가 지난날 강하에서 많은 공을 세웠는데도 너는 나를 강에서 약탈이나 하던 도적으로밖에 대접하지 않았다. 그럼에도 오늘 무슨 할 말이 있단 말이냐?"

궁지를 벗어나지 못할 것을 안 황조는 말머리를 돌려 달아났다. 감녕은 황조의 병졸들 속으로 뛰어들어 그대로 황조를 쫓아갔다. 이때 뒤편에서 고함 소리가 일어나면서 기병 몇 명이 쫓아왔다. 감녕이 보니 정보였다. 감녕은 정보에게 공을 빼앗기지나 않을까 두려워서 황급히 활을 집어 황조의 등을 겨누고 쏘았다. 황조는 화살을 맞고 몸을 뒤집으며 말에서 굴러 떨어졌다. 황조의 머리를 자른 감녕은 말을 돌려 정보와 군사를 합쳤다. 그러고는 손권에게 돌아가 황조의 머리를 바쳤다. 손권은 그 머리를 나무함에 담아 강동으로 돌아가서 부친의 영전에 제사를 지내려 했다. 손권은 삼군에 후한 상을 내리고 감녕을 도위都尉로 승진시켰다. 그러고는 군사를 나누어 강하를 지킬 일을 상의했다. 장소가 말렸다.

"외로운 성은 지킬 수 없으니 차라리 잠시 강동으로 돌아가는 것이 좋겠습니다. 황조를 깨뜨린 사실을 알면 유표가 반드시 원수를 갚으러 올 것입니다. 편안히 쉬면서 그들이 먼 길을 오느라 지쳤을 때 공격하면 반드시 유표를 이길 수 있습니다. 유표를 깨뜨린 다음에 이긴 기세를 몰아 공격하면 형주를 얻을 수 있습니다."

손권은 그 말에 따라 강하를 버리고 군사를 철수시켜 강동으로 돌아갔다.

함거에 갇힌 소비가 은밀히 사람을 보내 감녕에게 구원을 청하자, 감녕이 말했다.

"소비가 말하지 않을지라도 내 어찌 그를 잊겠는가?"

대군이 오회吳會에 이르렀을 때 손권은 소비의 목을 잘라 황조의 머리와 함께 제사를 지내라고 명을 내렸다. 이에 감녕은 손권을 찾아가 머리를 조아리고 울면서 말했다.

"지난날 소비가 아니었더라면 저는 어느 구렁텅이에 뼈를 묻었을지 모릅니다. 그리되었다면 어찌 장군의 휘하에서 명을 받들 수 있었겠습니까? 소비의 죄는 죽어 마땅하지만 저는 그가 베푼 옛날의 은혜와 정을 잊을 수 없습니다. 원컨대 저의 벼슬을 거두시고 소비의 죄를 용서해 주소서."

손권은 말했다.

"그가 그대에게 베푼 은혜가 있다면 내 그대를 위해 사면하겠소. 그러나 그가 도망이라도 한다면 어떻게 하겠소?"

감녕이 대답했다.

"죽음을 면하는 것만으로도 감격해 마지않을 터인데 어찌 달아나겠습니까? 소비가 도망친다면 제 머리를 바치겠습니다."

그리하여 손권은 소비를 용서하고 황조의 머리만 제사상에 올렸다. 제사를 마치자 잔치를 베풀고 문관과 무장들을 크게 모아 공을 경축했다. 한창 술을 마시고 있는데 한 사람이 느닷없이 목 놓아 울며 자리에서 벌떡 일어나더니 검을 뽑아 들고 곧장 감녕에게 덤벼들었다. 감녕은 황급히 앉았던 의자를 들어 그를 막았다. 손권이 놀라서 그 사람을 보니 바로 능통이었다. 감녕이 강하에 있을 때 능통의 부친 능조를 쏘아 죽였으므로 오늘 감녕에게 그 원수를 갚으려는 것이었다. 손권은 얼른 능통을 말렸다.

"홍패가 경의 부친을 쏘아 죽기는 했지만 그때는 각기 자기 주인을 위해 힘을 다하지 않을 수 없어 그랬던 것뿐이다. 지금은 이미 한

진명대 그림

집안 식구가 되었는데 어찌 다시 옛날의 원한을 따진단 말인가? 모든 일은 내 얼굴을 보아서 참아 주게."

능통은 머리를 조아리며 대성통곡을 했다.

"같은 하늘 아래서는 살 수 없는 원수인데 어찌 갚지 않을 수 있겠습니까?"

손권과 여러 관원들이 두 번 세 번 권하는데도 능통은 성난 눈을 부릅뜨고 감녕을 노려보기만 할 뿐이었다. 손권은 그날로 감녕에게 군사 5천 명과 전투선 1백 척을 주어 하구로 가서 지키며 능통을 피하게 했다. 감녕은 손권에게 절을 올려 감사하고 군사를 거느리고 하구로 떠났다. 손권이 다시 능통의 벼슬을 높여 승렬도위承烈都尉로 삼으니 능통은 한을 품은 채 과격한 행동을 그칠 수밖에 없었다.

동오에서는 이때부터 전함을 많이 만들고 군사를 이리저리 나누어 장강 연안을 지켰다. 손권은 또 손정에게 한 떼의 군사를 이끌고 오군과 회계군을 지키게 하고 자신은 대군을 거느리고 시상柴桑에 주둔했다. 주유는 날마다 파양호鄱陽湖에서 수군을 훈련하면서 전투에 대비했다.

여기서 이야기는 두 머리로 나뉜다. 신야에 있던 현덕은 사람을 보내 강동의 소식을 탐지하게 했다. 갔던 자가 돌아와서 상황을 보고했다.

"동오는 이미 황조를 무찔러 죽이고 지금 시상에 군사를 주둔시키고 있습니다."

현덕은 즉시 공명을 청해 앞일을 상의했다. 한창 이야기를 나누고 있는데 갑자기 유표가 사람을 보내 일을 의논하자며 현덕을 형주로 청했다. 공명이 말했다.

"이는 필시 강동에서 황조를 깨뜨렸으므로 주공을 청해 원수 갚을 계책을 상의하려는 것입니다. 제가 주공과 함께 가서 저편의 기미를 보아 가며 움직이면 자연히 좋은 대책이 생길 것입니다."

현덕은 그 말을 따랐다. 운장을 남겨 신야를 지키게 하고 장비에게 5백 명의 인마를 거느리고 자신을 따라 형주로 가게 했다. 현덕은 말 위에서 공명에게 물었다.

"이제 경승을 만나면 어떻게 대답해야 하겠소?"

공명이 대답했다.

"우선 양양에서 있었던 일을 사과하셔야 합니다. 그가 주공에게 강동을 토벌하라고 할 경우 절대로 응낙하셔서는 안 됩니다. 그저 신야로 돌아가 군사를 정돈하겠다고만 하십시오."

현덕은 그 말을 따르기로 했다. 형주에 이르러 역관에 짐을 풀었다. 장비를 남겨 성밖에 군사를 주둔시키게 하고 현덕은 공명과 함께 성으로 들어가 유표를 만났다. 인사를 마치고 나서 현덕은 계단 아래에서 벌을 청했다. 유표가 말했다.

"아우님이 해를 당한 일을 내 이미 모두 알고 있네. 그때 당장 채모의 머리를 잘라 아우님께 바치려고 했지만 여러 사람들이 말리는 바람에 잠시 용서했네. 아우님은 너무 나무라지 말게."

현덕이 말했다.

"채장군과는 상관없는 일입니다. 모두 아랫사람들이 저지른 짓일 뿐입니다."

유표가 본론을 이야기했다.

"지금 강하가 함락되고 황조가 목숨을 잃었기에 아우님을 청해 보복할 계책을 상의하려는 것일세."

현덕은 공명이 일러 준 대로 즉답을 피했다.

"황조가 성질이 난폭하고 사람을 쓸 줄 몰랐기 때문에 이런 화를 부른 것입니다. 지금 군사를 일으켜 남쪽을 정벌하다가 만약 북쪽에서 조조가 내려온다면 어찌하시렵니까?"

유표가 말을 돌렸다.

"내 이제 나이 들고 병치레 하는 날이 많아 일을 볼 수가 없네. 아우님이 와서 나를 도와주면 좋겠네. 그러다가 내가 죽으면 아우님이 형주의 주인이 되도록 하시게."

현덕은 황급히 사양했다.

"형님께선 어찌하여 그런 말씀을 하십니까? 이 비 따위가 어찌 감히 그런 중임을 맡는단 말입니까?"

공명이 현덕에게 눈짓을 했다. 그러나 현덕은 자기 말만 계속했다.

"천천히 좋은 계책을 생각해 보도록 하겠습니다."

그러고는 즉시 인사를 하고 물러나 역관으로 돌아갔다. 공명이 물었다.

"경승이 형주를 주공께 맡기려 하는데 어째서 물리치셨습니까?"

현덕이 대답했다.

"경승은 나에게 예와 은혜를 베풀었는데 어찌 그의 위기를 이용하여 그의 땅을 빼앗는단 말이오?"

공명이 감탄했다.

"주공께서는 참으로 인자하십니다!"

두 사람이 한창 이야기를 나누고 있는데 별안간 공자 유기가 현덕을 만나러 왔다고 했다. 현덕이 맞아들이자 유기는 눈물을 흘리며 절을 올렸다.

　"계모가 저를 받아들이지 않으니 제 목숨은 언제 어떻게 될지 모를 지경입니다. 숙부께서 가엾게 여기시어 저를 구해 주시기 바랍니다."

　현덕은 입장이 난처했다.

진명대 그림

"이건 조카님의 집안일이거늘 어찌 나에게 묻는가?"

이때 공명이 빙그레 웃었다. 현덕이 공명에게 계책을 물었지만 공명은 대답을 피했다.

"이것은 남의 집안일이므로 저는 감히 끼어들지 못하겠습니다."

잠시 후 현덕은 유기를 배웅하러 밖으로 나가다가 그의 귀에 입을 대고 낮은 소리로 일러 주었다.

"내일 내가 답방 차 공명을 조카님에게 보낼 테니 그때 이리저리 하게. 그러면 그가 반드시 묘한 계책을 가르쳐 줄 것일세."

유기는 감사하며 떠났다. 이튿날 현덕은 배가 아프다는 핑계를 대고 공명에게 자신을 대신해 유기를 방문해 달라고 청했다. 공명은 선선히 응낙하고 공자의 저택 앞에 이르러 말에서 내렸다. 안으로 들어가 공자를 만나니 유기는 공명을 후당으로 청했다. 차를 마시고 나서 유기가 말을 꺼냈다.

"계모가 이 기를 용납하지 않고 있습니다. 선생께서 한마디 말씀을 내려 구해 주시면 고맙겠습니다."

공명은 한마디로 사절했다.

"이 양은 이곳에 손님으로 와 있는 처지인데 어찌 남의 집안일에 끼어들 수 있겠소? 만약 일이 누설되기라도 한다면 그 피해가 적지 않을 것이오이다."

말을 마치고 자리에서 일어나 작별을 고했다. 유기가 말렸다.

"여기까지 왕림하셨는데 어찌 이리 쉽게 헤어진단 말입니까?"

유기는 즉시 공명을 만류하여 밀실로 들어가 함께 술을 마셨다. 한참 술을 마시던 유기가 다시 사정을 했다.

"계모가 받아들이지 않으니 제발 선생께서 한 말씀 하시어 저를 구해 주소서.”

공명은 다시 거절했다.

“그 일은 이 양이 감히 도모할 바가 아니오이다.”

말을 마치고는 또 떠나려 했다. 유기가 말렸다.

“선생께서 말씀을 하지 않으면 그만이지 어찌하여 자꾸 떠나려고만 하십니까?”

공명이 다시 자리에 앉자 유기가 다른 말을 꺼냈다.

“이 기에게 고서古書 한 권이 있는데 선생께서 한번 살펴봐 주십시오.”

유기는 공명을 안내하여 조그마한 누각으로 올라갔다. 공명이 물었다.

“책은 어디에 있소?”

유기가 눈물을 흘리며 절을 올렸다.

“계모가 저를 받아들이지 않으니 이 기는 목숨이 위태롭습니다. 그런데도 선생께서는 끝내 구해 주실 말씀 한마디가 없으시군요?”

공명은 얼굴빛이 변하며 벌떡 일어나 즉시 누각을 내려가려고 했다. 그러나 어느새 사닥다리가 치워져 있었다. 유기가 애원했다.

“이 기 선생께서 가르쳐 주시는 훌륭한 계책을 구하고자 합니다. 선생께서는 말이 누설될 것을 염려하여 입을 열지 않은 것 같소이다. 그러나 오늘 위로는 하늘에도 이르지 못하고 아래로는 땅에도 이르지 못하며 선생의 입에서 나온 말씀은 고스란히 이 기의 귀로만 들어올 것이니 이제는 가르침을 주실 수 있겠지요?”

공명은 여전히 사양했다.

"옛말에 '먼 사람이 가까운 사람을 이간시킬 수 없다'고 했소. 이 양이 어찌 공자를 위해 꾀를 낼 수 있겠소?"

유기가 말했다.

"선생께서는 끝내 이 기에게 가르침을 주시지 않겠단 말씀이지요? 그렇다면 저의 목숨은 진실로 보존할 수 없게 되었으니 차라리 선생 앞에서 죽어 버리겠소이다!"

즉시 검을 뽑아 스스로 목을 베려 했다. 공명이 황급히 말렸다.

"내게 좋은 방책이 있소이다."

유기가 절을 올리며 부탁했다.

"그럼 즉시 가르쳐 주십시오."

공명이 말했다.

"공자께서는 신생申生과 중이重耳의 일*을 듣지 못하셨소? 신생은 안에 있다가 죽었지만 중이는 밖에 있었기 때문에 안전했지요. 지금 황조가 죽는 바람에 강하를 지킬 사람이 없어졌소이다. 공자께서는 강하로 가서 주둔하겠다고 말씀드리는 게 어떻겠소이까? 강하로 가면 화를 피할 수가 있을 것입니다."

유기는 두 번 절을 올려 감사를 표했다. 그러고는 사람을 불러 사다리를 가져오게 하여 공명을 모시고 누각에서 내려왔다. 유기와 헤어져 역관으로 돌아온 공명은 현덕에게 있었던 일을 자세히 이야기했다. 현덕은 크게 기뻐했다.

---

*신생과 중이의 일 | 신생과 중이는 모두 춘추시대 진헌공晉獻公의 아들들. 헌공이 후처 여희驪姬를 몹시 사랑했는데 여희는 자기가 낳은 아들을 태자로 세울 생각에 전처소생의 태자 신생과 둘째 아들 중이를 모함했다. 누군가 국외로 달아나라고 충고했지만 신생은 달아나기를 거부하고 자살하고 중이는 국외로 달아나 19년의 망명 생활 끝에 귀국하여 진나라 임금이 되었다. 이 사람이 춘추 오패의 한 사람인 진문공晉文公이다.

다음날 유기는 부친 유표에게 강하를 지키고 싶다고 말했다. 유표는 머뭇거리며 결정하지 못하고 현덕을 불러 상의했다. 현덕이 말했다.

"강하는 중요한 땅이므로 진실로 다른 사람은 지킬 수 없습니다. 바로 공자께서 직접 가서야 되는 곳이지요. 동남쪽의 일을 형님 부자분께서 맡으신다면 서북쪽의 일은 이 비가 맡겠습니다."

유표가 당부했다.

"요즈음 듣자니 조조가 업군에 현무지를 만들고 수군을 훈련시키고 있다는데 남방을 정벌할 뜻이 있는 것이 확실하네. 미리 대비하지 않을 수가 없네."

현덕이 말했다.

"비는 이미 그 일을 알고 있습니다. 형님께선 너무 걱정하지 마십시오."

마침내 유표에게 절을 올려 하직한 현덕은 신야로 돌아갔다. 유표는 유기에게 3천 명의 군사를 이끌고 강하로 가서 지키게 했다.

한편 조조는 삼공三公의 직위를 없애고 자신이 승상으로서 삼공의 일을 겸했다. 모개毛玠를 승상부의 동조연東曹掾*, 최염崔琰을 서조연西曹掾, 사마의司馬懿를 문학연文學掾으로 삼았다. 사마의는 자가 중달仲達이고 하내河內 온溫 땅 사람이다. 그는 영천군 태수였던 사마준司馬儁의 손자이고 경조윤京兆尹을 지낸 사마방司馬防의 아들이며 승상부의 주부로 있는 사마랑司馬朗의 아우였다. 이렇게 문관들이 모두

*연掾 | 보좌관의 통칭. 한나라 관제에 '연속掾屬'과 '연사掾史'가 있었는데, 각 조曹의 장長을 맡았기 때문에 '조연曹掾'이라고도 불렀다.

갖추어지자 조조는 무장들을 모아 남정할 일을 상의했다. 하후돈이 나서서 말했다.

"요즈음 듣자니 유비가 신야에서 날마다 군사훈련을 하고 있다고 합니다. 뒷날 반드시 우환 거리가 될 것이니 일찌감치 손을 쓰는 것이 좋겠습니다."

조조는 즉시 하후돈을 도독으로 임명하고, 우금·이전·하후란夏侯蘭·한호韓浩를 부장副將으로 삼아 10만 명의 군사를 이끌고 곧바로 박망성博望城으로 가서 신야를 노리게 했다. 순욱이 충고했다.

"유비는 영웅입니다. 더욱이 지금은 제갈량을 군사로 삼기까지 했으니 가벼이 대적해서는 아니 됩니다."

하후돈이 큰소리를 쳤다.

"유비는 쥐새끼 같은 무리일 따름입니다. 제가 반드시 그자를 사로잡고 말겠습니다."

서서가 끼어들었다.

"장군은 유현덕을 깔보지 마시오. 지금 현덕이 제갈량의 보좌를 받게 되었으니 호랑이에게 날개가 돋친 격이오."

그 말에 조조가 물었다.

"제갈량은 어떤 사람이오?"

서서가 대답했다.

"제갈량은 자가 공명이고 도호를 와룡선생이라고 부릅니다. 천하를 경영할 재주와 신출귀몰하는 계책을 지녔습니다. 참으로 당대의 기재奇才이니 우습게볼 일이 아닙니다."

조조가 또 물었다.

"공과 비교하면 어떠하오?"

서서가 말했다.

"이 서를 어찌 감히 제갈량에 비하겠습니까? 제가 반딧불이라면 제갈량은 밝은 보름달입니다."

하후돈이 고집을 부렸다.

"원직의 말은 틀렸소. 내가 보기에 제갈량 따위는 지푸라기에 지나지 않소. 두려울 게 무어란 말씀이오? 내 한번 싸움에 유비를 사로잡지 못하거나 공명을 산 채로 끌고 오지 못한다면 저의 머리를 승상께 바치겠소이다."

조조가 말했다.

"자네는 속히 승전보를 전하여 내 마음을 위로해 주게."

하후돈은 분연히 떨쳐 일어나 조조에게 하직 인사를 올렸다. 그러고는 군사를 이끌고 장도에 올랐다.

한편 현덕은 공명을 얻은 뒤부터 줄곧 그를 스승의 예로 극진히 대접했다. 관우와 장비는 그것이 썩 탐탁지 않았다. 그래서 이구동성으로 말했다.

"공명은 아직 젊은데 뭐 그리 대단한 재주와 학문이 있겠습니까? 형님께선 그를 과분한 예절로 대하시는군요. 더욱이 그는 아직 아무런 성과도 올리지 못했는데 말입니다!"

현덕이 말했다.

"내가 공명을 얻은 것은 물고기가 물을 만난 것과 같네. 두 아우는 더 이상 여러 말을 하지 말라."

관우와 장비는 그 말을 듣고 말없이 물러갔다. 하루는 어떤 사람이 야크' 꼬리를 보내왔는데 현덕이 그 털을 엮어 손수 모자를 짜고 있었다. 방에 들어와 그 모습을 본 공명이 정색을 하며 말했다.

"명공께서는 더 이상 원대한 뜻이 사라진 것입니까? 이런 일밖에 할 게 없으십니까?"

이 말을 들은 현덕은 모자를 땅바닥에 내던지며 겸사의 말을 했다.

"그저 심심풀이로 이 노릇을 하며 근심을 잊으려 했을 따름이오."

공명이 물었다.

"명공께서는 스스로 헤아려 조조와 비교하면 어떠하다고 생각하십니까?"

현덕이 솔직하게 대답했다.

"내가 못하오."

공명이 계속 질문했다.

"명공의 군사는 수천 명에 불과합니다. 만에 하나 조조의 군사가 쳐들어오면 어떻게 대적하시겠습니까?"

"나도 그게 걱정이오만 아직 좋은 계책이 떠오르지 않소."

공명이 방도를 내놓았다.

"속히 민병을 모집하십시오. 제가 직접 그들을 가르쳐 적을 상대할 수 있게 하겠습니다."

현덕이 즉시 신야의 백성들을 모집하여 3천 명을 얻었다. 공명이 아침부터 저녁까지 그들을 훈련하며 진법陣法을 가르쳤다.

그때 조조가 보낸 하후돈이 10만 명의 군사를 이끌고 신야로 쳐들어온다는 보고가 들어왔다. 그 소식을 들은 장비가 운장에게 말했다.

*야크ㅣ솟과의 큰 짐승. 소와 비슷하나 온몸이 부드럽고 긴 털로 덮여 있으며 흑백의 무늬가 있다.

"그렇지 공명더러 적을 맞아 싸우라고 하면 되겠구려."

이렇게 이야기를 하고 있는데 현덕이 두 사람을 불러 물었다.

"하후돈이 군사를 이끌고 온다니 어떻게 대적해야 하겠는가?"

장비가 비꼬았다.

"형님은 어째서 '물'에게 가라고 하지 않는 거요?"

현덕이 말했다.

"지혜는 공명을 의지해야겠지만 용맹은 반드시 두 아우라야 되는데 어째서 책임을 회피하려 한단 말인가?"

관우와 장비가 나간 다음 현덕은 공명을 청해 상의했다. 공명이 말했다.

"관우와 장비는 아마 저의 지휘를 따르려 하지 않을 것입니다. 주공께서 저에게 군사를 움직이게 하시려면 검과 인수를 내려 주십시오."

현덕은 즉시 자신의 검과 도장을 공명에게 주었다. 공명은 드디어 장수들에게 명령을 하달했다. 장비가 관우에게 쑥덕거렸다.

"군령을 내린다니 우선 가서 그가 어떻게 군사를 배치하는지 두고 봅시다."

공명이 명령을 내리기 시작했다.

"박망 왼쪽에는 예산豫山이 있고 오른쪽에는 안림安林이 있어 군사를 매복시킬 만하오. 운장은 군사 1천 명을 이끌고 예산으로 가서 매복하고 그쪽 군사가 오더라도 싸우지 말고 놓아 보내시오. 그들의 치중과 식량과 말먹이 풀은 뒤에 있을 것이오. 남쪽에서 불길이 일어나면 즉시 군사를 몰고 들이쳐서 그들의 식량과 말먹이 풀을 태우시오. 익덕은 군사 1천 명을 이끌고 안림 뒤편 산골짜기에 매복하고 있다가 남쪽에서 불길이 오르거든 즉시 나와서 박망성의 옛 군량 창고로 가서 불을 지르시오. 관평과 유봉은 군사 5백 명을 이끌고 불쏘시개 등을 미리 준비하고 박망파 뒤 양쪽에서 기다리고 있다가 초경쯤에 적군이 이르면 즉시 불을 지르시오.”

공명은 또 번성에 있던 조운을 불러와 선봉으로 삼고는 절대 이기려 하지 말고 무조건 져 주기만 하라고 했다. 그리고 현덕에게 말했다.

“주공께서는 친히 한 부대의 군사를 이끌고 후원군이 되어 주십시오. 각자는 반드시 계책에 따라 움직여야 하며 실수가 있어서는 안 됩니다.”

운장이 물었다.

“우리는 모두 나가 적을 맞아 싸우거니와 군사께서는 무슨 일을 하겠다는 거요?”

공명이 대답했다.

“나는 앉아서 이 성을 지킬 것이오.”

장비가 어이없다는 듯 큰소리로 웃었다.

“우리는 모두 나가 싸우는데 당신은 집에 가만히 앉아 있겠다니 너무 편하구먼!”

공명이 사나운 음성으로 호령했다.

“검과 도장이 여기 있다! 명령을 어기는 자는 목을 치리라!”

현덕이 나섰다.

“‘군막 안에서 계책을 세워 천리 밖의 승부를 결정한다’는 말도 듣지 못했는가? 두 아우는 명령을 어기지 말라.”

장비는 차갑게 웃으면서 밖으로 나갔다. 운장이 말했다.

"우리 잠시 그의 계책이 맞는지 안 맞는지부터 보기로 하세. 그때 가서 다시 따져도 늦지 않을 것이야."

두 사람은 떠났다. 나머지 다른 장수들도 공명의 도략韜略을 몰랐기 때문에 비록 명을 듣고는 있었지만 모두가 의심을 떨치지 못했다. 공명이 현덕에게 말했다.

"주공께서는 오늘 당장 군사를 이끌고 박망산 밑으로 가서 주둔하십시오. 내일 황혼녘이 되면 반드시 적군이 올 것인데 그때 주공께서는 즉시 영채를 버리고 달아나십시오. 그러다 일단 불길이 보이면 즉시 군사를 되돌려 몰아치십시오. 저는 미축, 미방과 함께 5백 명의 군사를 이끌고 현을 지키고 있겠습니다."

공명은 또 손건과 간옹에게 전승 축하연을 준비하라고 하고 공로부功勞簿를 만들어 각자의 공을 기록할 준비를 하게 했다. 이렇게 군사를 나누어 보내기는 했지만 현덕 역시 의혹을 떨칠 수가 없었다.

한편 하후돈은 우금 등의 장수들과 함께 군사를 이끌고 박망에 당도했다. 그는 정예 군사를 반으로 나누어 전군으로 삼고 나머지는 군량 수레를 호위하게 했다. 때는 가을이라 서늘한 바람이 몰아치기 시작했다. 인마가 길을 재촉하고 있는데 멀리 앞쪽에서 먼지가 피어오르는 것이 보였다. 하후돈은 곧 인마를 벌려 세우고 향도관에게 물었다.

"여기가 어디냐?"

"앞쪽에 있는 언덕이 박망파이고 뒤쪽은 나천구羅川口입니다."

하후돈은 우금과 이전에게 진 머리를 지키게 하고는 직접 말을 몰아 진 앞으로 나갔다. 멀리서 마주 오는 군사가 보였다. 하후돈이 느

火燒博望

明大 畵

진명대 그림

닷없이 큰소리로 웃어 댔다. 장수들이 물었다.

"장군께선 무엇 때문에 웃으십니까?"

하후돈이 대답했다.

"서원직이 승상 앞에서 제갈량을 하늘 위의 사람이나 되는 것처럼 칭찬하던 것이 우스워서 그러네. 지금 군사 부리는 꼴을 보니 이따위 군사를 선봉으로 내세워 나와 대적할 모양인데, 그야말로 개나 양떼를 몰아 호랑이나 표범과 싸우겠다는 게 아닌가? 내가 승상 앞에서 유비와 제갈량을 사로잡겠다고 장담했는데 이제 반드시 내 말대로 되게 되었네!"

그러고는 즉시 말을 달려 나아갔다. 조운이 말을 타고 나오자 하후돈이 욕설을 퍼부었다.

"너희들이 현덕을 따라다니는 꼴이란 외로운 넋이 귀신을 따라다니는 꼴이로구나!"

크게 노한 조운이 말을 달려 덤벼들었다. 그러나 두 말이 어울려 몇 번 싸우지도 않았는데 조운은 못 이기는 척 달아났다. 하후돈이 그 뒤를 추격했다. 10여 리쯤 달아나던 조운은 말머리를 돌려 다시 몇 합 싸우다 말고 달아났다. 한호가 말을 다그쳐 앞으로 나아가 하후돈에게 충고했다.

"조운이 유인책을 쓰고 있습니다. 아마도 복병이 있을 것 같습니다."

하후돈은 대수롭지 않게 말했다.

"적군이 저 모양이라면 비록 십 면으로 매복을 했다 한들 내가 무엇을 두려워하겠는가?"

마침내 한호의 말을 듣지 않고 그대로 박망파까지 뒤쫓아 갔다.

그때였다. '쾅!' 하는 포 소리와 함께 현덕이 직접 군사를 이끌고 돌격해 나오더니 하후돈의 군사와 맞붙어 싸웠다. 하후돈은 한호를 보고 웃으면서 소리쳤다.

"이게 바로 복병이랍시고 숨겨 놓은 군사라네! 내 오늘 저녁 신야까지 도달하지 않고는 맹세코 군사를 거두지 않을 것이야!"

그러고는 군사들을 재촉하여 진격했다. 현덕과 조운은 뒤로 물러서서 그대로 달아났다.

날은 이미 저물어 짙은 구름이 하늘을 가득 덮었다. 더욱이 달빛마저 없었다. 낮부터 불던 바람은 밤이 되면서 점점 세차게 몰아쳤다. 하후돈은 한사코 군사를 재촉하여 현덕의 군사를 추격하는 데만 전력을 기울였다. 뒤따라오던 우금과 이전은 좁은 곳으로 들어섰다. 양쪽이 온통 갈대밭이었다. 이전이 우금에게 말했다.

"적을 깔보는 자는 패하게 마련이오. 남쪽 길은 좁고 산과 개울이 서로 붙은 데다 수목마저 빽빽하게 우거져 있으니 저쪽에서 화공火攻을 쓰면 어떻게 한단 말이오?"

우금도 같은 생각이었다.

"그대의 말이 옳소. 내 앞으로 나아가 도독에게 말씀드려야겠소. 그대는 후군을 멈추어 세우도록 하시오."

이전은 즉시 고삐를 당겨 말머리를 돌리고는 큰소리로 외쳤다.

"후군은 서행하라!"

그러나 한창 신나게 달려가던 인마를 어떻게 금방 멈추어 세울 수 있단 말인가? 우금도 급하게 말을 몰며 목청을 돋우어 소리쳤다.

"전군의 도독은 잠시 멈추시오!"

신이 나서 달려가던 하후돈은 후군 쪽에서 우금이 급히 달려오는 걸 보고 이유를 물었다. 우금이 말했다.

"남쪽은 길이 좁고 산과 냇물이 바짝 붙었으며 수목까지 우거졌으니 화공을 방비해야 합니다!"

그제야 하후돈은 정신이 번쩍 들었다. 즉시 말머리를 돌리며 군사들에게 전진하지 말라고 명을 내렸다. 그러나 말이 채 끝나기도 전이었다. 문득 등 뒤에서 함성이 진동하더니 어느새 가득한 불빛과 함께 엄청난 불길이 타오르고 있었다. 뒤이어 양쪽 갈대밭에도 불이 붙었다. 눈 깜빡할 사이에 사면팔방이 모조리 불길에 휩싸였다. 때마침 바람도 크게 몰아쳐 불길은 더욱 맹렬하게 타올랐다. 조조의 군사는 자기네끼리 밟고 밟히며 죽는 자가 얼마인지 헤아릴 수 없을 지경이었다. 이때 조운이 군사를 되돌려 쫓아오면서 들이쳤다. 하후돈은 연기를 무릅쓰고 불길을 뚫고 달아났다.

한편 이전은 형세가 불리하게 돌아가자 급히 되돌아서서 박망성으로 달려갔다. 그때 불빛 속에서 한 떼의 군사가 나타나 앞을 가로막았다. 앞장선 대장은 바로 관운장이었다. 이전은 혼전을 벌이며 말을 달려 길을 앗아 달아났다. 우금은 식량과 말먹이 풀을 실을 수레가 모두 타 버린 것을 보고 샛길로 달아났다. 하후란과 한호가 식량과 말먹이 풀을 구하러 오다가 장비와 정면으로 맞닥뜨렸다. 몇 합 싸우지도 않았는데 장비가 한 창에 하후란을 찔러 말 아래로 떨어뜨렸다. 이 광경을 본 한호는 길을 뚫고 줄행랑을 쳤다. 날이 밝을 무렵까지 줄곧 무찌르고 나서야 현덕의 장수들은 군사를 거두었다. 이번 싸움으로 죽은 시체가 들판에 가득 널리고 피는 흘러 내를 이루었다. 후세 사람이 지은 시가 있다.

박망에서 대치하다 화공으로 습격하니 /

공명이 지휘한 일 담소 중에 이뤄지네. //

뜻밖의 일 조조 간담 놀라서 터질 지경 /

초가집을 나온 이후 첫 공을 세웠도다.

博望相持用火攻, 指揮如意笑談中. 直須驚破曹公膽, 初出茅廬第一功!

하후돈은 패잔병을 수습하여 제바람에 허창으로 돌아갔다.

한편 공명이 군사를 거두자 관우와 장비 두 사람은 서로 감탄했다.

"공명은 참으로 영걸英傑이야!"

몇 리를 가지 못했을 때였다. 미축과 미방이 군사를 이끌고 자그마한 수레 한 대를 에워싼 채 나타났다. 수레 안에 단정히 앉은 사람은 바로 공명이었다. 관우와 장비는 말에서 내려 수레 앞에 엎드리며 절을 올렸다. 잠시 후 현덕과 조운, 유봉, 관평 등이 모두 당도했다. 군사들을 거두어 모은 뒤 노획한 식량과 말먹이 풀과 치중 등을 장병들에게 상으로 나누어주고 신야로 개선했다. 신야의 백성들은 멀리서 일어나는 먼지를 바라보고는 길을 막고 엎드려 절을 올렸다.

"우리가 목숨을 부지하게 된 것은 모두가 사군께서 훌륭한 분을 얻으신 덕분입니다!"

현청 아문으로 돌아온 공명이 현덕에게 말했다.

"하후돈은 비록 패하여 돌아갔지만 조조는 반드시 직접 대군을 이끌고 올 것입니다."

현덕이 물었다.

"그러면 어떻게 해야 되겠소?"

공명이 대답했다.

"저에게 조조의 군사를 대적할 계책이 하나 있습니다."

이야말로 다음 대구와 같다.

적을 깨뜨리고 아직 전마가 쉬지도 못했지만 /

전쟁을 피하려면 또한 좋은 계책을 따라야지

破敵未堪息戰馬 避兵又必賴良謀

그 계책이란 어떤 것인가, 다음 회를 보라.

40

불타는 신야성

채부인은 형주를 바칠 의논을 하고
제갈량은 신야성을 불태워 버리다
蔡夫人議獻荊州 諸葛亮火燒新野

현덕이 공명에게 조조의 군사를 막을 계책을 묻자 공명이 대답했다.

"신야는 작은 현이라 오래 머무를 수 없습니다. 요즈음 유경승의 병이 위독하다는데 이 기회에 형주를 손에 넣어 몸 붙일 근거지로 삼으십시오. 그리하면 아마 조조를 막아 낼 수 있을 것입니다."

현덕은 반대했다.

"군사軍師의 말씀은 아주 훌륭하오. 하지만 이 비가 경승의 은혜를 입은 처지에 어찌 차마 그곳을 빼앗을 수가 있단 말이오?"

공명이 깨우쳐 주었다.

"지금 만약 손에 넣지 않는다면 뒷날 후회해도 늦을 것입니다!"

현덕은 단호했다.

"차라리 죽을지언정 차마 의리를

저버리는 짓은 못하겠소.”

공명이 한발 물러섰다.

“그러면 이후에 다시 상의해야 할 것 같군요.”

한편 싸움에 패하여 허창으로 돌아간 하후돈은 스스로 결박을 짓고 조조 앞에 엎드려 죽여 달라고 청했다. 조조는 묶인 밧줄을 풀어 주었다. 하후돈이 말했다.

“제가 제갈량의 속임수에 걸려들었습니다. 그자는 화공으로 우리 군사를 깨뜨렸습니다.”

조조가 나무라는 투로 말했다.

“자네는 어릴 적부터 군사를 지휘한 사람인데 어찌하여 좁은 곳에서는 반드시 화공에 대비해야 한다는 사실을 몰랐단 말인가?”

하후돈이 사실대로 말했다.

“이전과 우금이 그런 말을 했습니다만 후회했을 때는 이미 너무 늦었습니다.”

조조는 우금과 이전에게 상을 내렸다. 하후돈이 또 말했다.

“유비가 이처럼 미쳐 날뛰고 있으니 참으로 심복지환이 아닐 수 없습니다. 시급히 제거하지 않으면 아니 될 것 같습니다.”

조조가 대꾸했다.

“내가 염려하는 자는 유비와 손권뿐일세. 나머지는 족히 마음에 둘 것도 없는 자들이지. 이 기회에 강남을 소탕해야겠네.”

그러고는 즉시 50만 대군을 일으키라는 명령을 내렸다. 조인과 조홍이 제1대가 되고 장료와 장합은 제2대, 하후돈과 하후연은 제3대, 우금과 이전은 제4대가 되었다. 조조는 친히 장수들을 거느리고 제5대가 되었는데 부대마다 각기 10만 명의 군사를 이끌었다. 그리고 허저를 절충장군折衝將軍으로 삼아 3천 명의 군사를 이끌고 선봉으로 나서게 했다. 출병 날짜는 건안 13년(208년) 가을 7월 병자일丙子日로 정했다.

이때 태중대부太中大夫 공융이 간했다.

"유비와 유표는 모두 황실의 종친이니 함부로 정벌해서는 안 됩니다. 손권은 호랑이처럼 여섯 군을 타고 앉은 데다 장강이란 험한 지세까지 갖추었으니 역시 손에 넣기가 쉽지 않습니다. 지금 승상께

서 이처럼 의롭지 못한 군사를 일으킨다면 천하 사람들의 신망을 잃을까 두렵습니다."

조조는 화가 났다.

"유비, 유표, 손권은 모두 조정의 명을 거스르는 역신들인데 어찌 토벌하지 않고 놔둔단 말이오?"

조조는 즉시 공융을 꾸짖어 물리치고 명령을 내렸다.

"만일 다시 말리는 자가 있다면 반드시 목을 치겠다!"

승상부를 나온 공융은 하늘을 우러러 탄식했다.

"지극히 어질지 못한 사람이 지극히 어진 사람을 정벌하려 하니 어찌 패하지 않겠는가?"

이때 어사대부御使大夫 치려郗慮의 집에 머무는 손님이 공융의 말을 듣고 치려에게 알렸다. 치려는 평소부터 공융에게 경멸을 당해 왔기 때문에 공융을 미워하고 있었다. 그래서 얼른 승상부로 들어가 조조에게 일러바치고는 말을 덧붙였다.

"공융은 평소에 늘 승상을 업신여겼을 뿐만 아니라 예형과도 사이가 좋았습니다. 예형이 공융에게 '중니仲尼(공자의 자)가 죽지 않으셨구려'라고 칭찬하면 공융은 예형에게 '안회顔回(공자의 수제자)가 다시 살아온 것 같구려' 하고 맞장구를 쳤습니다. 전에 예형이 승상을 모욕한 것도 공융이 그를 부추겼기 때문입니다."

크게 노한 조조는 즉시 정위廷尉에게 공융을 체포하게 했다. 공융에게는 나이 어린 두 아들이 있었는데 이때 집에서 형제가 마주앉아 바둑을 두고 있었다. 곁에서 시중드는 사람이 급히 알렸다.

"아버님께서 정위에게 잡혀가 곧 목이 떨어지게 되었습니다! 두 분 공자께서는 어찌하여 서둘러 피하지 않으십니까?"

공융의 두 아들이 대꾸했다.

"둥지가 부서지는 판에 알이 어찌 성할 수 있겠느냐?"

그 말이 채 끝나기도 전이었다. 정위가 공융의 집으로 들이닥치더니 공융의 식솔들과 두 아들을 몽땅 잡아다 모조리 목을 쳤다. 그리고 공융의 시신을 저잣거리에 내놓고 오가는 사람들이 보게 했는데, 경조京兆(장안 일대) 사람 지습脂習이 시체에 엎드려 곡을 했다. 이 말을 들은 조조가 크게 노하여 지습을 죽이려 했다. 순욱이 말렸다.

"들자니 지습은 평소에 공융에게 종종 '공은 지나치게 강직해서 탈이오. 그건 화를 부르는 길이오'라고 충고했답니다. 그런데 지금 공융이 죽자 와서 울어 주니 그야말로 의로운 사람입니다. 죽여서는 안 됩니다."

그래서 조조는 지습을 죽이지 않았다. 지습은 공융 부자의 시신을 거두어 묻어 주었다. 후세 사람이 시를 지어 공융을 칭찬했다.

공융은 북해에서 태수를 지내면서 /
호협한 기개가 무지개를 꿰뚫었네. //
자리에는 언제나 손님이 가득하고 /
술 단지 안에는 술이 비지 않았네.

문장은 빼어나 세인을 놀라게 하고 /
웃으며 하는 말로 왕공을 경멸했네. //
사필에선 그를 충직하다 찬양하여 / 사관이 적기를 태중대부라 했네.
孔融居北海, 豪氣貫長虹. 座上客長滿, 樽中酒不空.
文章驚世俗, 談笑侮王公. 史筆褒忠直, 存官紀太中.

공융을 죽인 조조는 다섯 부대의 군사들에게 출동 명령을 내려 순서에 따라 떠나게 하고 순욱 등 몇 사람만을 남겨 허창을 지키게 했다.

한편 형주의 유표는 병세가 위중해지자 사람을 보내 현덕을 청했다. 자신이 죽은 뒤 아들을 부탁하려는 것이었다. 현덕이 관우, 장비를 데리고 형주로 가서 유표를 알현하니 유표가 말했다.

주지핑 그림

"내 병은 이미 고황膏肓에 침투했으니 오래지 않으면 죽을 것이네. 그래서 특별히 아비 잃은 자식들을 아우님에게 부탁하려 하니. 나의 자식들은 재주가 없으니 아마 아비의 사업을 이을 수 없을 것 같네. 내가 죽은 후에는 아우님이 직접 형주를 맡아 주게."

현덕은 눈물을 흘리며 절을 올렸다.

"이 비 있는 힘을 다해 조카님을 보좌할 것입니다. 어찌 감히 다른 뜻을 품겠습니까?"

두 사람이 한창 이야기를 하고 있는데 조조가 직접 대군을 거느리고 쳐들어온다는 보고가 들어왔다. 현덕은 급히 유표에게 하직 인사를 하고 밤을 무릅쓰고 신야로 돌아갔다. 병중에서 이 소식을 들은 유표는 너무나 놀라 유서를 쓰려고 상의했다. 장자 유기를 형주의 주인으로 삼고 현덕이 유기를 보좌하게 한다는 내용이었다. 채부인은 그 소식을 전해 듣고는 성이 나서 부중의 내문內門을 닫아걸고 채모와 장윤張允 두 사람에게 관아의 바깥문을 지키게 했다. 이때 강하에 있던 유기가 부친의 병세가 위중하다는 소식을 듣고 병문안을 하려고 형주로 왔다. 그런데 관아의 바깥문에 이르자 채모가 막았다.

"공자께서는 부친의 명령을 받들어 강하를 지키시니 그 임무가 막중하오. 그런데 지금 제멋대로 지키던 자리를 떠났으니 만약 동오의 군사가 쳐들어오면 어떻게 하려고 그러시오? 만약 안에 들어가 주공을 뵙는다면 반드시 진노하시어 병이 더욱 심해질 것이니 효도가 아니오. 속히 돌아가시는 게 옳을 것이오."

유기는 문밖에 서서 한바탕 대성통곡을 하고는 말에 올라 그대로 강하로 돌아갔다. 유표는 병세가 점점 위독해지는데 기다리는 유기는 끝내 오지 않았다. 8월 무신일戊申日 유표는 몇 차례 큰소리를 지르더니 죽고 말았다. 후세 사람이 시를 지어 유표를 탄식했다.

지난날 소문에 원소는 황하 이북을 차지하고 /
유표 또한 넓은 형주 지역을 제패했다 했네. //
그러나 모두들 암탉이 울어 집안에 폐 끼치니 /
가련하여라 오래지 않아 깡그리 멸망당하다니!
昔聞袁氏居河朔, 又見劉君霸漢陽. 總爲牝晨致家累, 可憐不久盡銷亡!

유표가 죽자 채부인은 채모, 장윤과 상의하고 가짜 유언장을 만들어 둘째아들 유종을 형주의 주인으로 삼았다. 그런 뒤에 곡을 하며 유표의 죽음을 관원들에게 알렸다. 이때 유종은 겨우 열네 살이었는데, 자못 총명했다. 그가 사람들을 모아 놓고 말했다.

"아버님께서 세상을 버리셨지만 형님이 지금 강하에 계시고 더욱이 숙부이신 현덕은 신야에 계시오. 그대들이 나를 주인으로 세웠는데 만약 형님이나 숙부께서 군사를 일으켜 죄를 묻는다면 어떻게 해명한단 말이오?"

관원들이 미처 대답하지 못하고 있는데 막관幕官 이규李珪가 대답했다.

"공자의 말씀이 참으로 옳습니다. 지금 속히 강하에 소식을 알려 큰 공자를 모셔다가 형주의 주인으로 삼으시고 현덕과 함께 일을 맡아보게 하십시오. 그리하면 북쪽으로는 조조와 대적할 수 있고 남쪽으로는 손권을 막을 수 있습니다. 이것이 만전을 기할 수 있는 대책입니다."

채모가 대뜸 꾸짖었다.

"너는 어떤 놈이기에 감히 허튼소리를 지껄이며 주공께서 남기신 명령을 거스른단 말이냐?"

이규도 맞받아 크게 욕설을 퍼부었다.

"너희가 안팎으로 무리를 지어 유명을 꾸며서 맏아들을 폐하고 작은아들을 세웠으니 이는 눈앞에서 형주의 아홉 군을 채씨의 손에 넘기려는 수작이 아니냐? 돌아가신 주공의 혼령이 계신다면 반드시 너희를 죽일 것이다!"

크게 노한 채모는 측근들에게 호령하여 이규를 끌어내 목을 치게 했다. 이규는 죽을 때까지 욕설을 퍼부으며 그치지 않았다. 채모는 마침내 유종을 주인으로 세우고, 채씨 종족들이 형주의 군사들을 나누어 거느렸다. 치중治中 등의鄧義와 별가 유선劉先에게 형주를 지키게 하고, 채부인은 몸소 유종과 함께 양양으로 나아가 주둔하며 유기와 현덕의 움직임에 대비했다. 그러고는 유표의 관을 양양성 동쪽 한수 북쪽 들판에 장사지내고 유기와 현덕에게는 부음마저 알리지 않았다.

유종이 양양에 이르러 바야흐로 말을 쉬게 하는데 별안간 조조가 대군을 이끌고 양양을 향해 쳐들어온다는 보고가 들어왔다. 깜짝 놀란 유종은 괴월과 채모 등을 불러 상의했다. 동조연東曹椽 부손傅巽이 나서서 말했다.

"조조의 군사가 오는 것만 걱정스러운 게 아닙니다. 지금 큰 공자가 강하에 있고 현덕은 신야에 있는데 아무에게도 장사지낸 것을 알리지 않았으니 그들이 군사를 일으켜 죄를 묻는다면 형양이 위태롭습니다. 저에게 계책이 하나 있으니 형주의 백성들을 태산처럼 안정되게 할 수 있을 뿐만 아니라 주공의 명호名號와 작위도 온전히 보존

할 수 있을 것입니다."

유종이 물었다.

"어떤 계책이오?"

부손이 대답했다.

"아예 형양의 아홉 군을 들어 조조에게 바치는 것입니다. 그러면 조조는 반드시 주공을 무겁게 대할 것입니다."

유종이 꾸짖었다.

"그게 무슨 소리요? 내가 돌아가신 아버님의 사업을 이어받아 아직 자리도 잡지 못했는데 어찌 곧바로 다른 사람에게 내준단 말이오?"

괴월이 입을 열었다.

"부공제公悌(부손의 자)의 말이 맞습니다. 무릇 거스르고 따름에는 중요한 이치가 있고 강함과 약함에는 정해진 형세가 있습니다. 지금 조조는 남쪽을 정벌하고 북방을 토벌하면서 조정의 이름을 내세우고 있으니 주공께서 그에게 항거하는 건 명분으로 보아 순리가 아닙니다. 게다가 주공께서는 이제 막 옹립되셨는데 바깥의 걱정이 사라지지 않았고 내부의 근심도 일어나려 합니다. 형양의 백성들은 조조의 군사가 온다는 말만 듣고도 싸우기도 전에 간담부터 서늘해질 터인데 어찌 그와 대적할 수 있겠습니까?"

유종이 말했다.

"여러분의 좋은 말씀을 내가 따르지 않겠다는 건 아니오. 단지 돌아가신 아버님의 기업을 하루아침에 남에게 내주면 천하 사람들의 웃음거리가 되지나 않을까 두려울 따름이오."

유종의 말이 끝나기도 전이었다. 한 사람이 고개를 쳐들고 앞으로 나서며 말했다.

"부공제와 괴이도異度(괴월의 자)의 말이 참으로 훌륭합니다. 어찌하여 그 말을 좇지 않으십니까?"

사람들이 보니 왕찬王粲이었다. 왕찬은 산양山陽 고평高平 사람으로 자는 중선中宣인데, 바싹 마르고 약한 용모에 체격도 왜소했다. 그가 어렸을 때 중랑中郞 채옹을 찾아간 적이 있었다. 당시 채옹은 여러 고명한 친구들과 함께 앉아 있다가 왕찬이 왔다는 소식에 신을 거꾸로 신고 서둘러 뛰어나가 맞아들였다. 손님들이 모두 놀랐다.

"채중랑은 어이하여 유독 그 어린아이를 공경하시오?"

채옹이 대답했다.

"이 아이의 뛰어난 재주에는 내가 도저히 미치지 못하오."

왕찬은 견문이 넓고 기억력이 좋아 누구도 그를 따를 수 없었다. 일찍이 길가의 비석에 새겨진 비문을 한번 죽 훑어보고는 곧바로 줄줄 외웠고, 남이 바둑 두는 것을 구경하다가 바둑판이 흐트러지면 원래대로 복기復碁했는데 한 점도 틀리는 법이 없었다. 또한 산술을 잘했고 문장도 절묘하여 당대를 풍미했다. 17세 때 황제를 가까이에서 모시는 황문시랑으로 쓰겠다고 불렀으나 나아가지 않았다. 후에 난리를 피해 형양으로 온 그를 유표가 상빈으로 삼았다. 이날 왕찬이 유종에게 물었다.

"장군께서는 스스로 조공과 비교하여 어떻다고 생각하십니까?"

유종이 대답했다.

"내가 못하지요."

왕찬은 조조의 업적을 늘어놓았다.

"조공은 군사도 강하고 장수도 용맹하며 지혜는 넉넉하고 꾀가 많습니다. 여포를 하비에서 사로잡고 원소를 관도에서 꺾었으며, 유비를 농우隴右로 쫓아내고 오환을 백랑白狼에서 깨뜨렸으며, 깨끗이 쓸어 평정한 자도 헤아릴 수가 없습니다. 이제 대군을 이끌고 남쪽의 형양으로 밀고 내려오니 그 형세는 도저히 막아 내기 어렵습니다. 부공제와 괴이도 두 분의 주장은 뛰어난 계책입니다. 장군께서는 머뭇거리지 마십시오. 후회를 자초하시게 됩니다."

유종이 말했다.

"선생의 가르침이 지극히 옳소이다. 그러나 어머님께 여쭈어 알려 드려야 하겠소."

이때 문득 채부인이 병풍 뒤에서 나오더니 유종에게 말했다.

"이미 중선, 공제, 이도 세 사람의 견해가 똑같은데 나에게 알릴 필요가 어디 있겠느냐?"

이에 유종이 뜻을 결정했다. 항복하는 글을 써서 송충宋忠에게 주고 비밀리에 조조의 군영으로 가서 바치게 했다. 명령을 받은 송충은 곧바로 완성으로 가서 조조를 만나 항복하는 글을 올렸다. 조조는 크게 기뻐하며 송충에게 후한 상을 내리고 유종이 성을 나와 영접한다면 영원히 형주의 주인이 되도록 해주겠노라고 했다.

송충은 조조에게 절을 올려 작별하고 형양으로 돌아가려고 길을 찾아 나섰다. 막 강을 건너려는데 별안간 한 떼의 인마가 달려왔다. 바로 관운장이었다. 송충은 미처 피할 겨를도 없이 꼼짝 못하고 운장 앞으로 불려 갔다. 운장은 형주의 일을 꼼꼼하게 캐물었다. 송충이 처음에는 숨기려 했지만 운장의 물음에 더 이상 둘러댈 수가 없어 결국 앞뒤의 사연을 사실대로 낱낱이 털어놓지 않을 수 없었다. 깜짝 놀란 운장은 즉시 송충을 체포하여 신야로 데리고 가서 현덕에게 그 일을 자세히 이야기했다. 그 사연을 전해들은 현덕은 대성통곡했다. 장비가 말했다.

"이왕 일이 이렇게 되었으니 우선 송충의 목부터 자릅시다. 뒤이어 군사를 일으켜 강을 건너가 양양을 빼앗고 채씨와 유종을 죽인 다음 조조와 맞붙어 싸워야겠습니다."

현덕이 핀잔을 주었다.

"자네는 잠시 입을 좀 다물고 있게. 나에게도 짐작이 있으니까."

그러고는 송충을 꾸짖었다.

"너는 사람들이 그런 짓을 꾸미는 걸 알면서도 어찌하여 일찌감치 나에게 와서 알리지 않았느냐? 지금 네 목을 자른다 해도 일에 도움이 되지는 않을 것이다. 그러니 속히 돌아가라."

송충은 절을 올려 감사하고는 머리를 싸쥐고 놀란 쥐새끼 달아나듯 가 버렸다.

현덕이 한창 근심에 싸여 있는데 공자 유기가 보낸 이적이 왔다는 보고가 들어왔다. 현덕은 이적이 지난날 자신을 구해 준 은혜를 생각하고 계단 아래까지 내려가 영접하면서 두 번 세 번 감사의 말을 했다. 이적이 말했다.

"강하에 계시는 큰 공자는 유형주께서 이미 돌아가셨다는 소문을 들었습니다. 그런데 채부인이 채모 일당과 상의하여 부음도 알리지 않은 채 유종을 주인으로 세웠다는군요. 공자께서 양양으로 사람을 보내 알아보게 했더니 과연 소문이 사실이었습니다. 사군께서 모르고 계실 것 같아 특별히 저를 시켜 부음을 알리는 글을 올림과 동시에 휘하의 정예병을 모조리 일으켜 함께 양양으로 가서 죄를 묻자고 청하십니다."

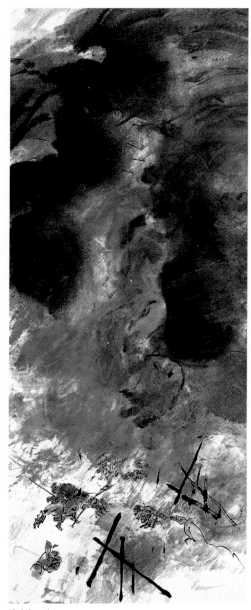

황전창 그림

현덕은 유기의 글을 읽고 나서 이적에게 말했다.

"기백機伯(이적의 자)께서는 유종이 형주의 주인 자리에 올랐다는 사실만 알지 더 기막힌 일은 모를 것이오. 유종은 이미 형양 아홉 군을 조조에게 바쳤다는구려!"

이적은 깜짝 놀랐다.

"사군께서는 그 일을 어떻게 아십니까?"

현덕은 송충을 잡았던 일을 자세히 이야기했다. 이적이 말했다.

"그렇다면 사군께서는 조문한다는 명분을 내세워 우선 양양으로 가서서 유종을 성밖에 나와 맞이하도록 꾀어내어 즉시 사로잡고 그 무리를 죽이면 형주는 사군의 차지가 될 것입니다."

공명이 찬성했다.

"기백의 말이 옳습니다. 주공께서는 이 말을 따르십시오."

현덕은 눈물을 주르르 흘렸다.

"형님께서 병세가 위중하실 때 부친을 잃게 될 자식을 나에게 부탁했는데 지금 내가 그 아들을 잡고 그 땅을 빼앗는다면 훗날 죽어 구천으로 가서 무슨 면목으로 형님을 다시 뵙겠소?"

공명이 다시 권했다.

"그렇게 하지 않으신다면 이미 완성까지 쳐들어온 조조의 군사를 어떻게 막으시겠습니까?"

현덕이 대답했다.

"차라리 번성을 버리고 달아나는 게 낫겠소."

한창 대책을 상의하고 있는데 정찰병이 나는 듯이 달려와 조조의 군사가 이미 박망에 이르렀다고 보고했다. 현덕은 황급히 이적을 강하로 돌아가게 하고 군마를 정돈했다. 그러는 한편 공명과 더불어 적을 막을 대책을 상의했다.

공명이 말했다.

"주공께서는 마음을 놓으십시오. 지난번에는 한 다발의 불로 하후돈의 인마를 태반이나 태웠는데 이번에 조조의 군사가 또 왔으니 그를 이 계책에 빠뜨리겠습니다. 이제 우리는 신야에 머물러 있을 수 없게 되었으니 일찌감치 번성으로 가는 편이 좋겠습니다."

그러고는 즉시 사람을 보내 성의 네 대문에 방문을 내걸어 주민들에게 알렸다.

남녀노소를 불문하고 나를 따라가고 싶은 자는 오늘 당장 나를 따라 번성으로 가서 잠시 피신토록 하라. 착오가 있어서는 안 된다.

그러고는 손건을 강변으로 보내 배를 조달하여 백성들을 구하게 하고 미축에게는 관원의 식솔들을 번성으로 호송해 가도록 했다. 또 한편 장수들을 모아 군령을 하달했다. 맨 먼저 관우에게 명령을 내렸다.

"운장은 군사 1천 명을 이끌고 백하白河 상류로 가서 매복하되 각자 자루에 모래와 흙을 담아 백하의 물을 막도록 하시오. 내일 밤 3경이 지나 하류에서 사람들이 떠들고 말이 울부짖는 소리가 들리거든 급히 모래 자루를 치우고 물을 터뜨려 조조의 군사를 물에 빠뜨리시오. 그런 다음에는 물길을 따라 쳐 내려오며 다른 군사들과 호응하시오."

그 다음에는 장비를 불렀다.

"익덕은 군사 1천 명을 이끌고 박릉博陵 나루터로 가서 매복하시오. 이곳은 물살이 제일 느린 곳이라 조조의 군사는 물결에 휩쓸리면 반드시 이곳을 통해 달아날 것이오. 그 틈에 기세를 몰아 들이치며 호응하시오.”

또 조운을 불렀다.

“자룡은 군사 3천 명을 네 부대로 나누어 이끌되 직접 한 부대를 거느리고 동문 밖에 매복하고, 나머지 세 부대는 각기 서문·남문·북문에 매복하도록 하시오. 이보다 앞서 성안의 민가 지붕에 불이 잘 붙는 유황과 염초焰硝 등을 많이 감추어 두시오. 조조의 군사가 성안으로 들어오면 반드시 민가에 들어가 휴식을 취할 것이오. 내일 해질 무렵이 지나면 반드시 세찬 바람이 불 것이니 바람이 불기만 하면 곧바로 서문·남문·북문 밖에 매복한 군사들에게 성안으로 불붙은 화살을 쏘아붙이게 하시오. 성안에서 불길이 세차게 타오르기를 기다렸다가 성밖에서 함성을 질러 위세를 도우시오. 동문만은 남겨 두어 그들이 달아나면 그때 그대는 동문 밖에서 달아나는 적을 추격하면서 공격토록 하시오. 그러다가 날이 밝으면 관우·장비 두 장군과 함께 군사를 거두어 번성으로 돌아오시오.”

다시 미방과 유봉 두 사람에게 명했다.

“군사 2천 명을 이끌되 절반은 붉은 기를, 절반은 푸른 기를 들고 신야성 밖 30리 떨어진 작미파鵲尾坡 앞으로 가서 주둔하시오. 조조의 군사가 오는 것이 보이거든 붉은 기를 든 군사들은 왼쪽으로 달려가고 푸른 기를 든 군사들은 오른쪽으로 달려가시오. 그들은 의심이 들어 틀림없이 감히 쫓아오지 못할 것이오. 그러면 그대들은 두 갈래로 나뉘어 매복하시오. 성안에서 불길이 솟아오르거든 즉시 패잔병을 추격하면서 무찌르시오. 그런 다음 백하 상류로 가서 다른 군사들과 호응하시오."

군사 배치를 끝낸 공명은 바로 현덕과 함께 높은 곳으로 올라가 멀리 바라보면서 승리의 소식만 기다렸다.

한편 조인과 조홍은 10만 명의 군사를 이끌고 선두 부대가 되었는데 그들의 앞에는 허저가 이미 3천 명의 철갑군을 이끌고 길을 열었다. 대군은 호호탕탕 신야로 쇄도했다. 이날 오시午時 경 그들은 작미파에 이르렀다. 멀리 바라보니 비탈 앞에 한 무리의 인마가 있는데 모두 붉은 기 아니면 푸른 기를 들고 있었다. 허저가 군사를 재촉하여 앞으로 나아갔다. 유봉과 미방이 군사를 네 부대로 나누더니 붉은 기와 푸른 기를 든 군사들이 각기 왼쪽과 오른쪽으로 돌아갔다. 허저는 고삐를 잡아당겨 말을 세우고 잠시 나아가지 말라는 명령을 내렸다.

"앞에 틀림없이 복병이 있다. 군사들은 움직이지 말고 이곳에 머물도록 하라!"

허저는 홀로 나는 듯이 말을 몰아 선두 부대로 달려가 조인에게 상황을 보고했다. 조인이 말했다.

"이것은 우리 눈을 속이는 의병일 뿐 매복은 없을 것이오. 속히 진군하시오. 내가 군사를 재촉하여 뒤따라가겠소."

허저는 다시 작미파 앞으로 돌아와 군사를 이끌고 돌격해 들어갔다. 숲속으로 쫓아 들어가 뒤져 보았지만 사람이라곤 하나도 보이지 않았다. 해는 이미 서쪽으로 기울었다. 허저가 막 전진하려는데 문득 산 위에서 나팔 소리 북소리가 들렸다. 머리를 들어 보니 산꼭대기에 깃발들이 가득한데 그 속에 두 개의 해 가리개가 펼쳐져 있었다. 왼쪽 가리개 밑에는 현덕, 오른쪽 가리개 밑에는 공명이 있었다. 두 사람은 마주 앉아 술을 마시고 있었다. 화가 머리꼭지까지 치밀어 오른 허저는 군사를 이끌고 길을 찾아 산으로 치달아 올라갔다. 그러나 산 위에서 통나무가 굴러 내리고 돌을 담은 자루가 쏟아지는 바람에 전진할 수가 없었다. 게다가 산 뒤편에서 함성이 진동했다. 허저가 길을 찾아 싸우려고 했지만 날은 이미 저물고 말았다.

이때 조인이 군사를 거느리고 당도하여 우선 신야성을 빼앗아 말

주지굉 그림

을 쉬게 하라고 명했다. 군사들이 성 아래에 이르렀을 때였다. 네 대문이 활짝 열려 있었다. 조조의 군사들은 돌격해 들어갔다. 그러나 아무도 막는 사람이 없었다. 성안에도 사람 한 명 찾아볼 수 없었다. 뜻밖에도 신야는 텅 빈 성이었다. 조홍이 말했다.

"이는 세력이 고단하고 계책이 바닥났기 때문에 백성들을 데리고 달아난 것입니다. 우리 군사는 잠시 성안에서 편안히 휴식을 취한 다음 내일 날이 밝는 대로 진군하도록 하시지요."

이때 군사들은 길을 너무 걸어 피곤한 데다 허기에 지쳐 있었다. 그래서 모두가 아무 집이나 빼앗아 차지하고 밥을 짓기 시작했다. 조인과 조홍은 관아 안에서 편안히 쉬고 있었다. 초경이 지나자 미친 듯 바람이 몰아치기 시작했다. 문을 지키던 군사가 나는 듯이 달려와 불이 났다고 보고했다. 조인은 대수롭지 않게 대꾸했다.

"밥을 짓던 군사들이 조심하지 않아 실수로 낸 불일 것이다. 제풀에 놀라지 말라."

그 말이 채 끝나기도 전에 연달아 몇 차례나 급보가 날아들었다. 서문·남문·북문에서 모두 불길이 치솟고 있다는 것이었다. 조인은 급히 장수들에게 말을 타라고 명했다. 그때 온 성안은 불길에 휩싸여 하늘과 땅이 모두 시뻘겋게 변했다. 이날 밤의 불길은 전날 박망에서 식량을 태운 불길보다 훨씬 치열했다. 후세 사람이 시를 지어 찬탄했다.

간사한 영웅 조조는 중원만 지킬 일이지 /
구월에 남하하여 한수 유역을 침범하네. //
바람신 풍백이 노하여 신야현에 나타나고 /

불신 축융도 날아와 하늘까지 불기둥일세.

奸雄曹操守中原, 九月南征到漢川, 風伯怒臨新野縣, 祝融飛下焰摩天.

조인은 장수들을 이끌고 연기와 불꽃을 무릅쓰고 길을 찾아 동분서주했다. 동문에는 불길이 보이지 않는다는 말을 듣고 부랴부랴 동문으로 달려 나갔다. 서로 먼저 나가려다 밟고 밟혀 죽는 군사가 헤아릴 수 없을 지경이었다.

조인 등이 가까스로 불의 재앙을 벗어났을 때였다. 등 뒤에서 한바탕 고함 소리가 일어나며 조운이 군사를 이끌고 쫓아와 혼전을 벌였다. 그러나 패한 군사들이 제각기 목숨을 부지하려고 도망치는 판국이라 누구 하나 돌아서서 싸우려는 사람이 없었다. 한창 달아나고 있는데 미방이 또 한 떼의 군사를 이끌고 와서 한바탕 들이쳤다. 대패한 조인이 적군 사이를 뚫고 달아나는데 유봉이 또 한 무리의 군사를 이끌고 나타나더니 길을 막고 한바탕 들이쳤다. 4경쯤 되자 사람과 말이 다 함께 지쳐 쓰러질 지경이 되었다. 군사들은 태반이 머리카락이 그을리거나 이마를 덴 상태였다. 백하까지 달려가다 보니 반갑게도 물이 별로 깊지 않았다. 사람과 말이 모두 강으로 내려가 물을 마셨다. 사람들은 서로 지껄이느라 와자지껄하고 말들도 저마다 울부짖었다.

한편 운장은 백하 상류에서 모래 자루로 물길을 막고 있었다. 황혼 무렵이 되자 멀리 신야에서 불길이 치솟는 광경이 보였다. 4경쯤 되자 갑자기 하류에서 사람들이 떠드는 소리와 함께 말울음 소리가 들려 왔다. 그는 급히 군사들에게 물길을 막고 있던 자루를 일제히 제거하라고 명을 내렸다. 거센 물결이 하늘도 집어삼킬 듯 치솟더니 그대로 하류를 향해 쏟아져 내렸다. 조인의 군사는 사람과 말이 다 함께 물결에 휩쓸려 죽는 자가 말할 수 없이 많았다. 조인은 장수들을 이끌고 물살이 완만한 쪽을 향하여 길을 찾아 달아났다. 박릉 나루터에 이르자 문득 고함 소리가 요란하게 일어나면서 한 떼의 군사가 길을 가로막았다. 앞장선 대장은 바로 장비였다.

"조가 놈은 속히 와서 목숨을 바쳐라!"

조인의 군사들은 크게 놀랐다. 이야말로 다음 대구와 같다.

성안에서 붉은 화염 솟구치는 걸 보았는데 /
물가에서 또 다시 검은 장비와 마주치누나.
城內才看紅焰吐　水邊又遇黑風來

조인의 목숨은 어떻게 될 것인가, 다음 회를 보라.

41

조자룡은 필마단기로 어린 주인을 구하다

유현덕은 백성을 데리고 강을 건너고
조자룡은 단기로 어린 주인을 구하다
劉玄德携民渡江 趙子龍單騎救主

관공이 상류에서 물을 터뜨리자 장비는 군사를 이끌고 하류로 쳐 내려와서 조인의 앞길을 가로막고 닥치는 대로 무찔렀다. 그러다 갑자기 허저와 맞닥뜨리자 바로 그와 어우러져 싸웠다. 그러나 싸울 마음이 없어진 허저는 길을 앗아 달아났다. 잠시 뒤를 추격하던 장비는 현덕과 공명을 맞이하여 함께 강변을 따라 상류 쪽으로 올라갔다. 유봉과 미방이 미리 배를 준비해 놓고 기다리고 있었다. 한 사람도 남김없이 다 함께 강을 건너서 번성을 향해 갔다. 공명은 배와 뗏목들을 모조리 태우게 했다.

한편 조인은 패잔병을 수습해 신야로 가서 주둔했다. 그러고는 조홍을 보내 조조에게 싸움에 패한 사실을 자세히 고하게 했다. 조조는 크게 노했다.

"제갈 촌놈이 어찌 감히 이럴 수 있단 말이냐!"

곧 삼군에 출동 명령을 내려 산과 들을 새카맣게 뒤덮으며 신야로 몰려가 영채를 세우고는 한편으론 산을 수색하고 한편으론 백하_{白河}를 메우게 했다. 그와 함께 대군을 여덟 길로 나누어 일제히 번성을 치도록 했다. 유엽이 말했다.

"승상께서 양양에 처음 오셨으니 우선 민심부터 잡아야 합니다. 지금 유비는 신야의 백성을 모두 데리고 번성으로 들어갔으니 우리 군대가 이대로 진격하면 두 현은 가루가 되고 말 것입니다. 먼저 사람을 보내 유비에게 항복을 권하는 편이 좋겠습니다. 유비가 항복하지 않더라도 우리에게 백성을 사랑하는 마음이 있음을 보여 줄 수 있고 그가 항복한다면 형주 땅은 싸우지 않고도 평정할 수 있을 것입니다."

조조는 그 말을 따르기로 하고 물었다.

"그럼 누구를 사자로 보냈으면 좋겠소?"

유엽이 대답했다.

"서서가 유비와 교분이 두터운데 지금 마침 군중에 있습니다. 그를 보내는 게 어떻겠습니까?"

조조가 걱정했다.

"그는 가면 돌아오지 않을 것 같아 걱정이오."

유엽이 말했다.

"그가 돌아오지 않는다면 남의 웃음거리가 될 것입니다. 승상께서는 의심하지 마십시오."

조조가 서서를 불러서 말했다.

"내 본래 번성을 말발굽 아래 짓밟아 버리려 했으나 백성들의 목숨이 가엾구려. 공이 가서 유비를 설득하시오. 그가 기꺼이 항복하면 죄를 용서하고 작위를 내리겠지만 어리석은 생각에 미혹되어 고집을 부리는 날에는 군사와 백성을 가릴 것 없이 한꺼번에 도륙을 낼 것이오. 내가 공의 충의를 잘 알기 때문에 특별히 보내는 것이니 내 뜻을 저버리지 마시오."

서서가 명을 받고 떠났다. 번성에 이르니 현덕과 공명이 맞이하여 함께 모여 지난날 다하지 못한 정을 풀었다. 서서가 말했다.

"조조가 저를 보내 사군에게 항복을 권하는 것은 백성의 마음을 잡아 보려는 것입니다. 저들이 여덟 길로 군사를 나누어서 백하를 메우고 진격한다면 번성을 지키지 못할 것입니다. 속히 계책을 세우시는 것이 좋겠습니다."

현덕은 서서를 그대로 붙잡아 두고 싶었다. 서서가 말했다.

"제가 돌아가지 않는다면 사람들의 비웃음이나 사게 될 것입니다. 늙은 어머님께서 돌아가신 것은 평생의 한이 되었습니다. 몸은 조조에게 있다고 하나 맹세코 그들을 위해서는 단 한 가지 계책도 내지 않을 작정입니다. 공에게는 와룡이 보좌하고 있으니 어찌 대업을 이루지 못할까 근심하겠습니까? 이제 그만 작별을 고하겠습니다."

현덕은 억지로 붙들 수가 없었다.

서서는 돌아가서 조조에게 현덕에게는 항복할 뜻이 전혀 없더라고 보고했다. 크게 노한 조조는 당일로 군사를 진격시켰다. 현덕이 공명에게 계책을 물었다. 공명이 대답했다.

"속히 번성을 버리고 양양을 빼앗아 잠시 쉬도록 하십시오."

현덕이 걱정했다.

"그러나 백성들이 나를 따른 지 오래인데 어찌 차마 저들을 버린단 말이오?"

공명이 대책을 내놓았다.

"따르기를 원하는 자는 함께 가되 원하지 않는 자는 그대로 남으라고 백성들에게 두루 알리십시오."

그래서 운장은 강변으로 가서 선박들을 정돈하게 하는 한편 손건과 간옹은 성안에서 큰소리로 알리게 했다.

"금방 조조의 군사가 닥칠 것인데 외로운 성을 오래 지킬 수는 없다. 원하는 사람은 함께 강을 건너도록 하라."

두 고을의 백성들은 한결같이 소리쳤다.

"우리는 죽는 한이 있더라도 사군을 따르겠소!"

그날로 모두들 울며불며 길을 나섰다. 늙은이를 부축하고 어린아이의 손을 잡은 채 남자는 지고 여자는 이고 우글우글 강을 건너는데, 양편 강기슭에 울음소리가 그치지 않았다. 배 위에서 이 광경을 보던 현덕은 목을 놓아 통곡했다.

"나 한 사람 때문에 이 많은 백성들이 이처럼 큰 환난을 겪고 있으니 내가 살아 무엇을 한단 말인가!"

그대로 강물에 몸을 던져 죽으려 하는 걸 좌우에서 급히 말려 구했다. 이 말을 전해 듣고 통곡하지 않는 사람이 없었다. 배가 남쪽 기슭에 당도하여 백성들을 돌아보니 미처 건너오지 못한 사람들이 남쪽을 바라보며 울고 있었다. 현덕은 운장에게 명하여 배를 재촉하여 그들을 건네주게 한 다음에야 비로소 말에 올랐다.

일행이 양양성 동문 밖에 이르러 보니 성 위에는 깃발이 두루 꽂혀 있고 해자 가에는 녹각鹿角이 빈틈없이 꽂혀 있었다. 현덕이 말을 세우고 큰소리로 외쳤다.

"유종 조카님, 나는 백성들을 구하려는 것뿐 다른 생각은 조금도 없네. 어서 성문을 여시게."

유종은 현덕이 왔다는 말을 듣고 겁이 나서 나오지 못했다. 채모와 장윤이 적루로 올라가더니 군사들을 호령하여 어지러이 화살을 날렸다. 성밖의 백성들은 적루를 바라보며 울부짖었다. 이때 성안에서 한 장수가 수백 명의 군사를 이끌고 성루 위로 올라오더니 크게 꾸짖었다.

고증평 그림

"나라를 팔아먹는 도적 채모와 장윤아! 유사군은 어질고 덕 있는 분이시다! 지금 백성들을 구하려고 찾아오셨는데 어찌하여 막는단 말이냐?"

여러 사람이 쳐다보니 그는 신장이 8척에다 얼굴은 무르익은 대춧빛이었다. 바로 의양義陽 사람으로 이름은 위연魏延이요 자는 문장文長이었다. 위연은 칼을 휘둘러 문을 지키는 장수와 군사들을 죽이고는 성문을 활짝 열고 조교를 내리며 소리를 높여 외쳤다.

"유황숙께선 속히 군사를 거느리고 성으로 들어오십시오! 함께 나라를 팔아먹는 역적을 죽입시다!"

장비가 즉시 말을 달려 들어가려 했다. 현덕이 급히 말렸다.

"백성들을 놀라게 하지 말라!"

위연은 현덕을 향해서 어서 군사를 거느리고 성으로 들어오라고 불렀다. 이때 한 장수가 군사를 거느리고 나는 듯이 말을 달려 나오며 호통을 쳤다.

"위연! 네 한낱 이름 없는 졸개가 감히 난을 일으킨단 말이냐? 대장 문빙文聘을 알아보겠느냐!"

이 말을 들은 위연은 크게 노하여 창을 꼬나들고 말을 달려 곧바로 싸움을 벌였다. 양편 군사들도 성벽 곁에서 마구 치고 박으니 함성이 천지를 진동시켰다. 그걸 보고 현덕이 말했다.

"본래 백성을 보호하자고 한 일이 도리어 백성을 해치게 되었구려. 나는 양양에 들어가고 싶지 않소."

공명이 건의했다.

"강릉은 형주의 요충이니 차라리 먼저 강릉을 차지하여 발판으로 삼는 것이 낫겠습니다."

현덕도 동의했다.

"바로 내 마음과 같구려."

이에 현덕은 백성들을 이끌고 양양 대로를 떠나 강릉을 향하여 길을 떠났다. 양양 성중의 백성들도 혼란한 틈을 이용하여 성에서 빠져나와 현덕을 따르는 사람이 많았다. 위연은 문빙과 어우러져 사시(오전 9시)부터 미시(오후 3시)까지 싸우다 보니 어느 틈에 수하의 병사들은 다 죽고 말았다. 위연은 즉시 말머리를 돌려 달아났다. 그러나 아무리 찾아도 현덕이 보이지 않았다. 그리하여 그는 장사 태수 한현韓玄에게로 갔다.

한편 현덕을 따르는 군사와 백성은 도합 10여만 명이었다. 크고 작은 수레가 수천 대나 되었고 멜대로 짐을 메고 봇짐을 진 사람들은 그 수를 헤아릴 수 없을 정도였다. 마침 유표의 무덤 곁을 지나게 되자 현덕은 장수들을 데리고 무덤 앞으로 가서 절을 올리고 울면서 빌었다.

"욕된 아우 비가 덕도 없고 재주도 없어 형님의 무거운 부탁을 저버리게 되었습니다. 그 죄는 오직 이 유비 한 몸에 있을 뿐 백성들과는 아무 관련이 없습니다. 바라건대 형님의 영험한 혼령이시여 형양의 백성들을 구해 주소서!"

그 말이 얼마나 비통하고 간절한지 군사와 백성들도 모두 눈물을 흘렸다. 갑자기 정찰하던 군사가 달려와서 보고했다.

"조조의 대군이 이미 번성에 주둔했는데 사람들을 풀어 배와 뗏목을 수습하여 오늘 당장 강을 건너 뒤를 쫓는다고 합니다."

장수들이 말했다.

"강릉은 요충지이므로 충분히 적을 막아 지킬 만합니다. 그런데 지금 수만 명의 백성을 데리고 가느라 하루에 십여 리 정도밖에 가지 못하고 있으니 이래서야 어느 때 강릉에 당도하겠습니까? 더구나 조조의 군사라도 들이닥친다면 어떻게 맞아 싸우겠습니까? 잠시 백성들을 버려두고 군사만 먼저 가는 것이 상책일 것 같습니다."

현덕이 울면서 말했다.

"큰일을 도모하는 사람은 반드시 백성을 근본으로 삼는다고 했소. 지금 백성들이 나를 따르고 있는데 어떻게 그들을 버린단 말이오?"

현덕의 말을 전해들은 백성들은 모두가 눈물을 글썽이며 감격했다. 후세 사람이 시를 지어 현덕을 칭찬했다.

난리 통에도 어진 마음으로 백성 사랑하느라 /
배에 올라서도 눈물 뿌리니 삼군이 감동하네. //
오늘날에도 양강 어귀에서는 위령제를 지내며 /
동네 어른들은 여전히 유사군을 그리워하네.
臨難仁心存百姓, 登舟揮淚動三軍. 至今憑弔襄江口, 父老猶然憶使君.

현덕이 백성들을 보호하며 천천히 나아가자 공명이 권했다.

"머지않아 추격병이 닥칠 것입니다. 운장을 강하로 보내서 공자 유기에게 구원을 청하게 하십시오. 공자에게 속히 군사를 일으켜서 배를 타고 강릉으로 와서 만나자고 하는 것이 좋겠습니다."

현덕은 그 말을 따랐다. 즉시 편지를 적어 운장에게 주고 손건과 함께 군사 5백 명을 거느리고 강하로 가서 구원을 청하게 했다. 장비에게는 뒤를 끊게 하고 조운에게는 가솔을 맡겨 보호하게 한 다음 나머지 사람들은 모두 백성들을 돌보며 나아가게 했다. 이러다 보니 하루에 고작 10여 리를 가서는 쉬곤 했다.

한편 번성에 있던 조조는 강 건너 양양으로 사람을 보내 유종을 불러오게 했다. 유종이 겁을 집어먹고 선뜻 가려고 하지 않자 채모와 장윤이 가라고 권했다. 이때 왕위王威가 은밀히 유종에게 고했다.

"장군께선 이미 항복하셨고 현덕 또한 달아났으니 조조는 마음이 해이해져서 아무런 방비도 없을 것입니다. 장군께서 분연히 기병을 정돈하여 험한 곳에 매복시켰다가 불의에 습격하면 조조를 사로잡을 수 있을 것입니다. 조조만 사로잡고 보면 그 위엄이 천하에 떨칠 것이니 중원이 비록 넓다지만 격문만 전해도 평정할 수 있을 것입니다. 이는 좀처럼 만나기 어려운 기회이니 놓치지 마십시오."

유종이 이 말을 그대로 채모에게 알렸다. 그러자 채모가 왕위를 꾸짖었다.

"네가 천명을 모르고 어찌 감히 망령된 말을 지껄이느냐?"

왕위는 노해서 욕설을 퍼부었다.

"이 나라를 팔아먹은 무리야! 내 너의 고기를 씹지 못하는 것이 한스럽다!"

채모는 왕위를 죽이려 했으나 괴월이 말려서 그만두었다. 채모는 마침내 장윤과 함께 번성으로 가서 조조를 배알했다. 조조 앞에 선 채모의 무리는 말과 얼굴에서 아첨이 뚝뚝 흘렀다. 조조가 물었다.

"형주의 군사와 말, 돈과 양식은 지금 얼마나 되는가?"

채모가 대답했다.

"기병이 5만, 보병이 15만, 수군이 8만이니 군사가 도합 28만 명입니다. 돈과 양식은 태반이 강릉에 있고 나머지는 각처에 나뉘어 있는데, 그 역시 1년은 충분히 지탱할 수 있습니다."

조조가 다시 물었다.

"전선戰船은 얼마나 되며 그것들은 본래 누가 맡아서 거느려 왔는가?"

채모가 대답했다.

"크고 작은 전선이 모두 7천여 척인데 원래 저희 두 사람이 맡아 왔습니다."

조조는 마침내 채모의 벼슬을 높여서 진남후鎭南侯 수군대도독水軍大都督, 조순후助順侯 수군부도독水軍副都督으로 임명했다. 두 사람은 크게 기뻐하며 절을 올려 사례했다. 조조가 다시 말했다.

"유경승이 이미 고인이 되고 그의 아들이 귀순했으니 내 마땅히 천자께 표문을 올려 그를 영원히 형주의 주인으로 삼아 주겠네."

두 사람은 크게 기뻐하며 물러갔다. 그러자 순유가 물었다.

"채모와 장윤은 한갓 아첨꾼들에 불과합니다. 주공께서는 어찌하여 그처럼 높은 작위를 내리시고 게다가 수군까지 맡아서 거느리게 하셨습니까?"

조조가 웃으며 대답했다.

"내 어찌 사람을 알아보지 못하겠소? 다만 내가 거느린 북방 군사들은 수전에 익숙하지 못하니 잠시 이 둘을 이용하려는 것뿐이오. 일이 끝난 후에는 달리 조처할 생각이오."

한편 채모와 장윤은 양양으로 돌아가서 유종에게 말했다.

"조조가 장군께서 영원히 형양을 다스릴 수 있도록 천자께 표문을 올리겠다고 약속했습니다."

유종은 크게 기뻐했다. 이튿날 어머니 채부인과 함께 인수와 병부 兵符를 받들고 몸소 강을 건너가 절을 올리며 조조를 맞이했다. 조조 는 좋은 말로 유종을 위로한 다음 즉시 장병들을 거느리고 양양성 밖 으로 와서 주둔했다. 채모와 장윤이 양양 백성들에게 영을 내려 향 을 피우고 절을 하며 조조를 맞이하게 했다. 조조는 듣기 좋은 말로 어루만졌다. 성안으로 들어가 부중府中에 좌정한 조조는 괴월을 가 까이 오라고 하여 위로하며 말했다.

"나는 형주를 얻은 것보다 이도異度(괴월의 자)를 얻은 것이 기쁘 구려."

조조는 괴월을 강릉 태수 번성후樊城侯로 봉했다. 그리고 부손付巽 왕찬王粲 등도 모두 관내후關內侯로 삼고, 유종을 청주 자사青州刺史에 제수하고 즉시 길을 떠나라고 했다. 뜻밖의 명을 받은 유종은 깜짝 놀라며 사양했다.

"저는 벼슬을 원치 않습니다. 바라건대 부모님께서 계시던 고향 을 지키게 해주소서."

조조가 말했다.

"청주는 수도와 가깝기 때문에 그대를 조정에 데려다 벼슬하게 하 려는 것일세. 아울러 형양에 남아 있다가 다른 사람에게 해를 입는 것을 방지하려는 것이야."

유종이 두 번 세 번 사양했지만 조조는 끝내 들어주지 않았다. 유 종은 하는 수 없이 어머니 채부인과 함께 청주로 떠나야 했다. 이전 부터 따르던 장수 왕위 한 사람만이 수행할 뿐 다른 관원들은 강어귀까지 배웅하고는 돌아갔다. 조조가 우금을 불러 분부했다.

"날랜 기병을 이끌고 뒤를 쫓아가서 유종 모자를 죽여 후환을 없애도록 하라."

명령을 받은 우금은 군사를 거느리고 뒤쫓아 가서 큰소리로 외쳤다.

"나는 승상의 영을 받들고 너희 모자를 죽이러 왔다! 어서 머리를 바쳐라!"

채부인은 유종을 끌어안고 대성통곡을 했다. 우금은 군사들에게 처치하라고 호령했다. 왕위가 분노하여 힘을 다해 싸웠지만 결국 군사들에게 피살되었다. 군사들은 유종과 채부인까지 죽였다. 우금이 돌아가서 보고하자 조조는 많은 상을 내렸다. 조조는 융중으로 사람을 보내 공명의 식솔들을 수색하게 했지만 어디로 갔는지 알 수가 없었다. 공명이 미리 사람을 보내 식솔을 삼강三江 안으로 옮겨 숨긴 것이었다. 조조는 매우 한스러워 했다.

양양이 평정되고 나자 순유가 조조에게 아뢰었다.

"강릉은 형양의 요지로서 돈과 식량이 매우 많습니다. 유비가 이곳을 점거한다면 건드리기가 어려울 것 같습니다."

조조가 무릎을 쳤다.

"내 어찌 그것을 잊었던고!"

즉시 양양의 장수들 가운데서 군사를 거느리고 길을 인도할 사람을 뽑게 했다. 그런데 장수들 중에 문빙이 보이지 않았다. 조조가 사람을 시켜 찾으니 문빙은 그제야 와서 뵈었다. 조조가 물었다.

"그대는 어찌하여 늦었는가?"

문빙이 대답했다.

"남의 신하가 되어 주인을 위해 강토를 보전하지 못했으니 실로 슬프고 부끄러워서 일찍 와서 뵐 면목이 없었습니다."

말을 마친 문빙은 흐느껴 울었다. 조조는 감탄했다.

"참으로 충신이로다!"

조조는 그를 강하 태수에 제수하고 관내후의 작위를 내린 다음 군사를 이끌고 길을 인도하게 했다. 이때 정찰 나갔던 기병이 와서 보고했다.

"유비가 백성들을 데리고 가느라 행군 속도는 하루 10리 정도가 고작입니다. 그렇게 계산하면 지금쯤 3백여 리밖에 가지 못했을 것입니다."

조조는 각 부대에서 철기 5천 명을 뽑아서는 밤에도 쉬지 말고 달려서 하루 낮 하룻밤 안에 유비를 따라잡으라고 일렀다. 대군이 속속 뒤를 이어 전진했다.

한편 현덕은 10여만이 넘는 백성과 3천여 명의 군사들을 거느리고 길목마다 쉬면서 느릿느릿 강릉을 향해 나아가고 있었다. 조운은 현덕의 가족을 보호하고 장비는 뒤쪽에서 적군을 경계하며 따라오고 있었다. 공명이 현덕에게 말했다.

"운장이 강하로 떠난 뒤에 소식이 없으니 어떻게 되었는지 모르겠군요."

현덕이 말했다.

"수고스럽겠지만 군사께서 직접 한번 가보시구려. 유기는 전날 공의 가르침에 감격했을 테니 공이 몸소 가시면 반드시 일이 잘 풀릴 것이오."

공명은 응낙하고 유봉과 함께 5백 명의 군사를 이끌고 먼저 강하로 구원을 청하기 위해 떠났다.

이날도 현덕은 간옹, 미축, 미방과 함께 길을 가고 있었다. 한창 가는데 별안간 한바탕 광풍이 몰아치더니 현덕이 탄 말 앞에서 흙먼지를 휘감아 올리며 하늘 높이 치솟아 해를 가렸다. 현덕은 깜짝 놀랐다.

조지전 그림

"이것이 무슨 징조인가?"

음양의 이치에 자못 밝은 간옹이 소매 안에서 손가락을 짚어 점을 쳐 보더니 깜짝 놀랐다.

"이는 매우 흉한 징조입니다. 오늘밤에 나쁜 일이 일어날 것이니 주공께서는 속히 백성들을 버리고 달아나십시오."

현덕이 말했다.

"신야에서부터 나를 따라온 백성들이거늘 내 어찌 차마 그들을 버린단 말이오?"

간옹이 말했다.

"주공께서 미련을 버리지 못하신다면 화가 멀지 않을 것입니다."

현덕이 앞을 가리키며 물었다.

"저 앞이 어디인고?"

측근들이 대답했다

"저 앞은 당양현當陽縣이고 저 산은 경산景山이라고 합니다."

현덕은 그 산으로 가서 머물자고 했다. 때는 늦가을, 겨울로 접어드는 계절이라 서늘한 바람이 뼛속까지 파고들었다. 황혼녘이 되자 울음소리가 온 들판에 파다했다. 4경쯤 되었을 때 문득 서북쪽에서 천지를 진동하는 함성이 들려왔다. 크게 놀란 현덕은 급히 말에 뛰어 올라 정예병 2천여 명을 거느리고 적을 맞으러 나섰다. 조조의 군사들이 달려드는데 그 막강한 기세를 당할 길이 없었다. 현덕은 죽기로써 싸웠다. 형세가 한창 급박할 즈음이었다. 다행히 장비가 군사를 이끌고 달려와 한줄기 혈로를 뚫고 현덕을 구해 동쪽을 향해 달아났다. 이때 문빙이 앞장서서 길을 가로막았다. 현덕이 꾸짖었다.

"주인을 배반한 도적놈이 아직도 사람을 볼 낯짝이 남아 있었더냐?"

문빙은 얼굴 가득 부끄러운 빛을 띠며 군사를 이끌고 동북쪽으로 사라졌다. 장비는 현덕을 보호하여 싸우면서 달아나기를 반복했다. 날이 훤히 밝을 녘까지 달아나다 보니 함성 소리가 차츰 멀어졌다. 현덕은 그제야 말을 멈추고 한숨을 돌렸다. 따라온 사람을 둘러보니 겨우 1백여 기가 남았을 따름이었다. 백성들과 가족은 물론 미축, 미방, 간옹, 조운 등 1천여 명은 모두 어디로 갔는지 행방조차 알 수가 없었다. 현덕은 목 놓아 울었다.

"10만이 넘는 백성들이 모두 나에게 미련을 두다가 이처럼 큰 환난을 당하고 말았구나. 장수들과 식솔들이 살았는지 죽었는지조차 알 수 없으니 목석인들 어찌 슬프지 않으랴!"

한창 처량한 심사에 빠져 있을 때였다. 미방이 비틀거리며 달려왔다. 그의 얼굴에는 화살이 몇 대나 꽂혀 있었다.

"조자룡이 배신하여 조조 쪽으로 갔습니다."

미방의 말을 듣고 현덕이 꾸짖었다.

"자룡으로 말하면 나의 오랜 친구인데 배반할 리가 있겠는가?"

장비가 엉뚱한 소리를 했다.

"지금 우리가 이토록 세력과 힘이 다한 꼴을 보았으니 아마 조조에게 투항하여 부귀를 도모하려는 것이겠지요."

현덕은 확신했다.

"자룡은 숱한 환난 가운데서도 나를 따른 사람이다. 철석같은 마음을 가졌으니 부귀 때문에 마음이 흔들릴 사람이 아니야."

미방이 우겼다.

"그가 서북쪽으로 가는 것을 제 눈으로 직접 보았습니다."

장비가 나섰다.

"내 직접 그놈을 찾으러 가겠소. 맞닥뜨리기만 하면 단창에 찔러 죽여 버리겠소!"

현덕이 달랬다.

"공연히 오해하여 의심하지 말라! 너는 둘째 형이 안량과 문추를 벤 일을 보지도 못했단 말이냐? 자룡이 그곳으로 갔다면 반드시 그럴 만한 까닭이 있을 게다. 나는 자룡이 절대로 나를 버리지 않을 것이라고 믿는다."

하지만 장비의 귀에 어디 그런 말이 먹혀들 것인가? 장비는 20여 기의 기병을 이끌고 장판교長坂橋까지 갔다. 다리 동쪽 일대에 우거진 숲이 있는 것을 보고 장비는 한 가지 계책을 생각해 냈다. 따라온 20여 명의 기병에게 제각기 나뭇가지를 꺾어서 말꼬리에 매달고 숲속을 이리저리 내달려 자욱하게 흙먼지를 일으키게 했다. 그렇게 하여 복병이 있는 것처럼 꾸미고는 몸소 장팔사모를 비껴들고 다리 위에 말을 타고 서서 서쪽을 바라보았다.

한편 조운은 4경쯤 되어 조조의 군사와 맞붙기 시작했는데 좌충우돌 내달리며 정신없이 싸우다 보니 날이 밝았다. 그런데 이리저리 찾아보니 현덕도 보이지 않고 현덕의 가족들마저 없었다. 조운은 속으로 생각했다.

'주공께서 감부인과 미부인은 물론이요 어린 주인 아두阿斗까지 나에게 맡기셨는데, 오늘 군중에서 잃어버렸으니 무슨 낯으로 주인을 뵙는단 말인가? 차라리 죽기를 각오하고 한바탕 싸우는 게 낫겠

다. 어떻게든 두 부인과 작은 주인의 행방을 찾아내고야 말리라!'

좌우를 돌아보니 수하에는 단지 기병 3,40기가 따를 뿐이었다. 조운은 두 발로 말의 배를 들이차며 난군들 가운데로 달려 들어가 현덕의 식솔들을 찾기 시작했다. 두 고을 백성들의 울부짖는 소리가 하늘과 땅을 뒤흔들었다. 화살에 맞은 사람, 창에 찔린 사람, 아들딸을 내버리고 달아나는 사람들이 헤아릴 수 없이 많았다. 조운이 한창 말을 달려 나가는데 문득 풀숲에 누워 있는 사람이 보였다. 살펴보니 바로 간옹이었다. 조운이 급히 물었다.

"두 부인을 보지 못했소?"

간옹이 대답했다.

"두 분은 수레를 버리고 아두를 품에 안고 달아나셨소. 나는 부랴부랴 말을 달려 뒤쫓아 갔는데 산비탈을 돌다가 한 적장의 창에 찔리는 바람에 말에서 떨어지고 말도 빼앗겼소. 도저히 싸울 도리가 없어 여기 이렇게 누워 있소."

조운은 즉시 따르는 기병이 타고 있던 말을 한 필 빌려 간옹을 태웠다. 그러고는 군졸 두 명에게 간옹을 보호하여 한 걸음 먼저 가서 주공에게 상황을 보고하게 했다.

"내가 하늘에 오르고 땅속으로 들어가는 한이 있더라도 기어이 두 분 부인과 어린 주인을 찾아오겠소. 만약 찾지 못하면 싸움터에서 죽을 생각이오."

말을 마치고는 즉시 말을 다그쳐 몰고 장판파를 향하여 달려갔다. 이때 어떤 사람이 고함을 질렀다.

"조장군! 어디로 가십니까?"

말을 세운 조운이 물었다.

"너는 대체 누구냐?"

"저는 유사군 수하에서 수레를 호송하던 군사입니다. 화살에 맞아 이곳에 쓰러져 있습니다."

조운은 즉시 두 부인의 소식을 물었다. 군사가 대답했다.

대돈방 그림

"방금 감부인께서 머리를 풀어헤치고 맨발로 민간 부녀자들 틈에 끼여 남쪽을 향해 도망치는 모습을 보았습니다."

조운은 군졸을 돌볼 겨를도 없이 급히 말을 달려 남쪽을 향하여 좇아갔다. 과연 수백 명의 남녀 백성들이 서로 부축하면서 달아나고 있었다. 조운이 큰소리로 외쳤다.

"이 중에 감부인이 계십니까?"

마침 사람들 뒤편에 있던 부인이 조운을 보고는 그만 목 놓아 통곡을 했다. 말에서 뛰어내린 조운은 땅에 창을 꽂고 울면서 물었다.

"주모主母(주인의 부인)님들을 흩어지게 한 것은 조운의 죄입니다. 그런데 미부인과 어린 주인께선 어디에 계십니까?"

감부인이 대답했다.

"미부인과 나는 적병에게 쫓겨 수레를 버리고 백성들 속에 섞여 들어 걸어가고 있었지요. 그때 또 한 떼의 군사가 들이닥쳐 휘젓는 바람에 흩어졌어요. 미부인과 아두는 어디로 갔는지 알 수 없고 나만 혼자 살길을 찾아 여기까지 도망쳐 온 길이에요."

이렇게 이야기하고 있는데 갑자기 백성들이 자지러지게 고함을 질렀다. 적의 한 부대가 다시 덮친 것이었다. 조운은 땅에 꽂았던 창을 뽑아 들고 말에 뛰어올라 그편을 바라보았다. 눈앞에 한 사람이 결박당한 채 말 위에 앉아 있는데 바로 미축이었다. 미축의 등 뒤에는 한 장수가 큰 칼을 들고 1천여 명의 군사를 이끌고 따라왔다. 조인의 부장 순우도淳于導였다. 순우도는 미축을 사로잡아 군공을 보고하기 위해 압송해 가는 길이었다. 조운은 벽력같은 호통과 함께 창을 꼬나들고 말을 몰아 순우도에게 달려들었다. 순우도는 당해 내지 못하고 쩔쩔 매다가 한 창에 찔려 말 아래로 굴러 떨어졌다. 조운

조지전 그림

은 앞으로 내달아 미축을 구하고 말 두 필을 빼앗았다. 그런 다음 감부인을 말에 태우고 큰길을 헤치며 곧바로 장판파까지 호송했다. 이때 장비는 장팔사모를 비껴들고 다리 위에 말을 세우고 있다가 큰소리로 외쳤다.

"자룡! 네 어찌하여 우리 형님을 배반했느냐?"

조운이 대꾸했다.

"나는 두 분 주모와 작은 주인을 찾지 못해 뒤처졌을 뿐인데 어찌하여 배반했다고 하시오?"

장비가 소리쳤다.

"간옹이 먼저 와서 소식을 전해 주지 않았다면 내 지금 자네를 어찌 가만두겠는가?"

조운이 되물었다.

"주공께서는 어디 계시오?"

"저 앞 멀지 않은 곳에 계신다네."

조운은 미축을 보고 말했다.

"그럼 미자중子仲(미축의 자)께서는 감부인을 모시고 먼저 가시오. 나는 다시 가서 미부인과 어린 주인을 찾아봐야겠소."

말을 마친 조운은 기병 몇 기를 이끌고 오던 길로 다시 돌아갔다.

한창 말을 달려가고 있는데 손에는 철창을 들고 등에는 검을 멘 장수 하나가 10여 기를 거느린 채 말을 놓아 달려오고 있었다. 조운은 한마디 말도 없이 곧바로 그 장수에게 덤벼들었다. 쌍방의 말이 어울리자마자 단창에 그 장수를 찔러 거꾸러뜨리니 뒤를 따르던 기병들은 모두 달아나 버렸다. 이 장수는 조조를 수행하며 검을 메고 다니던 배검장背劍將 하후은夏侯恩이었다. 조조에게는 두 자루의 보검이 있었는데 하나는 '의천검倚天劍'이요 다른 하나는 '청강검靑釭劍'이었다. 의천검은 조조 자신이 차고, 청강검은 하후은에게 차고 있게 했는데 그 검은 무쇠도 진흙처럼 자를 수 있을 정도로 날카롭기 그지없는 검이었다.

당시 하후은은 자신의 용력만 믿고 조조를 등진 채 사람들을 데리고 두루 돌아다니며 노략질을 일삼고 있는 중이었다. 그러다 뜻밖에도 조운과 마주치는 바람에 단창에 찔려 죽은 것이다. 그가 메고 있던 검을 빼앗아서 자세히 살펴보니 칼자루에 '청강靑釭'이란 두 글자가 황금으로 아로새겨져 있어 보검임을 알 수 있었다. 조운은 보검을 허리에 꽂은 다음 창을 들고 다시 겹겹이 둘러싼 적군의 포위망 속으로 뛰어들었다. 이때 뒤를 돌아보니 수하의 군사들은 하나도 보이지 않았다. 남아 있는 거라곤 오로지 자신의 몸뚱이 하나뿐이었다. 그러나 조운은 뒤로 물러날 생각은 추호도 없었다. 오직 이리저리 찾아다니며 백성들을 만날 때마다 미부인의 소식을 물었다. 한 사람이 손가락을 들어 가리키며 일러 주었다.

"부인께서는 어린아이를 안고 계신데 왼쪽 다리를 창에 찔려 걷지 못하시게 되어 저 앞 무너진 담장 안에 앉아 계십니다."

조운은 부랴부랴 그곳으로 찾아갔다. 불에 타고 토담이 무너진 인가가 하나 있었다. 미부인은 아두를 품에 안고 담장 밑 물이 말라붙은 우물가에 앉아서 훌쩍이고 있었다. 조운이 급히 말에서 뛰어내려 땅에 엎드려 미부인에게 절을 올렸다. 미부인이 반색을 했다.

"첩이 장군을 만나다니 아두에게 살아날 명이 있는 게로군요. 부디 장군께선 가엾게 여겨 주세요. 이 아이의 부친은 반평생을 떠돌아다니느라 혈육이라곤 이 아이 하나밖에 두지 못했어요. 장군께서

이 아이를 잘 보호하여 제 아버지의 얼굴이라도 보게 해주신다면 첩은 죽어도 한이 없겠어요!"

조운이 말했다.

"부인께서 이런 고난을 겪으시는 것은 이 조운의 잘못입니다. 여러 말씀 마시고 어서 말에 오르십시오. 제가 부인을 모시고 걸어가며 목숨을 걸고 포위망을 뚫겠습니다."

그러나 미부인은 거절했다.

"안 돼요! 장군께 말이 없어서야 어찌한단 말입니까? 이 아이는 이제 오로지 장군의 보호에 의지하게 되었잖아요. 첩은 이미 중상을 입은 몸이니 죽은들 무엇이 아깝겠어요? 부디 장군께선 속히 이 아이를 안고 떠나서 첩이 죄를 짓지 않게 해주세요."

조운은 다시 재촉했다.

"함성이 가까워지고 있습니다. 추격병이 곧 닥칠 것이니 부인께선 속히 말에 오르십시오."

미부인의 대답은 완강했다.

"첩은 정말로 가기가 어려워요. 두 가지를 다 그르치게 하지 마세요."

그러고는 아두를 조운에게 내밀며 말했다.

"이 아이의 목숨은 오로지 장군께 달렸어요!"

조운은 너덧 차례나 연거푸 말에 오르기를 청했지만 부인은 한사코 거절했다. 사방에서 함성이 다시 일어났다. 조운이 사나운 음성으로 재촉했다.

"부인께서 제 말을 듣지 않으시다가 추격병이 닥치면 어찌하시렵니까?"

그러자 미부인은 아두를 땅에다 내려놓고 마른 우물 속으로 뛰어들어 스스로 목숨을 끊어 버렸다. 후세 사람이 시를 지어 칭찬했다.

조운은 오로지 말 힘으로 공을 세웠지만 /

조지전 그림

도보로 어떻게 어린 주인을 보호했을꼬? //

죽음의 길 택하면서 유씨 후사 살렸으니 /

용감한 결단력은 도리어 여장부가 나왔네.

戰將全憑馬力多, 步行怎把幼君扶? 拚將一死存劉嗣, 勇決還虧女丈夫.

부인이 죽은 것을 본 조운은 조조의 군사가 시신을 훔치지나 않을
까 염려되어 토담을 넘어뜨려 마른 우물을 덮었다. 그런 뒤 갑옷의
허리띠를 풀고 엄심경掩心鏡을 내려놓았다. 그리고 아두를 가슴에 품

고중평 그림

고 창을 단단히 잡고 말에 올랐다. 어느새 적장 한 명이 보병 한 부대를 이끌고 다가왔다. 조홍의 수하 장수 안명晏明이었다. 안명은 삼첨양인도三尖兩刃刀를 휘두르며 조운에게 덤벼들었다. 그러나 불과 세 합을 넘기지 못하고 조운이 내지른 창에 찔려 거꾸러졌다. 조운은 군사들을 흩어 버리고 길을 뚫고 나아갔다.

한창 달려가고 있는데 앞에서 또다시 한 떼의 군사가 내달아 길을 가로막았다. 앞장 선 대장의 깃발에는 '하간 장합河間張郃'이라는 글자가 큼직하면서도 분명하게 적혀 있었다. 조운은 다시 무슨 말을 건넬 필요도 없이 창을 꼬나들고 싸움을 시작했다. 그러나 서로 맞붙은 지 10여 합에 이르자 조운은 더 이상 싸울 마음이 없어졌다. 이에 길을 앗아 달아났다. 등 뒤에서 장합이 추격했다. 조운은 말에 채찍질을 하며 그대로 내달렸다. 그런데 뜻밖에도 '와르르!' 하는 소리와 함께 말과 사람이 한꺼번에 흙구덩이 속으로 빠지고 말았다. 장합이 창을 꼬나들고 와서 내리 찌르려 할 때였다. 갑자기 구덩이로부터 한줄기 붉은 광채가 솟구치더니 조운이 탄 말이 공중으로 도약하여 흙구덩이 밖으로 불쑥 뛰쳐나왔다. 후세 사람이 시를 지어 말했다.

붉은 빛 몸을 감싸 곤한 용이 날아오르니 /
전마는 장판파의 포위망을 뚫고 내닫누나. //
마흔 두 해 나라 다스릴 천명 받은 군주라 /
조장군은 그 때문에 신의 위력 드러내네.
紅光罩體困龍飛, 征馬衝開長坂圍. 四十二年眞命主, 將軍因得顯神威.

장합은 그 광경을 보고 깜짝 놀라 물러났다. 조운이 다시 말을 놓아 달려가는데 등 뒤에서 갑자기 두 장수가 소리를 내질렀다.

"조운은 달아나지 말라!"

앞에서도 다시 두 장수가 각기 다른 무기를 쓰면서 앞길을 가로막았다. 뒤에서 쫓는 자는 마연馬延과 장의張顗요, 앞에서 막는 자는 초촉焦觸과 장남張南이었다. 네 사람은 모두가 원소의 수하에 있다가 조조에게 항복한 장수들이었다. 조운이 힘을 내어 네 장수와 싸우고 있는데 조조의 군사들이 일제히 몰려들었다. 청강검을 뽑아 들고 닥치는 대로 내리찍으니 그의 손이 번쩍이는 곳마다 적의 갑옷이 쪼개지며 피가 샘물처럼 솟았다. 수많은 장병들을 물리친 조운은 겹겹이 둘러싼 포위망을 뚫었다.

한편 조조는 경산 꼭대기에 있었다. 멀리 바라보니 한 장수가 종횡무진 내달리는데 이르는 곳마다 그 위세를 당할 자가 없었다. 급히 좌우를 돌아보고 누구인지 물었다. 조홍이 나는 듯이 말을 달려 산 아래로 내려가 큰소리로 외쳤다.

"군중에서 싸우는 장수는 이름을 밝혀라!"

조운이 소리 높여 응답했다.

"나는 바로 상산의 조자룡이다!"

조홍이 다시 돌아가서 조조에게 보고하자 조조가 말했다.

"참으로 범 같은 장수로다! 내 그를 산채로 잡으리라."

즉시 유성마를 시켜 각처로 긴급 전령을 알렸다.

"조운이 다가오더라도 냉전冷箭(몰래 쏘는 화살)을 쏘아서는 아니 된다. 오직 사로잡도록 하라."

이 때문에 조운은 그 어려운 상황을 벗어날 수가 있었으니 이 역시

아두가 복이 있었던 까닭이
다. 이 한바탕의 싸움에
서 조운은 품속에
후주後主(유선을 말
함)를 품고 겹겹이 에
워싼 적의 포위를 뚫
고 나오면서 큰 깃발 두
폭을 찍어 넘기고 삭槊이라
고 부르는 긴 창을 세 자루나
빼앗았다. 앞뒤로 오가며 창으
로 찌르고 검으로 찍어 죽인 조조 수하의 이름난 장수만 해
도 모두 50여 명이나 되었다. 후세 사람이 지은 시가 있다.

전포를 물들인 피 갑옷까지 붉게 파고드나니 /
당양 싸움에서 뉘 감히 조운의 적수가 되리오? //
예부터 전장에서 위기에 처한 주인 구한 이는 /
오로지 상산 땅의 조자룡 한 사람밖에 없다네.
血染征袍透甲紅, 當陽誰敢與爭鋒! 古來衝陣扶危主, 只有常山趙子龍.

조운이 겹겹의 에움을 뚫고 싸움터를 벗어나니 전포는 온통 피범
벅이 되어 있었다. 한창 말을 달려가는데 산비탈 아래서 또다시 두
갈래의 군사가 몰려나왔다. 하후돈의 수하 장수 종진鍾縉과 종신鍾紳
형제였다. 하나는 큰 도끼를 휘두르고 다른 하나는 화극을 들고서 큰
소리로 호통을 쳤다.

"조운은 어서 말에서 내려 결박을 받아라!"
이야말로 다음 대구와 같다.

비로소 범의 굴 벗어나 목숨을 구하고 보니 /
또 다시 용의 늪에서 파도가 몰아쳐 오누나
才離虎窟逃生去　又遇龍潭鼓浪來

조자룡은 어떻게 위기를 벗어날 것인가, 다음 회를 보라.

42

장비가 장판교에서 호통을 치다

장익덕은 장판교에서 크게 소란을 피우고
유예주는 패하여 한진구 나루터로 달아나다
張翼德大鬧長板橋 劉豫州敗走漢津口

종진과 종신 두 사람은 조운의 앞을 가로막고 싸우려 들었다. 조운이 창을 꼬나들고 찌르려고 하자 종진이 먼저 큰 도끼를 휘두르며 맞받아 나왔다. 두 필 말이 서로 어우러지고 세 합이 되지 못하여 조운은 한 창에 종진을 찔러 말 아래로 떨어뜨리고 길을 앗아 달아났다. 등 뒤로 종신이 화극을 들고 추격했다. 종신의 말 주둥이가 조운의 말꼬리를 물듯이 바싹 따라붙었다. 종신의 화극 날이 조운의 등 한복판을 겨누고 어른거리는 순간이었다. 조운이 갑자기 말머리를 홱 돌렸다. 두 사람의 가슴이 서로 맞부딪칠 것 같은 찰나 조운은 왼손에 잡은 창으로 종신의 화극을 막음과 동시에 오른손으로 번개같이 청강보검을 뽑아 내리쳤다. 종신은 투구째 머리가 두

쪽이 나서 말에서 떨어져 죽었다. 나머지 무리들은 도망쳐 흩어졌다. 적진을 벗어난 조운은 장판교를 향하여 달아났다. 문득 뒤에서 함성이 크게 진동했다. 문빙이 군사를 이끌고 뒤쫓아 오고 있었던 것이다. 조운이 다리 곁에 이르자 사람이고 말이고 지칠 대로 지쳤다. 다리 위에는 장비가 장팔사모를 꼬나든 채 말을 세우고 있었다. 조운이 크게 소리쳐 불렀다.

"익덕! 나 좀 도와주시오!"

장비가 대답했다.

"자룡은 속히 가게. 추격병은 내가 막겠다."

조운은 그대로 말을 달려 다리를 건넜다. 20여 리쯤 가니 현덕이 여러 사람과 함께 나무 아래 앉아서 쉬고 있는 모습이 보였다. 조운은 말에서 뛰어내리자마자 땅에 엎드리며 울음을 터뜨렸다. 현덕도 같이 눈물을 흘렸다. 조운은 가쁜 숨을 몰아쉬며 현덕에게 말했다.

"조운이 지은 죄는 만 번 죽어도 오히려 가벼울 것입니다. 미부인께서는 중상을 입으시고도 말에 오르지 않고 우물에 몸을 던져 자진하셨습니다. 저는 하는 수 없이 토담을 밀어 우물을 덮은 다음 공자를 안고 겹겹이 둘러싼 포위망 속으로 뛰어들었는데 주공의 홍복에 힘입어 다행히 벗어날 수 있었습니다. 조금 전까지도 공자께서는 품속에서 울고 계셨는데 지금 아무런 기척도 없는 것을 보니 어쩌면 목숨을 보전하지 못하신 것 같습니다."

즉시 갑옷을 헤쳐 보니 아두는 새근새근 자고 있었다. 조운은 기쁨에 넘쳐 소리쳤다.

"다행히도 공자께서는 무탈하시군요!"

조운은 두 손으로 아두를 받들어 현덕에게 바쳤다. 현덕은 아이를 받더니 땅바닥에 내던지며 말했다.

"네까짓 어린놈 때문에 하마터면 나의 대장 한 명을 잃을 뻔하지 않았느냐?"

조운은 황망히 땅바닥에 있는 아두를 안아 올리고는 눈물을 흘리며 절했다.

"이 조운 비록 간과 뇌수를 땅에 바른다 할지라도 주공의 은혜에 보답할 수는 없을 것입니다!"

후세 사람이 지은 시가 있다.

조조군의 포위를 비호처럼 뚫고 나올 제 /
조운의 품속엔 작은 용이 곤히 잠들었네. //
충신의 붉은 마음 위로할 길이 따로 없어 /
일부러 친 아들을 말 앞으로 내던지누나.
曹操軍中飛虎出, 趙雲懷內小龍眼. 無由撫慰忠臣意, 故把親兒擲馬前.

한편 문빙은 군사를 이끌고 조운의 뒤를 추격하여 장판교까지 이르렀다. 그런데 호랑이 수염을 곤두세우고 고리눈을 부릅뜬 장비가 장팔사모를 손에 잡고 다리 위에 말을 세운 채 노려보고 있었다. 더욱이 다리 동쪽 숲에서는 먼지가 자욱하게 일어나고 있었다. 복병이 있지 않을까 의심이 든 문빙은 즉시 군사를 멈추고 감히 접근하지 못했다.

오래지 않아 조인, 이전, 하후돈, 하후연, 악진, 장료, 장합, 허저를 비롯한 장수들이 모두 도착했다. 장비가 성난 눈을 부릅뜨고 장팔사모를 비껴 잡은 채 다리 위에 말을 세우고 있는 모습을 본 그들은 제갈공명이 또 무슨 계책을 꾸미고 있지나 않은지 두려워 아무도 감히 접근하지 못했다. 다리 서쪽에 한 일―자로 군사를 진열하고 사람을 시켜 조조에게 보고했다.

소식을 들은 조조는 급히 말을 타고 진 뒤로부터 나왔다. 장비가 고리눈을 부릅뜨고 있노라니 적진의 후미에서 푸른 비단 해 가리개와 백모, 황월, 깃발들이 들어서는 모습이 어렴풋이 보였다. 조조가 의심이 나서 직접 동정을 살피러 온 것이라 짐작했다. 장비는 즉시

고증평 그림

사나운 음성으로 호통을 쳤다.

"내가 바로 연인燕人 장익덕이다! 뉘 감히 나와 죽기로써 싸워 보겠느냐?"

목소리는 마치 천둥이 휘몰아치는 듯했다. 그 소리에 조조의 군사들은 다들 두 다리가 후들후들 떨렸다. 조조가 급히 해 가리개를 치우게 하고 좌우를 돌아보며 주의를 주었다.

"지난날 운장이 '익덕은 백만 군중에서 상장의 머리 베어 오기를 마치 주머니 속에서 물건을 꺼내듯 한다'고 했다. 오늘 이처럼 만났으니 섣불리 대적해서는 아니 될 것이야."

말이 미처 끝나기도 전이었다. 눈을 부릅뜬 장비가 또다시 호통을 쳤다.

"연인 장익덕이 여기 있다! 뉘 감히 와서 결사 일전을 벌여 보겠느냐?"

장비의 엄청난 기개를 본 조조는 물러가고 싶었다. 장비는 조조 후군의 진 머리가 움직이는 것을 보고 장팔사모를 꼬나들며 다시 한번 호통을 쳤다.

"싸우지도 않고 물러서지도 않는다면 대체 어쩌겠다는 말이냐?"

고함 소리가 채 끝나기도 전이었다. 조조의 곁에 있던 하후걸夏侯杰이 너무 놀란 나머지 간과 쓸개가 파열되어 말에서 거꾸로 떨어지고 말았다. 조조는 즉시 말머리를 돌려 도망쳤다. 이와 동시에 장수와 군졸들도 일제히 서쪽으로 달아났다. 그 꼴이야말로 '젖먹이 어린것이 어찌 벼락 치는 소리를 들으며 병든 나무꾼이 어떻게 호랑이 포효 소리를 듣겠는가'라는 대구와 같았다. 그 바람에 창을 버리고 투구를 떨어뜨린 자가 얼마인지 헤아릴 수 없을 지경이었다. 사람들은 썰물 빠지듯 달아나고 말들은 산이 무너지듯 서로 밀치고 짓밟았다. 후세 사람이 시를 지어 칭찬했다.

장판교 다리 머리에 무서운 살기 피어오르니 /
긴 창 비껴든 채 말 세우고 고리눈 부릅뜨네. //
한바탕 고함 소리 천둥이 지축을 뒤흔드는 듯 /
혼자서 조조의 백만 군사를 가볍게 물리치네.
長坂橋頭殺氣生, 橫槍立馬眼圓睜. 一聲好似轟雷震, 獨退曹家百萬兵.

조조는 장비의 위엄에 덜컥 겁이 나서 황급히 말을 몰고 서쪽으로 도망쳤다. 얼마나 정신이 없었던지 관이 떨어지고 비녀가 빠져나가 머리카락이 다 풀어진 채 바삐 달렸다. 장료와 허저가 달려와 말의 굴레를 틀어쥐었다. 조조는 당황해서 어쩔 줄을 몰랐다. 장료가 진정시켰다.

"승상께서는 너무 놀라지 마십시오. 장비 하나가 무엇이 그토록 두렵단 말씀입니까? 지금 급히 군사를 되돌려 쳐들어간다면 유비를 사로잡을 수 있습니다."

조조는 그제야 기색이 좀 안정되었다. 그는 즉시 장료와 허저를 다시 장판교로 보내 소식을 알아보게 했다.

한편 조조의 군사들이 한꺼번에 물러가는 것을 본 장비는 감히 뒤를 추격하지는 못했다. 즉시 수하의 20여 기를 불러 말꼬리에 매단 나뭇가지를 떼 내고 다리를 끊어 버리게 했다. 그러고는 말을 돌려 현덕에게 달려가서 다리를 끊은 일을 자세히 이야기했다. 듣고 난

현덕이 말했다.

"내 아우가 용맹하기는 했지만 생각이 짧은 것이 애석하구만."

장비가 까닭을 물으니 이렇게 대답했다.

"조조는 지략이 뛰어난 사람이야. 자네는 다리를 끊지 말았어야
했네. 저들은 반드시 우리 뒤를 쫓아올 것이야."

장비가 말했다.

진명대 그림

"내 호통 한번에 몇 리나 물러간 자들이 어찌 감히 다시 쫓아온단 말이오?"

현덕이 설명했다.

"다리를 끊지 않았다면 저들은 매복이 있을까 두려워 감히 진격하지 못할 것이다. 그러나 이제 다리를 끊어 버렸으니 우리 쪽에 군사가 없어 겁을 먹고 있다는 걸 짐작하고 반드시 뒤를 쫓을 것이다. 저들에게는 백만 대군이 있으니 장강이나 한수라도 메우고 지나올 것인데 그까짓 다리 하나 끊어진 것을 두려워하겠느냐?"

현덕은 즉시 몸을 일으켰다. 그러고는 샛길을 통해 비스듬히 한진 漢津 나루터로 떠났다. 멀리 면양沔陽을 향하여 달아날 작정이었다.

한편 장판교의 소식을 알아보라고 보낸 장료와 허저가 돌아와서 조조에게 보고했다.

"장비가 다리를 끊어 버렸습니다."

조조가 말했다.

"그가 다리를 끊고 갔다는 건 겁을 먹고 있다는 뜻이다."

조조는 즉시 1만 명의 군사를 차출하여 그날 밤으로 강을 건널 수 있도록 세 개의 부교浮橋를 설치하게 했다. 이전이 말렸다.

"이것은 제갈량의 간계일지도 모르니 가벼이 진격해서는 안 됩니다."

조조가 말했다.

"장비는 한낱 용맹이나 뽐내는 사내에 불과하다. 무슨 간계가 있겠는가?"

조조는 마침내 급속히 진격하라는 명령을 하달했다.

한편 현덕 일행은 한진 가까이에 이르렀다. 그때 갑자기 후면에서 흙먼지가 자욱이 일어나며 북소리는 하늘에 닿고 함성이 땅을 뒤흔들었다. 현덕이 말했다.

"앞에는 큰 강이 있고 뒤에는 적병이 쫓아오고 있으니 이를 대체 어쩌면 좋단 말인가?"

현덕은 조운에게 적을 맞을 채비를 하라고 명했다. 이때 조조도 군중에 명을 내렸다.

"지금 유비는 솥 안에 든 물고기요 함정에 빠진 호랑이다. 만약 지금 사로잡지 못한다면 물고기를 바다로 놓아 보내고 호랑이를 풀어 산으로 돌아가게 하는 꼴이 된다. 모든 장수들은 힘을 다하여 진격하라."

여러 장수들은 명령을 받들어 제각기 위엄을 떨치며 뒤를 쫓았다. 이때 별안간 산비탈 뒤에서 북소리가 요란하게 울리면서 한 떼의 군사가 나는 듯이 나타나며 큰소리로 외쳤다.

"내가 여기서 기다린 지 오래다!"

앞장선 대장은 청룡도를 들고 적토마를 타고 앉았다. 바로 관운장이었다. 강하로 가서 군사 1만 명을 빌린 그는 당양 장판파에서 큰 싸움이 벌어졌다는 소식을 듣고 일부러 이 길로 달려와 앞을 막고 나선 것이었다. 조조는 운장을 보자 즉시 고삐를 당겨 말을 세우고는 장수들을 돌아보며 말했다.

"또 제갈량의 계책에 빠졌구나!"

조조는 즉시 대군에 퇴각 명령을 내렸다.

운장은 그 뒤를 10여 리나 추격하다가 군사를 되돌려 현덕 일행을 보호하며 한진으로 갔다. 나루터에는 이미 선박들이 대기하고 있었다. 운장은 현덕과 감부인 그리고 아두를 청해서 배에 태웠다. 그

진명대 그림

러고는 물었다.

"둘째 형수님은 어째서 보이지 않습니까?"

현덕이 당양에서 일어난 일을 자세히 이야기해 주었다. 운장이 한숨을 쉬며 말했다.

"지난날 허전許田에서 사냥할 때 제 뜻을 따라 주셨다면 오늘 같은 우환은 생기지도 않았을 것입니다."

현덕이 말했다.

"나는 그때 쥐를 잡으려다 독을 깨뜨리지나 않을까 염려했을 뿐일세."

이런 이야기를 나누고 있을 때였다. 느닷없이 강 남쪽 기슭에서 북소리가 크게 울리더니 개미떼처럼 많은 배들이 순풍에 돛을 달고 몰려왔다. 현덕은 깜짝 놀랐다. 배들은 점점 가까이 다가왔다. 흰 전포에 은빛 갑옷을 입은 사람이 뱃머리에 서서 큰소리로 외쳤다.

"숙부님! 그동안 안녕하셨습니까? 못난 조카가 숙부님께 죄를 지었습니다!"

현덕이 보니 바로 유기였다. 유기는 이쪽 배로 건너와 울음을 터뜨리며 현덕에게 절을 올렸다.

"숙부님께서 조조에게 몰려 곤경에 처했다는 말씀을 듣고 이 조카가 특별히 지원하러 오는 길입니다."

현덕은 크게 기뻐했다. 즉시 군사를 합쳐 배를 타고 나아갔다. 배 안에 앉아서 그동안 지내 온 일들을 서로 이야기하고 있을 때였다. 강 서남쪽으로부터 전선들이 한 일자로 늘어서서 바람을 타고 다가오며 거친 휘파람을 휙휙 불어 댔다. 유기는 깜짝 놀랐다.

"강하에 있는 군사들은 이미 소질小姪이 모조리 거느리고 왔습니다. 지금 전선들이 앞길을 가로막는다면 저것은 조조의 군사가 아니면 강동의 군사일 것입니다. 이를 어찌하면 좋겠습니까?"

현덕이 뱃머리로 나가 살펴보았다. 푸른 비단으로 만든 관건을 쓰고 도복을 입은 사람이 뱃머리에 앉아 있었다. 바로 공명이었다. 그의 등 뒤에는 손건이 서 있었다. 현덕은 황망히 공명을 자기 배로 건너오게 하여 무슨 까닭으로 이곳에 있느냐고 물었다.

"양亮은 강하에 가는 길로 우선 운장에게 한진에서 육지로 올라가 주공을 영접하라고 했습니다. 제 짐작에는 조조가 반드시 뒤를 쫓을 것인데 그리되면 주공께서는 강릉으로 오시지 않고 반드시 옆으로 비스듬히 꺾어 한진으로 나오실 것이라 생각했습니다. 그래서 특별히 공자께 청을 넣어 한 걸음 먼저 와서 지원하게 하고 저는 하구로 가서 그곳에 있는 군사를 모두 이끌고 싸움을 도우러 온 것입니다."

현덕은 크게 기뻐하며 군사들을 한 곳에 모으고 앞으로 조조를 깨뜨릴 계책을 의논했다. 공명이 먼저 입을 열었다.

"하구는 성이 험한 데다 돈과 양식도 상당히 많으니 오래 지킬 수 있는 곳입니다. 주공께서는 잠시 하구로 가서 주둔하십시오. 공자께서는 강하로 돌아가셔서 전선을 정돈하고 병기를 수습하여 기각지세掎角之勢를 이룬다면 조조를 대적할 수 있을 것입니다. 함께 강하로 가시면 도리어 형세가 외로워질 것입니다."

유기가 말했다.

"군사의 말씀이 매우 훌륭합니다. 그러나 제 생각에는 숙부님을 잠시 강하로 모셨으면 합니다. 거기서 군마를 정돈하고 다시 하구로 돌아가시더라도 늦지는 않을 것입니다."

현덕이 듣고 나서 말했다.

"조카님의 말씀 역시 옳군 그래."

현덕은 마침내 운장에게 5천 명의 군사를 주어 하구를 지키게 하고 자신은 공명, 유기와 함께 강하로 갔다.

한편 조조는 운장이 육로로 군사를 이끌고 와서 길을 끊자 복병이 있을까 두려워 감히 뒤를 쫓지 못했지만 현덕이 수로로 가서 먼저 강릉을 차지할 게 걱정되어 군사들을 이끌고 밤새 강릉으로 달려갔다. 그 무렵 형주 치중 등의와 별가 유선은 양양의 일을 벌써 다 알고 있었다. 그들은 조조와 대적할 수 없을 것이라 짐작하고 형주의 군사와 백성들을 이끌고 성을 나와 항복했다. 조조는 성으로 들어가 백성들을 안정시킨 다음 감옥에 갇힌 한숭韓嵩을 풀어 대홍려大鴻臚로 삼았다. 그 밖의 여러 관원들에게도 벼슬을 주고 상을 내렸다. 조조가 장수들을 모아 의논했다.

"지금 유비가 강하로 갔으니 동오와 결탁하여 세력이 걷잡을 수 없이 커지지나 않을지 걱정이오. 어떤 계책을 써야 그를 깨뜨리겠소?"

순유가 말했다.

"지금 우리 군사가 위세를 크게 떨치고 있으니 사자를 강동으로 보내 격문을 돌리게 하십시오. 그런 한편으로 손권을 강하로 초청하여 함께 사냥을 하면서 힘을 합쳐 유비를 사로잡은 다음 형주 땅을 나누어 가지고 영원한 우호 관계를 맺자고 제안하십시오. 손권은 놀라고 의심하면서도 항복하러 올 것입니다. 그렇게 되면 우리의 일은 이루어지는 것입니다."

조조는 그 계책을 따르기로 했다. 동오로 사자를 보내 격문을 돌리게 하는 한편 기병과 보병, 수군을 합쳐 도합 83만 명의 군사를 점고하여 백만 대군이라 떠들면서 수륙 양로로 한꺼번에 전진했다. 전선과 기병이 짝을 지어 강과 연안을 따라 내려가니, 서쪽으로는 형주荊州와 협주峽州까지 이어지고 동쪽으로는 기주蘄州와 황주黃州까지 닿아서 영채와 목책이 연달아 3백여 리나 뻗쳤다.

여기서 이야기는 두 갈래로 나뉜다. 강동의 손권은 시상柴桑에 군사를 주둔하고 있었는데 조조의 대군이 양양까지 이르고 유종은 이미 항복했다는 소문이 들리더니 이번에는 다시 조조가 밤길을 달리며 급속도로 행군하여 강릉을 수중에 넣었다는 소식이 들어왔다. 손권은 즉시 모사들을 모아 방어할 대책을 의논했다. 노숙이 말했다.

"형주는 우리와 인접해 있을 뿐만 아니라 강산은 험하고 튼튼하며 백성들은 부유합니다. 우리가 그곳을 차지하면 제왕의 자리에 오를 밑바탕이 될 것입니다. 지금 유표가 죽은 지 얼마 되지 않고 유비는 금방 패했으니 문상한다는 명분으로 저를 강하로 보내 주십시오. 그 기회에 유표 수하의 장수들을 어루만져 한 마음 한 뜻으로 뭉치게 하고 우리와 힘을 합쳐 조조를 격파하자고 유비를 설득해 보겠습니다. 유비가 기꺼이 주공의 명을 따른다면 대사는 성공할 수 있습니다."

손권은 기뻐하며 그 말을 따르기로 했다. 즉시 문상 예물을 준비하고 노숙을 강하로 보냈다.

한편 강하에 도착한 현덕은 공명, 유기와 함께 좋은 방책을 논의했다. 공명이 말했다.

"조조의 형세가 워낙 막강하여 당장은 대적하기 어려울 것 같습니다. 차라리 동오의 손권에게 응원을 청하는 편이 낫겠습니다. 남과 북이 대치하게 만들어 놓고 우리는 중간에서 이익을 챙긴다면 안 될 것이 무엇이겠습니까?"

현덕은 걱정했다.

"강동에는 인물이 많으니 틀림없이 멀리 내다보는 계책이 있을 것이오. 어찌 우리를 용납하겠소?"

공명이 웃으며 말했다.

"지금 조조가 1백만 대병을 이끌고 장강과 한수에서 호랑이처럼 웅크리고 있는 마당이니 강동에서도 우리에게 사람을 보내 사정을 알아보려고 하지 않겠습니까? 누군가 이곳으로 오기만 하면 제가 돛단배를 타고 곧장 강동으로 가서 생생한 세 치 혀끝을 놀려 남북 양군이 맞붙어 싸우도록 설득하겠습니다. 그리하여 남군이 이기면 함께 조조를 물리친 뒤 형주를 빼앗고 북군이 이기면 우리는 상황을 보아 가며 강남을 차지하면 됩니다."

현덕이 물었다.

"그 말씀은 매우 고견인 것 같소. 하지만 어떻게 강동 사람을 오도록 한단 말이오?"

이렇게 이야기하고 있는데 보고가 들어왔다. 강동 손권이 보낸 문상 사절 노숙의 배가 기슭에 닿았다는 것이었다. 공명이 웃으며 말했다.

"큰일을 이루게 되었습니다!"

그리고는 유기에게 물었다.

"지난날 손책이 죽었을 때 양양에서 강동에 문상객을 보냈습니까?"

유기가 대답했다.

"강동은 우리와 아비를 죽인 원수 사이인데 서로 간에 경조사의 예절을 차렸을 리가 있겠습니까?"

조지전 그림

공명이 단언했다.

"그렇다면 노숙은 문상하기 위해 온 게 아니라 군정을 탐지하러 온 것입니다."

공명이 현덕에게 말했다.

"노숙이 조조의 동태를 묻거든 주공께서는 그저 모른다고만 하고 대답을 미루십시오. 두 번 세 번 계속 물으면 그저 제갈량에게 물어보라고만 하십시오."

이렇게 약속을 정하고 사람을 시켜 노숙을 맞아들이게 했다.

노숙이 성으로 들어와 문상을 했다. 유기는 예물을 받고 나서 노숙을 현덕과 만나게 했다. 수인사가 끝나고 후당으로 맞아들여 술을 대접했다. 노숙이 먼저 입을 열었다.

"황숙의 크나큰 성함을 들은 지는 오래이나 만나 뵐 길이 없었는데 오늘 만나 뵙게 되니 실로 기쁘고 다행스럽습니다. 근자에 황숙께서 조조와 전투를 치렀다니 필시 그들의 사정을 아실 것입니다. 조조의 군사는 대략 얼마나 되는지요?"

유비가 대답했다.

"이 비는 원체 군사가 적고 장수가 모자라 조조가 온다는 말을 듣고는 곧장 달아났소. 그러다 보니 저들의 사정에 대해서는 아는 게 없소이다."

노숙이 다시 물었다.

"황숙께서는 제갈공명의 계책을 이용하여 두 번이나 화공으로 조조의 혼과 담을 다 빼놓았다고 하던데 어찌 모른다고 하십니까?"

현덕은 슬며시 공명에게 떠넘겼다.

"그런 일은 공명에게 물어야 자세한 내막을 알 수 있을 것이외다."

노숙은 마침내 공명을 찾았다.

"공명은 어디 계신가요? 한번 만나 뵈었으면 합니다."

현덕이 공명을 모셔 오게 하여 노숙과 만나게 했다.

노숙은 공명과 인사를 마치고 물었다.

"전부터 선생의 재주와 덕행을 흠모하여 왔으나 만나 뵈올 길이 없었습니다. 이제 다행으로 만나게 되었으니 당면한 정세에 대해 고견을 듣고자 합니다."

공명이 대답했다.

"조조의 간사한 계교는 제가 훤히 알고 있습니다. 다만 힘이 모자라서 피하고 있는 것이 한스러울 뿐이지요."

노숙이 다시 물었다.

"황숙께서는 이곳에 머무실 작정인가요?"

공명은 짐짓 시치미를 뗐다.

"사군께선 창오蒼梧 태수 오신吳臣과 친교가 있으신 터라 그곳으로 가서 몸을 의탁하실 생각입니다."

노숙이 반문했다.

"오신은 군량도 적고 군사도 보잘것없어 자기 한 몸도 보전하기 어려운 형편인데 무슨 수로 남을 거두겠습니까?"

공명이 응수했다.

"오신이 있는 곳이 오래 머물 곳은 못 되지만 잠시 의탁하고 있다 보면 좋은 방도가 나오겠지요."

노숙이 제의했다.

"우리 손장군은 여섯 군을 호랑이처럼 걸타고 앉으셨는데 군사는 정예롭고 양식도 넉넉합니다. 더욱이 유능한 인재를 지극히 공경하고 예로 대하시는 까닭에 강동의 뛰어난 인물들이 많이 귀의하고 있습니다. 이제 유사군을 위해서 따져 본다면 심복을 보내 동오와 손잡고 대사를 도모하는 것보다 더 나은 계책은 없을 것 같습니다."

공명이 짐짓 한발 물러섰다.

"유사군께서는 본래 손장군과 교분이 없으시니 공연히 말만 허비하지 않을지 걱정되는군요. 또한 달리 심복으로 보낼 만한 사람도 없소이다."

노숙이 말했다.

"선생의 형님께서 지금 강동의 참모로 계시며 날마다 선생을 만나고 싶어 하십니다. 이 숙이 재주는 없으나 선생과 함께 가서 손장군을 뵙고 대사를 의논했으면 합니다."

현덕이 한마디 던졌다.

"공명은 나의 스승이오. 잠시도 떨어질 수 없는데 어떻게 멀리 갈 수 있겠소?"

노숙은 굳이 공명과 함께 가자고 하고 현덕은 짐짓 허락하지 않는 체하며 한참을 밀고 당겼다. 공명이 입을 열었다.

"일이 급하게 된 것 같습니다. 청컨대 한번 다녀오도록 해주소서."

현덕은 그제야 마지못한 듯 허락했다.

노숙은 마침내 현덕과 유기에게 작별하고 공명과 함께 배에 올라 시상군을 향하여 떠났다. 이야말로 다음 대구와 같다.

오직 제갈량이 조각배를 타고 간 일 때문에 /
조조의 군사는 하루아침에 끝장나고 말리라
只因諸葛扁舟去　致使曹兵一旦休

공명이 이번에 가면 어떻게 될 것인가, 다음 회를 보라.

43

강동 선비들을 설전으로 누르다

제갈량은 강동의 선비들과 설전을 벌이고
노자경은 뭇사람의 공론을 힘써 물리치다
諸葛亮舌戰群儒　魯子敬力排衆議

노숙과 공명은 현덕과 유기에게 하직하고 배에 올라 시상군으로 갔다. 두 사람이 배 안에서 함께 일을 상의하는데 노숙이 공명에게 당부했다.

"선생은 손장군에게 절대로 조조의 군사와 장수가 많다는 사실을 곧이곧대로 말씀하셔서는 아니 되오이다."

공명이 대답했다.

"자경께선 당부하실 필요가 없소이다. 제게 대답할 말이 있소이다."

배가 강기슭에 닿자 노숙은 공명을 역관에서 잠시 쉬게 하고 자신은 먼저 손권을 만나러 갔다.

손권은 마침 대청에서 문무 관원들과 일을 의논하고 있었다. 노숙이 돌아왔다는 말을 들은 손권은 급히 불러들여 물었다.

"자경이 강하로 가서 직접 사정을 알아보니 어떠하던가요?"

노숙이 대답했다.

"그들의 계략을 모두 알아냈습니다. 그 일은 천천히 말씀드리겠습니다."

손권은 조조의 격문을 노숙에게 보여 주며 말했다.

"조조가 어제 사자를 시켜 이 글을 보내왔소. 일단 사자를 머물게 하고 지금 대책을 의논 중인데 아직 결정을 내리지 못하고 있소."

노숙이 격문을 살펴보니 그 내용은 대강 이러했다.

'내 근자에 황제의 명을 받들어 무도한 무리를 정벌함에 남쪽을 향해 깃발을 한번 흔들자 유종은 손을 묶어 항복하고 형양의 백성들은 소문만 듣고도 귀순했소. 이제 웅병 1백만과 상장 1천 명을 거느리고 장군과 강하에서 만나 사냥이나 하고자 하오. 함께 유비를 치고 똑같이 땅을 나누어 영원한 우호를 맺고자 하니 보고만 있지 말고 속히 회답을 주시기 바라오.'

글을 읽고 난 노숙이 물었다.

"주공의 뜻은 어떠하옵니까?"

손권이 대답했다.

"아직 정한 결론이 없소."

장소가 나서며 말했다.

"조조는 백만 대군을 거느리고 천자의 이름을 빌려 사방을 정벌하고 있으니 그에게 거역하는 건 순리가 아닙니다. 더욱이 주공께서 조조를 막을 수 있는 큰 세력은 장강뿐인데 이제 조조가 형주를 손에 넣는 바람에 장강의 험한 지세마저 우리와 공유하게 되었습니다.

이래서는 조조의 위세를 대적할 수 없을 것 같습니다. 저의 어리석은 생각으로는 차라리 항복하라는 권유를 받아들이는 것이 만 번 안전한 대책일 듯합니다."

여러 모사들도 이구동성으로 찬성했다.

"자포의 말이 하늘의 뜻에 합당하옵니다."

손권은 생각에 잠겨 말이 없었다. 장소가 다시 입을 열었다.

"주공께서는 더 이상 의심하실 필요가 없습니다. 조조에게 항복하시면 동오의 백성들은 편안하고 강남 여섯 군도 보전할 수 있을

진백일 그림

것입니다."

손권은 머리를 숙인 채 말이 없었다. 잠시 후 손권이 소피를 보려고 자리에서 일어났다. 노숙이 손권의 뒤를 따라 들어갔다. 손권은 노숙의 뜻을 알고 노숙의 손을 잡으며 물었다.

"경은 어떻게 했으면 좋겠소?"

노숙이 대답했다.

맹경강 그림

"방금 여러 사람들의 말은 장군을 매우 잘못 인도하는 것입니다. 그 사람들이야 조조에게 항복해도 되겠지만 장군만은 조조에게 항복해서는 안 되옵니다."

손권은 의아했다.

"그것은 무슨 말씀이시오?"

노숙이 대답했다.

"저 같은 무리야 조조에게 항복해도 고향으로 돌아가고 벼슬도 높아질 것이니 주나 군을 잃는 일도 없을 것입니다. 그러나 장군께서는 조조에게 항복하면 어디로 가시겠습니까? 작위는 후侯에 지나지 않을 터이니 출입할 때에도 수레 한 채에 말 한 필, 몇 사람의 수행원이 따르는 게 고작이겠지요. 그리되면 다시 왕으로서 나라를 다스릴 수 있겠습니까? 여러 사람들의 생각은 모두가 자기 자신을 위한 것일 뿐이니 들어주시면 안 됩니다. 장군께서는 빨리 대계를 정하십시오."

손권은 한숨을 지었다.

"여러 사람의 말은 나를 매우 실망시켰소. 자경이 말씀하신 대계가 바로 내 생각과 같소. 이는 하늘이 자경을 나에게 내려 주신 것이오. 그러나 조조는 얼마 전 원소의 군사를 손에 넣었고 근자에는 다시 형주의 군사까지 얻었으니 그 세력이 워낙 강대하여 대적하기 어려울 것이 걱정이구려."

노숙이 말했다.

"이번에 제가 강하에 갔다가 제갈근의 아우 제갈량을 데리고 왔습니다. 주공께서 친히 물어보시면 실정을 아실 수 있을 것입니다."

손권이 반색을 했다.

"와룡선생이 이곳에 왔단 말이오?"

"지금 역관에서 쉬고 있습니다."

손권이 말했다.

"오늘은 늦었으니 아무래도 만나지 못할 것 같소. 내일 장막에 문무 관원들을 모아 먼저 우리 강동의 빼어난 인물들을 만나게 한 뒤에 대청으로 청해 올려 함께 일을 의논하겠소."

노숙은 명을 받고 물러났다. 이튿날 노숙은 역관으로 공명을 찾아가서 다시 한번 당부했다.

"오늘 우리 주공을 뵙거든 절대로 조조의 군사가 많다는 말씀일랑 하지 마십시오."

공명은 웃으며 대답했다.

"제가 형편을 봐 가며 대처하겠소이다. 일을 그르치지는 않으리다."

노숙이 공명을 장막 안으로 안내했다. 장소와 고옹 등 문무 관원 20여 명이 미리 와서 높은 관에 넓은 띠로 의관을 정제하고 단정히 자리에 앉아 있었다. 공명은 한 사람 한 사람과 일일이 인사하며 이름을 물었다. 인사를 마치고 손님 자리에 앉았다. 장소 등이 살펴보니 공명은 풍채가 활달하고 깨끗하며 기개와 도량이 비범했다. 모두들 저 사람은 우리를 설득하러 온 게 틀림없다고 짐작했다. 장소가 먼저 말을 걸었다.

"이 장소는 강동의 보잘것없는 선비입니다만 선생께서 융중에 높이 누워 스스로를 관중과 악의에 비유하신다는 말씀을 들은 지 오랩니다. 과연 그런 말씀을 했소이까?"

공명이 대답했다.

대굉해 그림

"그것은 이 제갈량이 평소 저를 낮추어 비교해 본 것입니다."

장소가 말했다.

"들으니 근자에 유예주께서 선생의 초려를 세 번이나 찾아가서 요행히 선생을 얻고는 물고기가 물을 얻었다고 하며 형양을 석권하려 했다지요. 그런데 하루아침에 그 땅은 조조의 차지가 되고 말았으니 이게 어찌 된 일인가요?"

공명은 생각했다. 장소는 손권 수하에서 첫손가락에 꼽히는 모사인데 이 사람을 먼저 굴복시키지 못하면 어떻게 손권을 설득하겠는가. 공명은 마침내 이렇게 대답했다.

"내가 보기에 한수 일대를 차지하는 건 손바닥 뒤집기보다 쉬운일이었소. 그러나 우리 주인 유예주께서는 몸소 인의를 실천하시는분이라 차마 종친의 터전을 빼앗을 수는 없다며 극구 사양하셨소이다. 그런데 철없는 유종이 아첨하는 말만 믿고 항복하는 바람에 조조가 저리 날뛰게 된 것이지요. 지금 우리 주공께서 강하에 주둔하고 계시는 건 따로 좋은 계책이 있어서이니 다른 사람이 알 수 있는일이 아니라오."

장소가 반박했다.

"그렇다면 이는 선생의 말과 행동이 일치하지 않는 것입니다. 선생은 자신을 관중과 악의에 비유하셨다지요. 관중은 제나라 환공을 도와 제후의 우두머리가 되게 하여 천하를 바로 잡았고, 악의는 미약한 연나라를 붙들어 세우고 제나라 70여 성을 항복 받았으니 이 두사람은 진실로 세상을 구제한 인재들이었소. 선생께서는 초려에서 풍월이나 즐기며 무릎을 껴안고 도도하게 앉아 있었으나 기왕 유예주를 섬겼으면 백성을 이롭게 하고 해악을 제거하며 세상을 어지럽

진전승 그림

히는 도적들을 소탕했어야 할 것이외다. 또한 유예주께서는 선생을 얻기 전에도 오히려 천하를 누비며 성을 차지하고 있었소. 그러다 선생을 얻게 되자 모두가 우러러 기대했었소. 삼척동자라도 날랜 호랑이가 날개를 달았으니 머지않아 한나라 황실은 부흥하고 조씨는 멸

대돈방 그림

망하리라고 기대했고, 조정의 옛 신하들과 산림에 숨어 사는 선비들은 눈을 씻고 기다리며 하늘에 덮인 구름을 걷어 내어 해와 달의 밝은 빛을 보게 되고 도탄에 빠진 백성을 구제하여 천하를 반석 위에 올려놓을 때가 바로 지금이라고 생각했소. 그런데 선생이 유예주께로 가신 뒤에는 조조의 군사가 출동하자마자 갑옷을 벗어던지고 창을 내던지며 소문만 듣고도 지레 달아나서, 위로는 백성을 편안히 하여 유표의 은혜에 보답하지 못하고 아래로는 아비 잃은 유종을 도와 강토를 보전케 하지 못했으며, 끝내는 신야를 버리고 번성에서 도망치고 당양에서 패하고 하구로 달아나서 몸 붙일 곳도 없게 되었으니 이는 왜 그런 것이오? 이러고 보면 유예주께서는 선생을 얻은 뒤로 도리어 처음만도 못하오. 관중과 안자가 과연 그랬소이까? 우직한 말을 괴이하게 여기지 마시기 바라오."

들고 난 공명은 껄껄 웃었다.

"붕鵬새가 만 리 하늘을 나는 뜻을 조무래기 새들이 어찌 알겠소? 비유하자면 중병 걸린 사람에게는 우선 미음과 죽을 먹이면서 부드러운 약을 써야 하는 것과 같소. 그렇게 해서 오장육부가 제대로 움직이고 몸이 차차 안정된 뒤에 고기로 몸을 보하면서 강한 약으로 병을 다스리면 병의 뿌리가 완전히 뽑혀 사람이 온전하게 살아날 수 있는 것입니다. 그러지 않고 기맥이 고르게 통하지도 않는데 대뜸 독한 약과 기름진 음식을 먹이면 온전하기를 바란들 진실로 고치기 어려울 것이오. 우리 주군 유예주께서 지난날 여남에서 조조군에 패하시고 유표에게 몸을 의탁하셨을 때는 군사는 1천 명도 되지 않았고 장수라곤 달랑 관우, 장비, 조운뿐이었소. 병으로 치면 병세가 극도로 위중한 상태였다고 할 수 있소이다. 신야는 외진 산골의 작은 현으로 백성은 적고 양식도 부족한 곳인데, 예주께서는 잠시 이곳을 빌려 몸을 붙였을 뿐 어찌 진짜로 그곳에 눌러앉으실 생각이셨겠소? 병기는 제대로 갖추어지지 않았고 성곽도 견고하지 못하며 군사는 훈련받지 못한 데다 식량도 부족하여 그날그날 근근이 이어가는 형편이었소. 그런 상황에서도 박망에서 화공으로 적의 군량을 태우고 백하에서 수공을 펼쳐 하후돈과 조인 무리의 간담을 서늘하게 만들었으니 관중과 악의의 용병술도 이보다 뛰어나지는 않았으리라고 생각하오. 유종이 조조에게 항복한 일은 실로 예주께서 모르는 사이에 벌어진 일이었고, 또한 차마 어지러운 틈을 이용하여 종친의 기업을 빼앗지 않으신 것이니 이는 참으로 크게 어질고 크게 의로운 일이라 할 것이외다. 당양에서 패했을 때도 예주께서는 수십만 백성이 의를 받들어 늙은이를 부축하고 어린것의 손을 잡고 따라나서는 것을 보시고는 차마 그들을 버리지 못해 하루에 겨우 10리를 행군하면서 나아가 강릉을 취할 생각을 하지 않고 기꺼이 백성과 함께 죽으려 하셨소. 이 역시 참으로 크게 어질고 크게 의로운 일이라 하겠소이다. 본래 적은 군사로 많은 적을 대적하지는 못하는 법이요 승패란 병가兵家의 상사常事입니다. 옛적 고조 황제께서는 항우에게 여러 번 패하셨으나 해하垓下의 싸움* 한번으로 공을 이루셨으니 이는 한신韓信의 좋은 계책을 쓰셨기 때문이 아니오이까? 한신이 오랫동안 고황제를 섬겼지만 언제나 이기기만 한 것은 아니었소이다. 무릇 국가의 대계와 사직의 안위에 관한 일에는 중심이 되어 꾀하는 사람이 있는 법이

---

*해하의 싸움 | 한과 초의 마지막 전쟁. 한고조 5년(기원전 202년) 한나라 군이 해하(지금의 안휘성) 영벽靈壁 남쪽에서 초楚나라 군사를 포위하고 섬멸했고, 겨우 포위망을 돌파한 항우는 오강烏江(지금의 안휘성 화현和縣) 동북에서 스스로 목을 베어 죽었다.

니 입담이나 자랑하며 헛된 명성으로 사람을 기만하는 무리들이 끼어들 일이 아니지요. 그런 자들은 자리에서 말로 떠드는 데는 누구도 따라갈 수 없지만 실제 상황에 맞닥뜨리면 백에 한 가지도 제대로 대처하지 못하니 참으로 천하의 웃음거리나 될 따름이지요!"

한바탕 언변에 장소는 한마디도 대꾸하지 못했다.

이때 좌중에서 한 사람이 목청을 돋우어 물었다.

"지금 조공이 백만의 군사와 천 명의 장수를 거느리고 위풍도 당당하게 강하를 집어삼키려고 하는데 공은 이것을 어떻게 생각하시오?"

공명이 보니 우번이었다.

"조조는 원소 수하의 개미떼 같은 군사들을 거두어들이고 유표 수하의 오합지졸들을 주워 모은 것이니 비록 수백만 명이라 한들 두려울 것이 없소이다."

우번은 차갑게 웃으며 대꾸했다.

"군사는 당양에서 패하고 계략은 하구에서 다하여 구차스레 남에게 구원을 청하는 처지에서도 오히려 두렵지 않다니 이야말로 허풍으로 사람을 속이려는 것이로다!"

공명이 응수했다.

"유예주께서 인의의 군사 수천 명을 가지고 어찌 백만이나 되는 잔학한 무리들을 대적할 수 있겠소? 물러나서 하구를 지키는 것은 때를 기다리기 위해서요. 지금 강동은 군사는 정예하고 양식도 넉넉하며 장강이라는 천험의 요충을 가지고 있는데도 오히려 자기 주군에게 무릎을 꿇고 역적에게 항복하도록 권하여 천하의 비웃음을 아랑곳하지 않고 있소. 이에 비하면 유예주는 진실로 조조라는 도적을 두려워하지 않는 분이오.”

우번은 이 말에는 대꾸하지 못했다. 좌중에서 또 한 사람이 나서서 물었다.

“공명은 소진蘇秦과 장의張儀*를 본받아 동오에 유세하러 왔소이까?”

공명이 보니 바로 보즐步騭이었다.

“보자산子山(보즐의 자)은 소진과 장의가 말 잘하는 변사辯士인 줄은 알면서 소진과 장의 역시 호걸임은 모르시는구려. 소진은 여섯 나라의 재상 인수를 찼고 장의는 두 차례나 진秦나라의 정승이 되었으니, 이들은 모두 나라를 바로잡고 떠받치는 지략을 가진 인물들이었소. 결코 강한 자를 두려워하고 약한 자를 업신여기거나 칼을 무서워하고 검을 피하는 무리에 비할 바가 아니지요. 그대들은 조조의 터무니없는 거짓말에 겁이 나서 항복을 청하는 주제에 감히 소진과 장의를 비웃으신단 말씀이오?”

보즐은 묵묵히 대답이 없었다.

이때 갑자기 한 사람이 물었다.

“공명은 조조를 어떤 사람이라고 생각하시오?”

공명이 보니 바로 설종薛綜이었다.

“조조는 나라의 역적이지요. 더 이상 무엇을 물을 필요가 있겠소?”

설종이 반박했다.

“공의 말씀은 틀렸소이다. 한나라는 오늘에 이르러 천수가 다했

---

*소진과 장의 | 전국시대의 변론가들. 소진은 함곡관 동쪽의 여섯 나라가 힘을 합쳐 진秦나라와 대항하자는 합종合縱을 주장했고 장의는 여섯 나라가 나란히 진나라를 받들자는 연횡連橫을 주장했다.

는데 조공이 이미 천하의 3분지 2를 차지해서 인심이 모두 그에게로 쏠리고 있소. 유예주께서는 천시天時를 모르고 억지로 그와 다투려고 하니 계란으로 바위를 치는 격이라 어찌 패하지 않을 수 있겠소?"

공명은 사나운 음성으로 반박했다.

"설경문敬文(설종의 자)은 어떻게 이같이 아비를 무시하고 군주를 무시하는 말씀을 하신단 말이오? 무릇 사람이 하늘과 땅 사이에 태어났으면 충과 효를 처세의 근본으로 삼아야 하는 법이오. 공도 이미 한나라의 신하이니 신하의 도리를 어기는 자는 맹세코 함께 죽이는 것이 신하의 도리일 것이오. 그런데 조조는 조상 때부터 한나라의 녹을 먹고도 보답할 생각은 하지 않고 도리어 찬역할 마음을 품고 있으니 천하가 다 함께 통분하고 있소. 그런데도 공은 이를 하늘이 정한 운수로 돌리다니 이렇게 아비도 무시하고 임금도 무시하는 사람은 나무랄 것도 없소! 말을 나눌 가치도 없으니 더는 말하지 않겠소!"

설종은 몹시 부끄러워하며 더 이상 대답하지 못했다.

자리에서 다시 한 사람이 소리를 높여 물었다.

"조조가 비록 천자를 끼고 제후들을 호령한다고는 하나 상국相國 조참曹參(서한의 개국공신)의 후손이오. 유예주는 중산정왕의 후예라고는 하지만 검증할 길이 없고 돗자리 짜고 미투리나 팔던 사람인 것만 확실할 뿐이니 무슨 수로 조조와 겨룬단 말씀이오?"

바로 육적陸績이었다. 공명은 웃으면서 대꾸했다.

"공은 원술 앞에서 귤을 품었던* 육랑陸郎이 아니시오? 거기 편히 앉아서 내 말을 들어 보시오. 조조가 조상국의 후예라면 대대로 한 나라의 신하인데 지금 방자하게도 권세를 장악하여 군주를 속이고 능멸하고 있소. 이는 임금이 안중에 없을 뿐만 아니라 자기 조상을 멸시하는 짓이요, 나라를 어지럽게 하는 신하일 뿐만 아니라 조씨 집안의 후레자식이라 할 것이외다. 우리 유예주로 말씀드리면 당당 한 한나라 황실의 종친으로서 금상황제께서 종족 세보宗族世譜를 보 시고 작위까지 내리셨는데 어찌 검증할 길이 없다고 하시오? 더구 나 고조께서는 일개 정장亭長에서 몸을 일으켜 마침내 천하를 얻으 셨는데 자리 짜고 짚신 판 것이 무어 욕될 일이란 말씀이오? 공의 어 린아이 같은 소견으로는 높은 선비와 한자리에서 이야기를 나눌 수 없겠구려!"

육적은 그만 말문이 막히고 말았다.

이때 자리에서 한 사람이 나섰다.

"공명의 말씀은 모두가 억지요 이치에 맞지 않소. 하나같이 정론 이라고 할 수 없으니 더 이상 재론할 필요가 없겠소. 다만 한 가지만 묻겠는데 대체 공명은 무슨 경전經典을 연구하셨소이까?"

공명이 보니 바로 엄준嚴畯이었다.

---

*원술 앞에서 귤을 품었던 | 육적이 여섯 살 때 구강九江에서 원술을 만났는데, 원술이 귤을 대접하자 육적이 귤 세 개를 몰래 품에 넣었다. 하직 인사를 할 때 귤이 땅에 떨어진 것을 보고 원술이 묻자 귀한 것이라 어 머니께 드리려 했다고 대답하여 원술이 크게 칭찬했다.

"옛 사람의 글을 뒤적여 멋진 구절이나 따다 쓰는 것은 세속의 썩은 선비들이나 하는 짓이오. 그래서야 어찌 나라를 일으키고 큰일을 세울 수 있겠소? 옛적에 신莘 땅에서 밭을 갈던 이윤伊尹과 위수渭水에서 낚시질하던 자아子牙, 그리고 장량과 진평의 무리, 등우鄧禹(동한의 개국공신)와 경감耿弇(동한의 개국공신) 같은 사람들은 모두가 천하를 바로잡을 재주를 지녔건만 그들이 평생에 어떤 경전을 연구했다는 말은 없소. 어찌 서생들의 본을 따서 구차스럽게 남의 장단점이나 따지며 붓 자루나 희롱할 일이겠소?"

엄준은 그만 기가 죽어 고개를 푹 숙이고 대답을 하지 못했다.

이때 또 한 사람이 큰소리로 말했다.

"공이 큰소리치기 좋아 하는 걸 보니 아직은 실속 있는 학문을 쌓

안매화 그림

지 못한 게 분명하구려. 아마 선비들의 웃음거리가 되기에 알맞을 성싶소이다.”

눈을 들어 보니 그는 여양 출신의 정덕추程德樞였다. 공명이 대답했다.

“선비에도 군자와 소인의 구별이 있소이다. 군자 선비로 말하면 임금에게 충성하고 나라를 사랑하며 정도를 지키고 사악한 것을 미워하여 은택이 당세에 미치고 후세에 이름이 남을 수 있도록 힘쓰지만, 소인 선비로 말하면 오직 글귀를 다듬는 데만 힘쓰며 문필에만 공을 들여 젊어서는 시부詩賦나 짓고 백발이 되도록 경서經書를 파고들어 붓끝으로는 천 가지 언어를 적어 놓을지라도 실상 흉중에는 단 한 가지 계책도 없지요. 예를 들면 양웅揚雄 같은 사람은 문장으로 천하에 이름을 날렸지만 몸을 굽혀 왕망王莽을 섬기다가 끝내 누각에서 뛰어내려 죽는 신세를 면치 못했으니 이것이 이른바 소인 선비지요. 이런 선비야 비록 하루에 만 구절의 글을 지어낸들 무슨 쓸모가 있단 말씀이오?”

정덕추는 대꾸할 수가 없었다. 공명의 대답이 청산유수처럼 막힘이 없는 것을 보고 사람들은 모두들 낯빛이 변했다.

이때 좌석에 있던 장온張溫과 낙통駱統 두 사람이 다시 질문을 하려 했다. 그때 밖에서 한 사람이 들어오며 엄숙한 목소리로 말했다.

“공명은 당대의 기재이거늘 그대들은 입을 놀려 힐난만 하려 드니 손님을 공경하는 예의가 아니오. 조조의 대군이 우리 지경에 다가오는데 적을 물리칠 계책은 생각지 않고 부질없이 말다툼만 하고들 계신단 말이오?”

여러 사람이 바라보니 영릉零陵 사람 황개黃蓋였다. 그는 자가 공복公覆으로 당시 직책은 동오의 군량관이었다. 황개가 공명에게 말했다.

"듣자오니 말을 많이 하여 이득을 얻기보다 침묵을 지키며 잠자코 있는 것이 낫다고 하더이다. 어찌하여 금석 같은 논리를 우리 주공을 위해 말씀드리지 아니하고 여러 사람과 논쟁만 하고 계십니까?"

공명이 대답했다.

"여러분이 세상일이 어떻게 돌아가는지도 모르고 번갈아 가며 어려운 질문만 하는 바람에 대답을 아니 할 수가 없었소이다."

황개와 노숙이 공명을 인도하여 안으로 들어갔다. 막 중문으로 들어서다가 제갈근과 마주쳤다. 공명이 인사를 올리자 제갈근이 물었다.

"아우가 강동에 왔는데 어찌하여 나를 찾아오지 않았느냐?"

공명이 대답했다.

"제가 유예주를 섬기고 있으니 공적인 일을 먼저 하고 사적인 일은 뒤로 미루는 것이 이치에 맞을 것입니다. 아직 공무가 끝나지 않아서 찾아뵙지 못했으니 형님께선 용서해 주십시오."

제갈근이 말했다.

"그럼 오후吳侯를 알현하고 나서 이야기하도록 하세."

말을 마친 제갈근은 갈 길을 갔다.

노숙이 당부했다.

"아까 당부한 말씀을 그르쳐서는 아니 되오."

공명은 고개를 끄덕이며 응낙했다. 대청 아래 이르자 손권이 계단 아래까지 내려오며 특별한 예의로 대우했다. 서로 예를 마치자 손권이 공명에게 자리를 주어서 앉게 했다. 문무 관원들은 두 줄로 나뉘어 좌우에 늘어서고 노숙은 공명 옆에 바짝 붙어 서서 그가 이야기하는 것만 지켜보았다. 공명은 현덕의 뜻을 전하고 나서 가만히 손권을 살펴보니 푸른 눈동자에 붉은 수염으로 용모가 당당했다. 공명은 속으로 생각했다.

'이 사람은 용모가 범상치 않으니 충격을 주어 자극해야지 말로 설득해서는 안 되겠군. 그가 물으면 말로 자극해 보리라.'

증의 그림

차를 권하고 나서 손권이 입을 열었다.

"족하의 재주에 관해서는 자경에게 말씀을 많이 들었소이다. 다행히 이렇게 만났으니 유익한 가르침을 바라오이다."

공명은 겸손하게 응대했다.

"재주가 적고 배운 것이 없어서 밝으신 물음을 욕되게 하지나 않을까 두렵습니다."

손권이 말했다.

"근자에 족하께선 신야에서 유예주를 도와 조조와 싸우셨으니 저쪽 군사의 허실을 자세히 아실 것이오."

공명이 대답했다.

"유예주께서는 군사와 장수가 적고 신야는 작은 성인 데다 군량조차 없었습니다. 어찌 조조와 제대로 상대할 수나 있었겠습니까?"

손권이 물었다.

"조조의 군사는 모두 얼마나 되지요?"

공명이 대답했다.

"기병, 보병, 수군을 합쳐 대략 1백만이 넘었습니다."

손권은 자신의 귀를 의심했다.

"설마 거짓말은 아니겠지요?"

공명은 단호하게 대답했다.

"거짓이 아닙니다. 조조는 연주에 있을 때 이미 청주병 2십만을 보유하고 있었는데 원소를 평정하여 5,60만을 얻었고 중원에서 새로 모집한 군사가 340만인 데다 이번에 다시 형주군 2,30만을 얻었습니다. 이렇게 따져 보면 1백 50만 명에서 밑돌지는 않을 것입니다. 제가 1백만이라고 말씀드린 것은 강동의 선비들이 놀라실까 염려되어서 그런 것입니다.”

곁에 있던 노숙은 얼굴이 새하얗게 변했다. 공명에게 눈짓을 했지만 공명은 못 본 체했다. 손권이 다시 물었다.

“조조 수하에 장수들은 얼마나 되오?”

공명이 대답했다.

“지모가 넘치는 모사와 정벌에 능하고 전투 경험이 많은 장수들이 어찌 1,2천 명에 그치겠습니까?”

손권은 계속 물었다.

“지금 조조는 형초荊楚(형주 지방)를 평정했는데 다시 멀리 도모하는 바가 있을까요?”

공명이 반문했다.

“지금 강을 따라 영채를 세우고 전선을 준비하고 있는 것이 강동을 도모하려는 행동이 아니라면 어느 곳을 손에 넣으려는 것이겠습니까?”

손권은 한마디 더 물었다.

“저들이 우리 강동을 삼킬 생각이라면 저들과 싸워야 하오, 싸우지 말아야 하오? 족하께서 나를 위해 한번 결단해 보시오.”

공명은 기다렸다는 듯 말했다.

“한마디 드릴 말씀은 있습니다. 그러나 장군께서 들어주시지 않을 것 같아 염려됩니다.”

“고견을 들려주시구려.”

공명이 말했다.

“전날 천하가 크게 어지러워지자 장군께서는 강동에서 일어나시고 유예주께선 한수 남쪽에서 군사를 수습하여 조조와 천하를 다투셨습니다. 지금 조조는 큰 난리를 없애 천하가 대략 평정되었는데 근래 다시 형주를 깨뜨려서 그 위명이 천하에 떨쳤으니, 아무리 영웅이라도 무력을 쓸 땅이 없는 형편입니다. 이 때문에 유예주께서 몸을 피해 이곳까지 이르신 것입니다. 장군께서도 스스로의 힘을 헤아려 잘 조처하시기 바랍니다. 만일 오吳와 월越의 군사를 거느리고 중원과 맞설 수 있다고 생각되시면 일찌감치 조조와는 관계를 끊는 게 상책일 것입니다. 그러나 그럴 수 없다면 모사들의 주장을 받아들여 군사 행동을 멈추고 무기와 갑옷을 감추고 신하의 예로 조조를 섬겨야 하지 않겠습니까?"

손권이 미처 대답하지 못하자 공명이 다시 말을 이었다.

"장군께서 겉으로는 항복해야 한다는 명분에 동조하시지만 속으로는 다른 마음을 품으신 채 사태가 급하게 되었는데도 결단을 내리지 못하신다면 언제 화가 닥칠지 모를 것입니다."

손권이 마침내 입을 열어 물었다.

"진실로 그대의 말씀과 같다면 유예주는 어찌하여 조조에게 항복하지 않고 있소?"

공명은 태연하게 대답했다.

"옛적 전횡田橫˙은 한낱 제나라의 장사壯士에 불과했지만 오히려 의를 지켜 치욕을 당하지 않았습니다. 하물며 우리 유예주께서는 황실의 후손인 데다가 그 영특한 재주가 세상을 뒤덮어 모든 사람이 우러러 사모하는 분입니다. 일이 뜻대로 되지 않는 것이야 하늘이 정한

•전횡│전국시대 제齊나라의 귀족. 진秦나라 말 형 전담田儋과 함께 군사를 일으켜 제나라를 다시 세우고 제나라 왕이 되었다. 한나라가 천하를 평정한 뒤 부하 5백 명을 거느리고 섬으로 달아났다가 한고조가 항복을 권하자 수도로 오던 도중 자결했다. 섬에서 이 소식을 들은 5백여 명 부하들도 모두 자결했다.

운수일 뿐인데 어찌 다른 사람에게 몸을 굽히시겠습니까?"

공명의 말을 듣는 동안 손권은 자신도 모르게 발끈하며 얼굴색이 변했다. 그는 소매를 떨치고 벌떡 일어나더니 후당으로 들어가 버렸다. 자리에 있던 사람들은 모두들 비웃으며 흩어졌다. 노숙이 공명을 나무랐다.

"선생은 어째서 그런 말씀을 하셨소? 다행히 우리 주공께서 너그럽고 관대하시어 면전에서 책망하지 않으신 것이오. 선생의 말씀은 우리 주공을 지나치게 깔보신 것이오."

공명이 얼굴을 쳐들고 껄껄 웃었다.

"어찌 이처럼 사람을 용납하지 못하시는 거요? 나에게는 조조를 깨뜨릴 계책이 있소이다. 하지만 묻지를 않으시니 나도 말하지 않았을 따름이외다."

이 말을 듣고 노숙은 반색을 했다.

"과연 좋은 계책이 있다면 이 노숙이 주공께 가르침을 받으시라고 말씀드리겠소이다."

공명은 한술 더 떴다.

"나는 조조의 백만 군사쯤은 개미떼처럼 볼 따름이오! 내가 손 한 번 쳐들면 저들은 죄다 가루가 되고 말 것이오!"

노숙은 즉시 후당으로 들어가 손권을 뵈었다. 아직 노기가 가시지 않은 손권은 노숙을 돌아다보며 말했다.

"공명이 나를 지나치게 업신여기는구려!"

노숙이 조용히 설명했다.

"신 역시 그 일로 공명을 책망했더니 공명은 도리어 웃으면서 주공께서 사람을 용납하지 못하신다고 했습니다. 조조를 깨뜨릴 계책

을 공명이 쉽사리 발설하지는 않을 것 같습니다. 주공께서는 어찌 그
것을 물어보지 않으셨습니까?"

손권의 얼굴에서 노기가 가시고 희색이 가득해졌다.

"공명은 처음부터 좋은 계책을 가지고 있으면서 말로써 나를 격
동시켰구려. 내가 일시 얕은 소견으로 하마터면 큰일을 그르칠 뻔
했소."

손권은 즉시 노숙과 함께 대청으로 나와서 다시 공명을 청하여 이
야기를 나누었다. 손권이 공명에게 사과했다.

"조금 전에는 족하의 위엄을 모독했는데 부디 나쁘게 생각지 마
시오."

모국륜 그림

공명 역시 사과했다.

"제 말이 무례했습니다. 용서해 주소서."

손권은 공명을 후당으로 데리고 들어가 술상을 차려 대접했다.

술이 몇 순 돌고 나자 손권이 먼저 입을 열었다.

"조조가 평소에 미워한 사람은 여포, 유표, 원소, 원술 그리고 유예주와 나뿐이오. 이제 여러 영웅들은 다 죽고 오직 유예주와 내가 남아 있을 뿐이오. 오나라 땅을 온전히 지키지 못하면 나는 남의 제제를 받아야 하오. 나의 계책은 이미 정해졌소. 유예주가 아니고는 조조를 대적할 사람이 없지만 예주께서는 방금 패한 뒤이니 무슨 수로 이 난적을 당해 내시겠소?"

공명이 대답했다.

"예주께서 이번에 비록 패하셨다고는 하나 관운장이 아직 정병 1만 명을 거느리고 있고 유기가 거느린 강하의 군사 또한 1만 명이 넘으면 넘지 모자라지는 않습니다. 조조의 군사는 먼 길을 오느라 지칠 대로 지친 데다 근자에는 또 예주의 뒤를 쫓느라 날랜 기병이 밤낮을 쉬지 않고 하루 3백 리나 달렸다 합니다. 이것은 '아무리 강한 쇠뇌의 살도 너무 멀리 쏘면 가벼운 비단을 뚫지 못한다'는 격입니다. 게다가 북방 사람들은 수전에 익숙하지 못합니다. 이번에 형주의 군사와 백성들이 조조에게 붙은 것은 사세가 부득이해서 그런 것이지 본심은 아닙니다. 장군께서 진실로 유예주와 마음을 합하고 힘을 모은다면 조조의 군사를 반드시 깨뜨릴 수 있습니다. 조조는 군사가 무너지면 반드시 북으로 돌아갈 것이고 그리되면 형주와 동오의 세력이 강성해질 터이니 솥발처럼 벌려 선 형세가 이루어질 것입니다. 성공하느냐 실패하느냐는 바로 오늘에 달렸습니다. 오직 장군만이 그것을 결단하실 수 있습니다."

손권은 크게 기뻐했다.

"선생의 말씀이 막혀 있던 내 가슴을 탁 틔워 주셨소이다. 내 이미 뜻을 결정했으니 더 이상 다른 의심은 없어졌소. 수일 내로 상의하고 군사를 일으켜서 유예주와 함께 조조를 멸망시키도록 합시다!"

즉시 노숙에게 분부하여 이 뜻을 문무 관원들에게 알리게 하는 한편 공명을 역관으로 보내어 편히 쉬게 했다.

장소는 손권이 군사를 일으키려 한다는 사실을 알고 즉시 여러 사람과 의논했다.

"공명의 계책에 걸려들고 말았소!"

그리고는 급히 장군부로 들어가 손권을 만났다.

"저희들은 주공께서 군사를 일으켜 조조와 싸우려 하신다는 말씀을 들었습니다. 주공께서는 스스로 원소와 비교해서 어떻다고 생각하십니까? 조조는 지난날 군사가 약하고 장수가 적은 때도 오히려 한 차례 북을 울려 원소에게 이겼습니다. 하물며 지금은 백만 대병을 거느리고 남으로 밀고 내려오는 그를 어떻게 가벼이 대적할 수 있겠습니까? 제갈량의 말만 듣고 함부로 군사를 움직이는 건 '섶을 지고 불로 뛰어드는' 격입니다."

손권은 그저 고개를 숙인 채 대답이 없었다. 고옹이 또 말했다.

"유비는 조조에게 패했기 때문에 우리 강동의 군사력을 빌려 저들에게 항거해 보려는 것입니다. 주공께서는 어찌하여 그에게 이용당하려 하십니까? 제발 자포의 말을 들으십시오."

그러나 손권은 생각에 잠긴 채 결단을 내리지 못했다. 장소 등이 물러가자 이번에는 노숙이 들어와 뵙고 말했다.

방선건 그림

"방금 장자포 등이 주공께 군사를 움직이지 말고 항복하시라고 극력 주장했을 것입니다. 그러나 이는 모두 자기 몸을 보전하고 처자를 보호하려는 신하들이 자기 일신을 위하여 꾀한 계책일 따름입니다. 주공께서는 듣지 마시기 바랍니다."

손권은 여전히 생각에 잠겨 있었다. 노숙이 다시 권했다.

"주공께서 만약 계속 의심하며 결단을 내리지 못하시다가는 틀림없이 여러 사람 때문에 대사를 그르치게 될 것입니다."

손권이 입을 열었다.

"경은 잠시 물러가 있으시오. 내 깊이 생각해 보리다."

노숙은 밖으로 물러 나왔다. 이때 무장 중에는 싸우자고 주장하는 사람이 더러 있었으나 문관들은 모두가 항복하자고 주장하며 의논이 분분하여 통일되지 않았다.

안채로 들어간 손권은 음식도 제대로 먹지 못하고 잠도 제대로 자지 못할 정도로 불안했다. 망설이기만 할 뿐 도무지 결단을 내리지 못하고 있는데, 오국태國太(손권의 어머니)가 이런 모습을 보고 물었다.

"마음에 무슨 번뇌가 있기에 음식도 먹지 않고 잠도 자지 못한단 말이냐?"

손권이 대답했다.

"지금 조조가 장강과 한수에 군사를 주둔하고 강남으로 밀고 내려올 뜻을 품고 있습니다. 문무 관원들에게 물어보았더니 항복하자는 자도 있고 싸우자는 자도 있습니다. 그러나 막상 싸우자니 적은 군사로 많은 적을 당해 내지 못할 것 같아 두렵고 그렇다고 항복하자니 조조가 용납하지 않을 것 같아 걱정입니다. 그래서 좀처럼 결단을 내리지 못하고 있습니다.”

오국태가 한마디 일러 주었다.

“너는 어찌하여 우리 언니가 임종할 때 하신 말씀을 기억하지 못한단 말이냐?”

손권은 마치 술에 취했다가 확 깨어난 듯 깊은 꿈에서 홀연히 깨어난 듯 그 한마디가 생각났다. 바로 다음 대구와 같다.

국모께서 임종시에 하신 말씀 떠올리고 /
주랑을 이끌어 내어 공을 세우게 하누나.
追思國母臨終語　引得周郎立戰功

무슨 말을 한 것일까, 다음 회를 보라.

44

강동 이교

공명은 지혜를 써서 주유를 격동시키고
손권은 조조를 격파시킬 계책을 정하다
孔明用智激周瑜 孫權決計破曹操

오국태는 손권이 의혹에 사로잡혀 좀처럼 결단을 내리지 못하는 걸
보고 일러 주었다.

"언니가 유언하지 않았느냐, '백부白符(손책의 자)가 임종할 때 나라
안의 일을 결정하기 어려우면 장소에게 묻고 나라 밖의 일
을 정하지 못할 경우엔 주유에게 물으면 될 것이라고 했
다'고. 그런데 지금 어째서 공근公瑾(주유의 자)을
불러 묻지 않는 게냐?"

손권은 몹시 기뻐하며 즉시 파양鄱陽으
로 사자를 보내 주유를 불러다 의논하기로
했다. 원래 주유는 파양호에서 수군을 훈련
하고 있었는데 조조의 대군이 한수 일대
에 이르렀다는 소식을 듣고는 군사 일
을 의논하기 위해 밤을 도와 시상으로
돌아오는 중이었다. 손권의 사자가 미

처 떠나기도 전에 주유가 먼저 도착했다. 주유와 친밀한 노숙이 남보다 먼저 주유를 만나 그동안의 일을 자세히 이야기해 주었다. 노숙의 말을 들은 주유가 말했다.

"자경께선 근심하지 마시오. 제게 따로 생각이 있소이다. 속히 공명이나 불러 만나게 해주시오."

노숙은 말을 타고 떠났다.

주유가 막 쉬려고 하는데 장소, 고옹, 장굉, 보즐 등 네 사람이 찾아왔다는 보고가 들어왔다. 주유가 그들을 대청으로 맞아들여 인사를 나누고 나자 장소가 먼저 물었다.

"도독께서는 강동의 정세를 알고 계시는지요?"

주유는 시치미를 뗐다.

"아직 모르고 있소이다."

장소가 설명했다.

"조조가 백만 대군을 거느리고 한수 일대에 주둔하면서 어제 격문을 보내 우리 주공께 강하에서 사냥을 하자고 초청했소. 강동을 삼킬 생각이지만 아직은 본색을 드러내지 않고 있는 셈이지요. 우리는 잠시 항복하여 당장 강동에 닥친 화부터 모면하자고 주공께 권했소이다. 그런데 뜻밖에도 노자경이 강하에서 유비의 군사 제갈량을 데리고 왔더이다. 저쪽에서는 자기들의 분을 풀어 보려고 일부러 심한 말로 주공을 격분시킨 것이건만 자경은 미혹에 빠져 깨닫지 못하고 있소이다. 그래서 지금 도독의 결단을 기다리고 있는 중이외다."

주유가 물었다.

"공들의 견해는 다 같으시오?"

고옹을 비롯한 사람들이 대답했다.

조지전 그림

"의논한 바가 다 같습니다."

주유가 말했다.

"나 역시 항복하려고 생각한 지는 오랩니다. 공들은 그만 돌아들 가시지요. 우리 내일 아침에 주공을 만나 뵙고 의논을 정하기로 합시다."

장소 등은 하직하고 돌아갔다.

조금 지나자 이번에는 정보, 황개, 한당 등 한 무리의 장수들이 왔다는 보고가 들어왔다. 주유가 그들을 안으로 맞아들이고 서로 안부를 물었다. 정보가 물었다.

"도독께서는 우리 강동이 머잖아 남의 수중으로 들어가게 되었다는 사실을 알고 계시오?"

주유는 이번에도 시치미를 뗐다.

"아직 모르고 있소이다."

정보가 설명했다.

"우리가 손장군을 모시고 기업을 연 이래로 수백 차례의 크고 작은 전투를 치른 끝에 가까스로 여섯 군을 얻었소이다. 그런데 주공께서는 모사들의 말만 듣고 조조에게 항복하려 하시니 참으로 수치스럽고 애석한 일이 아닐 수 없소. 우리는 차라리 죽을지언정 욕을 당하지는 않겠소이다. 바라건대 도독께서는 주공께 권하여 군사를 일으키는 계책을 정하도록 하십시오. 그러면 우리는 목숨을 걸고 싸우겠소이다."

주유가 물었다.

"장군들의 소견은 다들 같으시오?"

황개가 분연히 자리를 차고 일어나더니 손으로 자기 이마를 치며 말했다.

"내 머리가 잘리더라도 맹세코 조조에게 항복하지는 않겠소!"

여러 사람들도 한결같이 말했다.

"우리도 모두 항복을 원치 않습니다!"

이를 본 주유도 말했다.

"나도 조조와 결전을 벌이려고 마음먹고 있는 중인데 어찌 항복을 한단 말이오? 장군들은 이만 돌아가시오. 이 주유가 주공을 뵙고 의논을 정하리다."

정보를 비롯한 사람들이 작별하고 나갔다.

또 얼마 되지 않아 제갈근과 여범을 비롯한 문관 한 무리가 주유를 문안한다며 찾아왔다. 주유가 그들을 맞아들여 인사를 마치고 나자 제갈근이 말했다.

"내 아우 제갈량이 한상에서 오더니 유예주가 동오와 손잡고 함께 조조를 치려 한다고 말했다는군요. 그래서 문무 관원들이 상의했으나 아직 의논을 정하지 못하고 있습니다. 제 아우가 사자로 오는 바람에 저는 감히 이러니저러니 말을 할 수가 없어 오로지 도독께서 오셔서 이 일을 결단 짓기만 기다리고 있는 중입니다."

주유가 물었다.

"공적인 관점에서 논한다면 어떠하오?"

제갈근이 대답했다.

"항복하면 쉽고 편안하겠지만 전쟁을 하면 보전하기 어렵겠지요."

주유는 웃으며 말했다.

"이 주유에게도 생각하는 바가 있소이다. 내일 함께 부중으로 들어가서 의논을 정하기로 합시다."

반보자 그림

제갈근 일행이 하직하고 물러갔다.

그런데 또 여몽과 감녕을 비롯한 한 무리가 왔다는 보고가 들어왔다. 주유가 청해 들이니 역시 같은 일을 이야기하러 온 것이었다. 싸워야 한다는 사람이 있는가 하면 항복하지 않으면 안 된다는 사람도 있어 자기네들끼리 서로 논쟁을 벌였다. 주유가 말했다.

"여러 말 필요 없습니다. 내일 모두 부중으로 들어가서 공론에 부치기로 하십시다."

사람들은 인사하고 돌아갔다. 주유는 냉소를 그치지 않았다.

밤에는 노자경이 공명을 인도하여 찾아왔다. 주유는 중문까지 나가서 맞아들였다. 서로 인사를 마치고 주인과 손님이 자리를 나누어 앉자 노숙이 먼저 주유에게 물었다.

"지금 조조가 군사를 몰아 남쪽을 침범하려 하는데 주공께서는 화친할지 싸울지 양단간에 결단을 내리지 못하시고 장군의 말씀을 들어 보려 하시오. 장군의 의향은 어떠하시오?"

주유가 대답했다.

"조조가 천자의 이름을 내세우고 있으니 그의 군사에 항거할 수는 없지요. 더욱이 그 형세가 워낙 크니 경솔하게 대적하기는 어렵소이다. 싸우면 반드시 패할 것이나 항복하면 쉽고 안전할 것이오. 내 뜻은 이미 결정되었소. 내일 주공을 뵙고 즉시 사자를 보내 항복하도록 권할 것이오."

노숙은 소스라치게 놀라 소리쳤다.

"장군의 말씀은 틀렸소이다! 이미 3대를 이어 온 우리 강동의 기업을 어찌 하루아침에 남에게 던져 준단 말씀이오? 백부께서는 바깥일은 장군에게 부탁하라고 유언하셨소이다. 지금 장군에게 의지하여 국가를 보전하려고 태산처럼 믿고 있는데 어찌 저 겁 많은 자들의 의견을 쫓으려고 하십니까?"

주유가 응수했다.

"강동 여섯 군에는 수많은 생령이 있소. 만약 난리를 만나 참혹한 화를 입는 날에는 반드시 나에게 원망이 돌아올 것이오. 그래서 항복하려는 것이오."

노숙이 반박했다.

"그렇지 않소이다. 장군 같은 영웅과 동오의 험준하고 튼튼한 지세가 있는 이상 조조도 반드시 그 뜻을 이루지는 못할 것이외다."

이렇듯 두 사람이 언쟁을 벌이고 있는데 공명은 팔짱을 끼고 차갑게 웃고만 있었다. 주유가 물었다.

"선생께서는 어찌하여 비웃고만 계시오?"

공명이 대답했다.

"다른 사람을 보고 웃은 게 아니라 자경이 도무지 세상 돌아가는 형편을 모르시기에 웃음이 나온 것뿐이오."

노숙이 물었다.

"선생께서는 어째서 나더러 세상 돌아가는 형편을 모른다고 비웃는 거요?"

공명은 주유 편을 들었다.

"조조에게 항복하려는 공근의 생각은 지극히 이치에 합당한 것이오."

주유도 맞장구를 쳤다.

"공명은 천하의 대세를 잘 아시는 분이니 필시 나와 같은 마음일 것이오."

1080

노숙은 마음이 언짢았다.

"공명 그대조차 이런 말을 한단 말이오?"

공명은 노숙의 말엔 아랑곳 않고 주유를 보고 말했다.

"조조는 군사를 지극히 잘 부리는지라 천하에 감히 맞설 자가 없습니다. 지난날에도 감히 맞서 대적할 만한 인물로는 여포, 원소, 원술, 유표 등이 있었을 뿐인데, 이제는 그 몇 사람마저 조조에게 멸망당하고 천하에 적수가 없게 되었습니다. 유독 유예주만이 세상 돌아가는 형편을 모르시고 억지로 그와 다투다가 지금 고단한 신세가 되어 강하에 오셨지만 그 생존을 보장하기도 어려운 형편입니다. 장군께선 조조에게 항복하기로 결정하셨으니까 처자를 보전할 수 있고 부귀도 온전히 누릴 수 있겠지요. 그까짓 나라의 정권이 바뀌는 것쯤이야 천명天命에 맡기면 그만일 테니 무엇이 애석하겠소이까?"

노숙은 마침내 크게 노했다.

"너는 우리 주인더러 국적에게 무릎을 꿇고 치욕을 당하라는 말인가?"

제갈량이 다시 입을 열었다.

"실은 이 사람에게 계책이 하나 있소이다. 결코 양을 끌고 술동이를 짊어지고* 가서 국토와 인수를 바치는 수고를 할 필요도 없는 일이지요. 또한 친히 강을 건널 필요도 없이 그저 사자 한 명과 일엽편주에 사람 둘만 실어 장강으로 떠나보내면 그만입니다. 조조가 이 두 사람만 얻는다면 수하의 백만 군사는 갑옷을 벗고 깃발을 말아 들고 그대로 물러갈 것입니다."

*양을 끌고 술동이를 짊어지고 | 고대 전쟁에서 패하여 항복하던 의식이다.

왕광희 그림

1082

주유는 궁금했다.

"어떤 사람 둘을 쓰면 조조의 군사를 물리칠 수 있단 말씀이오?"

공명은 뜸을 들었다.

"강동에서 이 두 사람을 보내는 것쯤은 아름드리나무에서 잎사귀 하나 떨어지는 격이요 거대한 창고에서 좁쌀 한 알 줄어드는 정도에 그칠 것입니다. 그러나 조조는 이 사람들을 얻으면 반드시 크게 기뻐하며 물러갈 것이오."

주유가 다시 물었다.

"과연 어떤 사람 둘을 쓴단 말씀이오?"

공명이 대답했다.

"이 양이 융중에 있을 때 조조가 장하에 새로 대臺 짓는다고 들었소이다. 이름을 동작대銅雀臺라 부르는데 지극히 웅장하고 화려하게 꾸미고는 널리 천하의 미녀들을 뽑아서 그 안에 채운다고 하더이다. 조조는 본래 여색을 밝히는데 강동의 교공喬公에게 두 딸이 있다는 소문을 들은 지 오래였소이다. 큰딸은 대교大喬라 하고 작은딸은 소교小喬라 부르는데, 물고기가 부끄러워 물속으로 숨고 기러기가 놀라 하늘에서 떨어질 것 정도로 아름다운 얼굴에 꽃이 부끄러워 꽃송이를 오므리고 달도 놀라 구름 뒤로 숨을 만큼 빼어난 모습이라 하더이다. 그래서 조조는 일찍이 '나에게 소원이 둘 있으니 하나는 천하를 소탕하여 제업帝業을 이루는 것이요, 다른 하나는 강동의 이교二喬를 얻어 동작대에 두고 만년을 즐기는 것이다. 그렇게 된다면 죽어도 한이 없으리라'고 했답니다. 지금 조조가 백만 대병을 거느리고 와서 강남을 범처럼 노려보고 있는 건 실상 이 두 여인 때문입니다. 장군께서는 어찌하여 교공을 찾아가 천금으로 두 여인을 사서 조조에게 보내지 않으십니까? 조조는 이 두 여인만 얻으면 더없이 흡족해서 반드시 군사를 되돌릴 것입니다. 이는 범려范蠡가 서시西施를 바친 계책*인데 왜 빨리 시행하지 않으십니까?"

주유가 미심쩍은 듯 물었다.

"조조가 두 교씨를 얻으려 한다는 증거라도 있소?"

공명이 대답했다.

"조조의 아들 조식은 자가 자건子建으로 붓만 들면 문장을 이루는 재주를 가졌습니다. 조조가 그에게 「동작대부銅雀臺賦」를 짓게 했는데 그 내용이 자기네 조씨가 천자가 되어야 한다는 것과 맹세코 두 교씨를 손에 넣겠다는 것입니다."

주유가 다시 물었다.

"그 부를 공은 기억하고 계시오?"

공명이 대답했다.

"그 아름다운 문장이 좋아서 기억하고 있었지요."

주유가 청했다.

"한번 읊어 주시지요."

공명은 즉시 「동작대부」를 외웠다.

영명하신 부왕 따라 즐겁게 노닒이여 /

층층으로 이어진 누대 오르니 상쾌하도다. //

*범려가 서시를 바친 계책 | 춘추시대 월越나라가 오吳나라와 싸워 패하고 월왕 구천句踐은 오나라에서 포로 생활을 하는 동안 와신상담臥薪嘗膽하며 복수를 다짐했다. 뒤에 월나라로 돌아온 구천은 재상 범려가 제안한 미인계를 받아들여 오왕 부차夫差에게 절세미인 서시를 바쳤다. 부차는 서시에게 빠져 정사를 돌보지 않아 나라가 어지러워졌고 이 틈에 구천은 군사를 일으켜서 오나라를 멸망시켰다.

웅장하고 넓게 트인 대궐의 모습이여 /
부왕께서 성덕으로 지으신 건물이로다. //
높은 문루 우뚝우뚝 세웠음이여 /
양 옆의 쌍궐은 하늘에 둥둥 떠 있구나. //
하늘을 찌르는 화려한 영봉관이여 /
허공에 걸친 비각은 서쪽 성루로 이어졌네. //
길고 긴 장수 물결 동작대 뚫고 흐르고 /
싱그럽게 자란 화원의 과수 굽어보노라.

한 쌍의 누대 좌우에 세움이여 / 바로 옥룡대와 금봉대로구나. //
대교와 소교를 강남에서 데려옴이여 /
아침저녁으로 그들과 함께 즐기리로다. //
넓고도 화려한 황제의 도읍 굽어봄이여 /
구름과 노을 서리어 꿈틀거리네. //
천하의 인재 모여들어 기뻐함이여 /
주 문왕 길몽 꾸고 현신 얻은 일이로다. //
다사로운 봄바람 불기를 기다림이여 /
온갖 새들 고운 울음 듣고자 함이로다. //
하늘이 내린 왕업 이미 크게 세움이여 /
조씨 집안 숙원이 신속히 이루어짐이로다. //
천하에 어진 교화를 펼치심이여 /
만백성 도읍 향해 엄숙히 공경하리라. //
제 환공 진 문공의 융성함이여 /
어찌 우리 부왕 성덕에 견줄 수 있으리오?

홀륭하도다! 아름답도다! / 부왕의 은택이 멀리까지 드날리누나. //

우리 황실을 보좌함이여 / 저 천하를 안정케 함이로다. //

우주의 운행과 같은 공덕이시여 /

일월의 광휘와 더불어 나란히 빛나누나. //

영원히 존귀하여 끝없음이여 /

부왕의 수명은 천황대제와 같으시리라. //

용 깃발 꽂힌 어가 타고 유유히 노넒이여 /

봉황 수레 몰아 천하를 두루 살펴시도다. //

은택이 널리 사해에 미침이여 /

물화 넉넉하고 백성 편함 기뻐하시네. //

이 동작대 길이길이 견고하기 바라노니 /

이 즐거움도 영원하여 다함이 없으라!

從明后以嬉游兮, 登層臺以娛情. 見太府之廣開兮, 觀聖德之所營.

建高門之嵯峨兮, 浮雙闕乎太淸. 立中天之華觀兮, 連飛閣乎西城.

臨漳水之長流兮, 望園果之滋榮.

立雙臺於左右兮, 有玉龍與金鳳. 攬二喬於東南兮, 樂朝夕之與共.

俯皇都之宏麗兮, 瞰雲霞之浮動. 欣群才之來萃兮, 協飛熊之吉夢.

仰春風之和穆兮, 聽百鳥之悲鳴. 天雲垣其旣立兮, 家愿得乎雙逞.

揚仁化於宇宙兮, 盡肅恭於上京. 惟桓文之爲盛兮, 豈足方乎聖明?

休矣! 美矣! 惠澤遠揚. 翼佐我皇家兮, 寧彼四方.

同天地之規量兮, 齊日月之輝光. 永貴尊而無極兮, 等君壽於東皇.

御龍旗以遨游兮, 回鸞駕而周章. 恩化及乎四海兮, 嘉物阜而民康.

愿斯臺之永固兮, 樂終古而未央!

들고 난 주유는 벌컥 성을 내며 자리에서 벌떡 일어나 손을 들어 북쪽을 가리키며 욕설을 퍼부었다.

"늙은 도적놈! 나를 너무도 업신여기는구나!"

공명이 급히 일어나서 말렸다.

"옛날 흉노의 선우單于가 자주 변경을 침범하자 한의 천자께서 공주를 시집보내 화친하신 일까지 있었소이다. 어찌 민간의 두 여자를 그리도 아까워하십니까?"

주유가 대꾸했다.

"그것은 공이 모르고 하시는 말씀이오이다. 대교는 바로 손백부 장군의 부인이시고 소교는 바로 이 주유의 아내올시다."

공명은 짐짓 몹시 당황하고 두려운 표정을 지으며 말했다.

"저는 정말이지 몰랐습니다. 입을 잘못 열어 헛소리를 지껄였으니 죽을죄를 지었습니다! 죽을죄를 지었습니다!"

주유가 다짐했다.

"내 저 늙은 도적놈과는 맹세코 같은 하늘 아래 살 수 없소이다!"

공명은 한술 더 떴다.

"일을 하기 전에 모름지기 세 번을 생각해야 후회하지 않는 법입니다."

마침내 주유는 자기의 진심을 털어놓았다.

"내가 백부의 부탁을 받은 터에 어찌 몸을 굽혀 조조에게 항복할리가 있겠소이까? 아까 한 말은 일부러 떠본 것뿐이오. 나는 파양호를 떠날 때부터 북벌할 생각이었소. 비록 머리 위에 칼과 도끼가 떨어지더라도 이 뜻은 바뀌지 않을 것이오! 바라건대 공명께서는 한쪽 팔이 되어 함께 조조를 깨뜨릴 수 있도록 도와주시오."

공명도 다짐했다.

"버리지만 않으신다면 견마의 수고를 다해 언제든지 시키는 대로 하겠습니다."

주유가 말했다.

"내일 주공을 뵙고 당장 군사를 일으킬 일을 의논하겠소."

공명과 노숙은 함께 주유를 하직하고 나와 헤어졌다.

이튿날 이른 아침, 손권이 공무를 보러 대청에 올랐다. 왼편에는 장소·고옹 등 문관 30여 명이, 오른편에는 정보·황개 등의 무관 30여 명이 반을 나누어 시립했다. 차려입은 의복과 관들이 가지런하고 허리에 찬 검과 옷에 단 옥들이 움직일 때마다 맞부딪치며 아름다운 소리를 냈다. 조금 있으니 주유가 들어와서 알현했다. 예를 올리고 손권이 수고를 위로했다. 주유가 물었다.

"근자에 듣자오니 조조가 한수 일대에 군사를 주둔시키고 글을 보내왔다고 하는데 주공의 존의는 어떠하십니까?"

손권은 즉시 격문을 가져다 주유에게 보여 주게 했다. 주유는 다 읽고 나더니 어처구니없다는 듯 웃으며 말했다.

"늙은 도적놈이 우리 강동에 사람이 없는 줄 아는 모양입니다. 감히 이따위로 업신여기다니요!"

손권이 물었다.

"경의 뜻은 어떠하오?"

주유가 되물었다.

"주공께서는 문무 관원들과 이 일을 의논해 보셨습니까?"

손권이 대답했다.

"날마다 이 일을 가지고 상의를 했으나 항복을 권하는 사람이 있는가 하면 한번 싸우자는 사람도 있었소. 내 아직 뜻을 정하지 못하여 공근의 뜻을 물어 결단하려 하오."

주유가 물었다.

"누가 주공께 항복을 권했습니까?"

손권이 대답했다.

"장자포 등이 모두 그렇게 주장하고 있소."

조지전 그림

주유가 장소를 돌아보며 물었다.

"선생께서는 어찌하여 항복을 주장하시는지 그 뜻을 듣고 싶습니다."

장소가 대답했다.

"조조는 천자를 끼고 사방을 정벌하면서 출동할 때마다 조정의 이름을 내세우고 있소. 근자에는 또 형주를 얻어서 그 위세가 더욱 커졌소이다. 우리 강동에서 조조를 막을 수 있는 것이라곤 장강뿐이지요. 그런데 지금은 몽동을 비롯한 조조의 전함들이 어찌 백 척이나 천척에 그치겠소이까? 수륙 양로로 함께 밀고 나오면 무슨 수로 당해 내겠소? 차라리 잠시 항복했다가 뒷날 다시 계책을 세우는 게 낫겠다는 것이지요."

주유가 반박했다.

"그것은 물정 모르는 선비의 논리일 뿐이오! 우리 강동은 개국 이래로 지금까지 3대를 이어 왔소. 어찌 차마 하루아침에 내버린단 말이오?"

손권이 물었다.

"그렇다면 장차 어떻게 할 생각이오?"

주유가 대답했다.

"조조가 한나라의 승상이라는 이름을 내걸고 있지만 실제로는 역적입니다. 장군께서는 영명하고 위풍당당하신 영웅으로 부형이 남겨 놓으신 기업을 바탕으로 강동을 차지하고 계십니다. 군사는 정예롭고 식량은 넉넉하니 마땅히 천하를 누비며 나라를 위하여 잔인하고 난폭한 무리들을 쓸어버려야 하시거늘 어찌 역적에게 항복하신단 말입니까? 더욱이 조조는 이번에 이곳으로 오면서 병가兵家에서 피해야 할 금기를 숱하게 범하고 있습니다. 아직 북방이 평정되지 않아 마등과 한수가 후환으로 남아 있는데도 불구하고 오랫동안 남정에 매달리고 있으니 이것이 첫 번째 금기를 어긴 일입니다. 북군은 수전에 익숙하지 못한데도 조조는 안장과 말을 버리고 배와 노에 의지하여 우리 동오와 싸우려 하고 있으니 이것이 두 번째로 금기를 어긴 일입니다. 또한 지금은 엄동설한이므로 말에게 먹일 풀이 없으니 이것이 세 번째로 금기를 어긴 일입니다. 중원의 군사를 몰고서 멀리 강과 호수를 건너왔기 때문에 풍토와 물이 맞지 않아 병에 걸리는 자가 많으니 이것이 네 번째로 금기를 어긴 일입니다. 조조의 군사가 이렇듯 병가에서 피해야 할 금기들을 범하고 있으니 숫자가 아무리 많다고 할지라도 반드시 패할 것입니다. 장군께서 조조를 사로잡으실 때가 바로 오늘입니다. 청컨대 이 주유에게 정예병 수만 명만 내어 주시면 하구로 나가 주둔하면서 장군을 위해 조조를 격파하겠습니다!"

손권은 흥분하여 자리에서 벌떡 일어났다.

"늙은 역적이 황제를 폐하고 스스로 천자가 되려 한 지는 오래 되었소. 그가 두려워한 대상은 두 원씨와 여포, 유표 그리고 나뿐이었소. 그런데 이제 여러 영웅들은 이미 멸망하고 오직 나 하나가 남았소. 나는 맹세코 늙은 역적과는 양립兩立하지 않을 것이오! 조조를 토벌해야 한다는 경의 말은 바로 나의 뜻과 합치되오. 이것이 바로 하늘이 경을 나에게 내리신 뜻이오."

주유가 다짐했다.

"신은 장군을 위해 혈전을 단행할 것이며 만 번 죽더라도 마다하지 않을 것입니다. 다만 장군께서 의심하여 마음을 정하지 못하실까 두려울 뿐입니다.”

이 말을 듣고 손권은 차고 있던 검을 쑥 뽑아 앞에 놓인 책상 한쪽 모서리를 내리찍으며 소리쳤다.

“여러 관원과 장수들 가운데 다시 한번 조조에게 항복하자고 주장하는 자가 있으면 이 책상과 같은 꼴이 되리라!”

손권은 말을 마치고 그 검을 주유에게 내리고, 그 자리에서 주유를 대도독, 정보를 부도독, 노숙을 찬군교위贊軍校尉로 임명했다. 그리고 문무 관원 중에 명령에 따르지 않는 자가 있으면 그 검으로 목을 치라고 했다. 주유는 검을 받고 여러 사람을 향해 입을 열었다.

“내 이제 주공의 명을 받들어 군사를 거느리고 나가 조조를 격파하려 하오. 모든 장수와 관리들은 내일 강변의 행영行營(임시 군영)으로 와서 영을 받도록 하시오. 만약 지체하여 일을 그르치는 자가 있으면 칠금령七禁令 오십사참五十四斬*에 따라 군법을 시행하겠소.”

말을 마친 주유는 손권에게 하직하고 몸을 일으켜 부중을 나왔다. 문무 관원들은 각기 말없이 흩어졌다.

주유는 숙소로 돌아오자마자 일을 의논하려고 공명을 청했다. 공명이 이르자 주유가 말했다.

“오늘 부중에서 공론을 정했소이다. 바라건대 조조를 깨칠 계책을 말씀해 주시지요.”

공명이 뜻밖의 말을 했다.

“손장군의 마음이 아직 확고하지 못하시니 계책을 정할 수 없소

---

* 칠금령 오십사참 | 고대의 군법. 칠금령은 경군輕軍 만군慢軍 도군盜軍 기군欺軍 배군背軍 난군亂軍 오군誤軍의 일곱 가지 금령禁令. 각 조의 금령마다 다시 세부 규정이 있어 도합 54가지가 되는데, 이 중 한 가지만 위반해도 목이 달아났다. 이 때문에 오십사참이라 한다.

이다."

주유는 이상한 생각이 들었다.

"어째서 마음이 확고하지 못하다는 거요?"

공명이 대답했다.

"손장군께선 조조의 군사가 많은 걸 두려워하고 계시오. 그래서 적은 병력으로 많은 수의 적을 이기지 못할 것이라 의심하시는 것이지요. 장군께서 군사들의 숫자로 의혹을 풀어 드리시오. 그분이 확실히 깨닫고 의혹이 말끔히 없어진 다음에야 대사를 이룰 수 있을 것입니다."

주유가 감탄했다.

"선생의 말씀이 참으로 훌륭하오."

주유는 다시 부중으로 들어가 손권을 만났다. 손권이 물었다.

"공근이 밤중에 이곳으로 온 걸 보니 분명 무슨 까닭이 있는가 보오?"

주유가 되물었다.

"내일 군사를 이동 배치하려 하옵니다. 주공께서는 마음에 의혹스러운 일은 없으십니까?"

손권이 솔직하게 대답했다.

"조조의 군사가 너무 많아 우리의 병력으로 대적하지 못하지나 않을까 걱정될 뿐이오. 그밖에 다른 의혹은 없소."

주유는 웃으면서 설명했다.

"그 때문에 주공의 의혹을 풀어 드리려고 왔습니다. 주공께서는 조조가 격문에서 수륙의 대군이 백만이라고 큰소리친 것만 보시고 의심하고 두려워하실 뿐 그 허실은 헤아려 보지 않으셨습니다. 실제로 그 숫자를 한번 따져 보겠습니다. 그가 거느린 중원의 군사는 15만에서 16만에 불과한데 그나마 벌써부터 지쳐 있습니다. 후에 얻은 원씨의 무리 역시 7,8만에 지나지 않는데 그 중에는 아직도 의심을 품고 조조에게 복종하지 않는 자가 많습니다. 지친 군사와 의심을 품은 군사는 숫자가 아무리 많아도 두려울 것이 없습니다. 군사 5만 명만 가지면 그들을 충분히 깨뜨릴 수 있습니다. 주공께서는 걱정하지 마십시오."

손권은 주유의 등을 어루만지며 말했다.

"공근의 말 한마디가 내 의혹을 시원하게 풀어 주는구려. 자포는 꾀가 없어서 나를 몹시 실망시켰지만 오직 경과 자경만이 나와 마음이 같구려. 경은 자경, 정보와 함께 즉시 군사를 뽑아 전진하시오. 내 뒤이어 추가 병력을 보내고 군수물자와 군량도 충분히 실어 보내 경을 후원하겠소. 경이 거느린 선두 부대가 싸우다가 형세가 여의치 않으면 곧장 돌아오시오. 내 친히 조조 역적과 결전을 벌일 것이오. 더이상 다른 의혹은 없소."

주유는 사례하고 나와서 생각했다.

'공명은 진작부터 오후의 마음을 환히 꿰뚫고 있었구나. 그의 계책은 나보다 한수 위에 있다. 오래 두면 강동의 우환 거리가 될 게 분명하니 차라리 없애 버리는 게 낫겠다.'

그날 밤 사람을 보내 노숙을 군막으로 청하여 공명을 죽여야겠다고 말했다. 노숙은 반대했다.

"아니 되오. 아직 조조 역적도 깨뜨리지 못한 마당에 훌륭한 사람부터 죽이다니 이는 스스로 도움을 제거하는 것이오."

주유는 고집을 부렸다.

"그러나 이 사람이 유비를 돕고 있으니 반드시 강동의 우환 거리가 될 것이오."

노숙이 방법을 제시했다.

"제갈근이 그의 친형이니 그를 시켜 이 사람을 불러들이게 하여 함께 동오를 섬기면 묘책이 아니겠소?"

주유는 그 말이 좋다고 했다.

이튿날 새벽 행영으로 나간 주유는 중군中軍 장막 위에 높이 앉았다. 좌우에 칼과 도끼를 든 도부수들을 세우고 문관과 무장들을 모아 영을 내리기로 했다. 정보는 나이가 주유보다 훨씬 많은데 지금 주유가 자기보다 높은 자리에 앉게 되자 내심 언짢았다. 그래서 이날 병을 핑계로 모임에 나오지 않고 맏아들 정자程咨를 대신 내보냈다. 주유가 장수들에게 명령을 내렸다.

"왕법王法에는 혈육도 용서가 없는 법이니 여러분은 각기 맡은 직분을 다해야 하오. 지금 조조가 권력을 농간하는 것이 동탁보다 심해 천자를 허창에 가두고 난폭한 군사를 우리 국경에 주둔시켰소. 내 이제 명을 받들어 조조를 토벌하고자 하니 여러분은 힘을 다하여 전진하기 바라오. 대군이 이르는 곳에 백성들을 괴롭혀서는 아니 되오. 공로가 있는 자에겐 상을 내리고 죄를 지은 자에겐 벌을 주며 정실에 얽매여 그냥 넘어가는 일은 없을 것이오."

명령을 마치고 즉시 한당과 황개를 전부 선봉으로 임명하여 수하의 전투선을 거느리고 당장 출발하여 삼강구三江口에 영채를 세우고 명령을 기다리게 했다. 장흠蔣欽과 주태周泰는 제2대, 능통과 반장은 제3대, 태사자와 여몽은 제4대, 육손과 동습董襲은 제5대로 삼았다. 그리고 여범呂範과 주치朱治를 사방순경사四方巡警使로 삼아 여섯 군의 관군들이 수륙으로 함께 나아가 정해진 기일 안에 다 모이도록 재촉하는 일을 맡겼다. 군사 안배가 끝나자 장수들은 각자 선척과 군기를 수습하여 길을 떠났다. 정자가 집으로 돌아가 부친 정보에게 주유가 군사를 배치하는 데 일거일동에 법도가 있더라고 전했다. 정보는 크게 놀랐다.

"내 평소에 주랑周郎이 나약하다고 업신여기며 장수감이 못 된다고 보았는데 이제 그렇게 할 수 있다니 참으로 대장의 재목이로다! 그렇다면 내 어찌 복종하지 않으랴?"

그러고는 직접 행영으로 가서 주유를 배알하고 죄를 빌었다. 주유역시 겸손하게 사양했다.

이튿날 주유는 제갈근을 청해 당부했다.

"선생의 아우 공명은 제왕을 보좌할 재주를 지녔는데 어찌하여 몸을 굽혀 유비를 섬긴단 말이오? 지금 다행히 강동으로 왔으니 수고스럽지만 선생께서 좋은 말로 타일러 주시오. 아우님이 유비를 버리고 동오를 섬기신다면 우리 주공께서는 좋은 보좌관을 얻게 되고 선생 형제분 또한 한자리에 모이게 되니 어찌 아름다운 일이 아니겠소이까? 선생께서 즉시 가 주시면 고맙겠소."

제갈근이 대답했다.

"이 사람이 강동에 온 이래 지금까지 한 치의 공도 세운 것이 없어 부끄럽기 짝이 없습니다. 이제 도독의 명이 있는데 어찌 감히 힘을 다하지 않겠습니까?"

제갈근은 즉시 말에 올라 역관에 든 공명을 찾아갔다. 공명이 맞아들이고 소리 내어 울며 절을 올린 다음 각자 헤어져 있는 동안 그리웠던 정을 하소연했다. 제갈근이 눈물을 흘리며 물었다.

방선건 그림

"아우는 백이伯夷와 숙제叔齊를 알고 있는가?"

공명은 속으로 짐작했다.

'이는 분명 주랑周郎이 시켜서 나를 달래러 오신 게로구나.'

그래서 즉시 대답했다.

"백이 숙제야 옛적의 성현聖賢이시지요."

제갈근은 설득을 시작했다.

"백이와 숙제는 비록 수양산 아래서 굶어 죽기는 했지만 형제 두 사람이 끝까지 한 곳에 있었네. 나와 자네는 한 핏줄에서 나와 한 어머님의 젖을 먹고 자랐는데 각기 다른 주인을 섬기고 있어 아침저녁으로 한자리에 모여 앉을 수도 없게 되었네. 그러니 백이와 숙제의 사람다움에 비해 본다면 어찌 부끄럽지 않겠는가?"

공명이 응수했다.

"형님께서 말씀하시는 것은 정이고 이 아우가 지키려는 것은 의리입니다. 저나 형님은 다 같은 한나라 사람입니다. 지금 유황숙으로 말씀드리면 한나라 황실의 후예이십니다. 만일 형님께서 동오를 떠나 저와 함께 유황숙을 섬기신다면 위로는 한나라의 신하되기에 부끄럽지 아니하고 아래로는 또한 혈육이 함께 모여 살 수 있으니 이는 바로 정과 의리를 온전하게 할 수 있는 방책입니다. 형님의 생각은 어떠하신지 모르겠습니다."

제갈근은 속으로 생각했다.

'내가 저를 설득하려고 왔는데 제가 도리어 나를 설득하는구나.'

마침내 대답할 말이 없어진 제갈근은 자리에서 일어나 작별하고 나갔다. 돌아간 제갈근은 주유를 만나 공명이 하던 말을 상세하게 전했다. 주유가 물었다.

"공의 뜻은 어떠하오?"

제갈근이 대답했다.

"나야 손장군의 두터운 은혜를 입고 있는 터에 어찌 배반할 수 있겠소이까?"

그러자 주유가 말했다.

"공이 이미 충심으로 주공을 섬긴다니 여러 말씀 할 필요가 없소. 내 직접 공명을 굴복시킬 계책이 있소이다."

이야말로 다음 대구와 같다.

슬기와 슬기가 만나면 반드시 어울리지만 /
재주와 재주가 겨루면 용납하기 어렵다네
智與智逢宜必合　才和才角又難容

주유는 어떤 계책으로 공명을 굴복시킬까, 다음 회를 보라.

45

군영회

삼강구에서 조조는 군사가 꺾이고
군영회에서 장간은 계략에 빠지다
三江口曹操折兵 群英會蔣干中計

제갈근의 말을 들은 주유는 공명에 대한 미움이 한층 심해져 계략을
써서 죽일 마음을 굳히게 되었다. 이튿날 주유는 군사와 장수들을 일
제히 점검한 다음 손권에게 하직을 고하기 위해
부중으로 들어갔다. 손권이 말했다.

"경은 먼저 가시오. 내 곧 군사를 일으켜 뒤
따라가리다."

주유는 하직하고 물러 나와 정보, 노숙과
함께 군사를 거느리고 장도에 오르면서 공명
에게 함께 가자고 했다. 공명은 기꺼이 따라
나섰다. 일동이 배에 올라 돛을 올리고 구
불구불 줄을 지어 하구를 향해 나아갔다.
삼강구에서 5,60리 떨어진 곳에 이르러 배
들은 차례로 멈추어 섰다. 주유는 강기슭
의 서산西山(일명 번산樊山)을 의지하고 중

앙에 영채를 세우고, 군사들은 그 주위에 빙 둘러 주둔했다. 공명은 한 척의 조각배 안에서 거처하게 되었다.

주유는 군사 배치를 끝내고 의논할 일이 있다며 사람을 보내 공명을 청했다. 공명이 중군 장막에 이르러 인사를 끝내자 주유가 말했다.

"지난날 조조의 군사는 적고 원소의 군사가 많았건만 조조가 도리어 원소를 이긴 것은 조조가 허유의 꾀를 써서 먼저 오소烏巢의 식량을 끊었기 때문이오. 지금 조조의 군사는 83만인데 우리 군사는 겨우 5,6만이니 어찌 막아 낼 수 있겠소? 반드시 먼저 조조의 식량을 끊어야 깨뜨릴 수 있을 것이오. 내 이미 조조군의 식량과 말먹이 풀이 모두 취철산聚鐵山에 쌓여 있다는 사실을 탐지했소. 선생께선 한상에 오래 사셨으니 지리를 환히 아실 것이오. 그래서 감히 선생과 관우, 장비, 자룡 같은 이들에게 폐를 끼치려 하오. 나 역시 군사 1천 명으로 도울 터이니 밤을 도와 취철산으로 가서 조조의 군량 수송로를 끊어 주시오. 이는 피차 자기 주인을 위해서 하는 일이니 거절하지 마시기 바라오."

공명은 속으로 생각했다.

'나를 설득하다 안 되니까 계책을 써서 해치려는 속셈이다. 여기서 핑계를 대다가는 웃음거리가 될 것이니 응낙해 놓고 달리 계책을 강구하는 것이 낫겠구나.'

공명이 선선히 응낙하자 주유는 크게 기뻐했다. 공명이 인사를 하고 나가자 노숙이 은밀히 주유에게 물었다.

"공이 공명을 시켜 군량을 겁탈하게 하는 것은 무슨 뜻인가요?"

주유가 대답했다.

"내 손으로 공명을 죽이자니 남들의 비웃음을 사지나 않을까 두렵소. 그래서 조조의 손을 빌려 그를 죽임으로써 후환을 없애려는 것이오."

그 말을 들은 노숙은 곧바로 공명을 찾아갔다. 공명이 주유의 속셈을 알고 있는지 어떤지 살펴보려는 것이었다. 공명은 전혀 어려워하는 기색도 없이 군사를 정돈하여 떠날 채비를 하고 있었다. 노숙은 차마 보고만 있을 수가 없어 한마디 건네 보았다.

주지광 그림

"선생은 이번에 가시면 성공하실 수 있겠소이까?"

공명은 빙그레 웃으며 대답했다.

"나는 수전水戰, 보전步戰, 마전馬戰, 차전車戰의 오묘한 이치를 모두 꿰뚫고 있는데 어찌 공을 이루지 못할까 근심하겠소? 강동의 공이나 주랑 같이 한 가지에만 능한 이들과는 비할 바가 아니지요."

노숙이 다시 물었다.

"나와 공근이 어찌하여 능한 것이 한 가지밖에 없다고 하시오?"

공명이 대답했다.

"내가 강남 아이들이 부르는 노래를 들었지요. '길에 매복하고 관문을 지키는 데는 자경이 능하고 강에서 수전을 하는 데는 주랑이 으뜸이라네.' 그러니 공은 육지에서 매복하여 관을 지키는 데나 능하고 주공근은 물에서 수전만 할 줄 알았지 육지 싸움에는 능하지 못하다는 것이지요."

노숙은 이 말을 주유에게 그대로 전했다. 주유가 발끈 성을 내며 말했다.

"어찌 나를 육지 싸움에는 능하지 못하다고 업신여긴단 말인가? 그를 보낼 필요 없소! 내 친히 기병 1만 명을 이끌고 취철산으로 가서 조조의 군량 수송로를 끊어 놓겠소."

노숙이 이 말을 또 공명에게 전했다. 공명이 웃으며 당부했다.

"공근이 나더러 양도를 끊도록 한 것은 기실 조조를 시켜 나를 죽이려 한 것이었소. 그래서 내가 짐짓 한마디 농을 한 것인데 공근은 용납하지 못하는구려. 지금은 사람을 써야 할 때요. 오직 바라건대 오후와 유사군께서 마음을 합쳐야만 하오. 그래야만 공을 이룰 수 있지 서로 계략을 써서 해치려 든다면 대사는 물 건너가고 말 것이오.

조조 도적놈은 꾀가 많아 평생 남의 군량 수송로를 끊는 데 이골이 난 자인데 지금 어찌 강력한 군사로 군량 쌓아 둔 곳을 방비하지 않겠소? 공근이 갔다가는 반드시 사로잡히고 말 것이오. 지금은 먼저 수전으로 북방 군사의 예기를 꺾어 놓아야 하오. 그런 다음 따로 묘책을 찾아 그들을 깨뜨려야 할 것이오. 자경께서 공근에게 잘 말씀을 드려 주시면 고맙겠소."

노숙은 그날 밤으로 돌아가서 주유를 만나 공명이 한 말을 낱낱이 전했다. 주유는 머리를 이리저리 흔들고 발을 굴리며 소리쳤다.

"이 사람의 식견이 나보다 열 배는 낫구려! 지금 없애지 않았다가는 훗날 반드시 우리나라의 화근이 될 것이오!"

노숙이 달랬다.

"지금은 사람을 써야 할 때이니 국가를 중히 여기시기 바라오. 우선 조조부터 깨뜨린 다음 그를 손보아도 늦지 않을 것이오이다."

주유는 그 말을 옳게 여겼다.

한편 현덕은 유기에게 강하를 지키게 하고 자신은 몸소 여러 장수와 군사를 거느리고 하구로 갔다. 멀리 장강의 남쪽 기슭을 바라보니 아른아른 깃발들이 보이고 창검이 겹겹으로 가득 했다. 동오에서 이미 군사를 출동시킨 줄로 짐작한 유비는 강하의 군사를 모두 옮겨 번구樊□에 주둔시켰다. 그러고는 여러 사람을 모아 물었다.

"공명이 한번 동오로 간 뒤로 소식이 묘연하니 일이 어찌 돌아가는지 모르겠소. 누가 가서 사정을 알아 오겠소?"

미축이 나섰다.

"제가 가도록 해주십시오."

현덕은 곧바로 양과 술 등 예물을 준비하여 미축을 동오로 보냈다. 명분은 군사들을 위로한다는 것이지만 실제로는 사정을 알아보려는 것이었다. 미축은 작은 배를 타고 물길을 따라 내려가 곧바로 주유의 본부 영채 앞에 당도했다. 영채를 지키던 군사가 주유에게 보고하자 주유가 불러들였다. 미축은 두 번 절하고 현덕의 성의를 전하고 술과 예물을 바쳤다. 예물을 받은 주유는 연회를 베풀어 미축을 대접했다. 미축이 말했다.

"공명이 이곳으로 온 지 오래되었으니 이번에 함께 돌아갔으면 합니다."

주유가 둘러댔다.

"공명은 지금 나와 조조를 깨뜨릴 계책을 의논하고 있는데 어찌 금방 가실 수 있겠소? 나 역시 유예주를 뵙고 계책을 의논하고 싶지만 대군을 통솔하는 몸이라 잠시도 떠날 겨를이 없구려. 유예주께서 왕림해 주신다면 더 바랄 게 없겠소."

미축은 응낙한 다음 하직하고 돌아갔다. 노숙이 주유에게 물었다.

"공이 현덕을 만나려는 건 무슨 계책을 의논하려는 것입니까?"

주유가 대답했다.

"현덕은 당세의 효웅梟雄(사나운 영웅)이므로 없애야 되오. 나는 이번 기회에 그를 이곳으로 유인하여 죽여서 실로 국가를 위하여 후환

황전창 그림

하나를 제거하려는 것이오."

노숙이 두 번 세 번 말렸지만 주유는 끝내 듣지 않고 마침내 밀명을 내렸다.

"현덕이 오면 먼저 도부수 50명을 벽에 친 휘장 속에 매복시켰다가 내가 술잔을 던져 신호를 보내면 뛰쳐나와 손을 쓰도록 하라!"

한편 미축은 돌아가서 현덕을 뵙고 주유를 만난 일을 자세히 이야기하고 주유가 별도로 상의하고 싶은 것이 있으니 현덕이 그쪽으로 와 주었으면 하더라는 말도 전했다. 현덕은 즉시 쾌속선 한 척을 마련하여 당장 떠나려고 했다. 운장이 말렸다.

"주유는 꾀가 많은 사람입니다. 더욱이 공명의 서신도 없으니 무슨 속임수가 있을지도 모릅니다. 섣불리 가실 일이 아닙니다."

유비가 말했다.

"나는 지금 동오와 손잡고 함께 조조를 깨뜨리려 하고 있네. 주랑이 나를 만나고 싶다는데 가지 않는다는 것은 동맹을 맺은 뜻이 아닐 것일세. 양쪽이 서로 의심하고 꺼린다면 일은 풀리지 않을 것이야."

운장이 말했다.

"형님께서 기어이 가시겠다면 이 아우가 함께 가겠습니다."

장비도 따라 나섰다.

"나도 따라가겠소."

현덕이 말했다.

"운장만 가도록 하세. 익덕은 자룡과 함께 영채를 지키고 간옹은 악현鄂縣을 단단히 지키게. 내 갔다가 얼른 돌아오겠네."

이렇게 분부하고 현덕은 운장과 함께 배에 올라 수행원 20여 명과 함께 나는 듯이 노를 저어 강동으로 갔다. 현덕은 좌우에 질서 정연하게 벌여 있는 강동의 몽충 전함, 일반 전선, 깃발, 갑옷, 무기들을 보고 매우 기뻤다. 동오의 군사가 나는 듯이 들어가서 주유에게 보고했다.

"유예주께서 오셨습니다."

주유가 물었다.

"배를 몇 척이나 가지고 왔더냐?"

군사가 대답했다.

"배는 한 척뿐이고 따르는 자는 20명이 조금 넘습니다."

주유는 빙긋 웃었다.

"이 사람의 목숨도 끝장났군!"

주유는 먼저 도부수들을 매복시켜 놓고 영채를 나가 현덕을 영접했다. 현덕은 운장과 부하 20여 명을 이끌고 곧바로 중군 장막으로 들어갔다. 인사가 끝나고 주유가 현덕에게 상석을 권했다. 현덕이 사양했다.

"장군은 천하에 이름난 분이고 이 유비는 재주 없는 사람인데 어찌 그리 지나친 예를 차리시오?"

손님과 주인이 자리를 잡고 주유가 주연을 베풀어 현덕을 대접했다.

한편 공명은 우연히 강변으로 나왔다가 현덕이 도독을 만나러 와 있다는 소식을 듣고 깜짝 놀랐다. 급히 중군 장막으로 들어가 동정을 살피니 주유의 얼굴에는 살기가 가득하고 양쪽 벽의 휘장 속에는 도부수들이 빈틈없이 배치되어 있었다. 공명은 소스라치게 놀랐다.

"이 일을 어찌한단 말인고?"

눈을 돌려 현덕을 보니 아무 것도 모른 채 태연하게 웃으며 이야기를 나누고 있었다. 그런데 현덕의 등 뒤에 한 사람이 허리에 찬 검을 틀어쥐고 서 있었다. 바로 운장이었다. 공명은 기뻤다.

"우리 주공께서 위험하시지는 않겠구나."

마침내 안으로 들어가지 않고 그대로 돌아 나와 강변에서 현덕을 기다렸다.

주유는 현덕과 술을 마셨다. 술이 몇 순 돌았을 때 주유가 자리에서 일어나 술잔을 권하려고 했다. 그때 현덕의 등 뒤에 검을 틀어쥐고 서 있는 운장을 보고 황망히 누구냐고 물었다. 현덕이 대답했다.

"내 아우 관운장이올시다."

주유가 놀라서 물었다.

"지난날 안량과 문추를 벤 분이 아닙니까?"

"그렇소이다."

주유는 크게 놀라 식은땀이 흘러 등을 가득 적셨다. 그는 술을 따라 운장에게 권했다. 조금 있으려니 노숙이 들어왔다. 현덕이 물었다.

"공명은 어디 계시오? 수고스럽지만 자경이 그를 불러와 만나게 해주시오."

주유가 얼른 말을 받았다.

"조조를 깨뜨린 다음에 만나셔도 늦지 않을 것입니다."

현덕은 감히 더 이상 묻지 못했다. 이때 운장이 현덕에게 눈짓을 했다. 그 뜻을 알아차린 현덕이 즉시 자리에서 일어나 주유에게 작별을 고했다.

"이만 작별해야겠소이다. 조만간 적을 격파하여 공을 거둔 뒤에 다시 머리 숙여 축하를 드리지요."

주유 또한 굳이 붙들지 않고 원문 밖까지 나와 전송했다.

현덕은 주유와 작별하고 운장을 비롯한 부하들과 함께 강변으로 나왔다. 어느새 공명이 배에서 기다리고 있었다. 현덕이 크게 기뻐

대돈방 그림

하자 공명이 말했다.

"주공께서는 오늘 얼마나 위태로웠는지 아십니까?"

현덕은 깜짝 놀랐다.

"몰랐소."

"만약 운장이 없었다면 주공께서는 아마 주랑에게 해를 입으셨을 것입니다."

현덕은 그제야 깨닫고 공명더러 함께 번구로 돌아가자고 했다. 공명이 대답했다.

"저는 비록 호랑이 아가리 속에 있으나 태산처럼 안전합니다. 이제 주공께서는 선박과 군마를 수습하여 소용될 때를 기다리시기만 하면 됩니다. 11월 20일 임신일이 끝날 즈음 자룡에게 작은 배를 타고 남쪽 기슭에 와서 기다리게 해주십시오. 절대 실수가 있어서는 안 됩니다."

현덕이 뜻을 물었으나 공명은 대답을 피했다.

"동남풍이 일어나면 저는 반드시 돌아가겠습니다."

현덕이 다시 물으려 했으나 공명은 현덕에게 속히 출발하라고 재촉하고는 돌아갔다. 현덕은 운장과 따라온 부하들과 함께 배를 띄웠다. 채 몇 리도 가지 않았을 때 상류에서 5,60척의 배가 내려왔다. 뱃머리에는 한 대장이 창을 가로 들고 서 있는데 바로 장비였다. 현덕에게 무슨 일이 생긴다면 운장이 혼자 감당하기 어려울 것을 걱정하여 일부러 후원하러 오는 길이었다. 세 사람은 함께 영채로 돌아갔으니 이 이야기는 더 하지 않기로 한다.

한편 주유는 현덕을 배웅하고 영채로 돌아왔다. 노숙이 들어와서 물었다.

"공은 현덕을 기껏 유인해 놓고선 어찌하여 손을 쓰지 않았소?"

주유가 대답했다.

"관운장은 세상이 알아주는 범 같은 장수요. 현덕이 앉으나 서나 붙어 다니는데 내가 손을 썼다면 그는 틀림없이 나를 해쳤을 것이오."

그 말을 들은 노숙은 매우 놀랐다. 이때 조조가 사자를 시켜 글을 보내왔다는 보고가 들어왔다. 주유는 사자를 불러들였다. 사자가 갖고 온 글을 받아 보니 겉봉에 적힌 글은 아랫사람에게 보내는 명령문의 형식이었다.

한나라 대승상이 보내노니 주도독은 열어 보라.

주유는 크게 노하여 열어 볼 생각도 않고 편지를 갈가리 찢어서 땅바닥에 내던졌다. 그리고는 사자를 끌어내 목을 치라고 호령했다. 노숙이 말렸다.

"두 나라가 전쟁 중일 때도 사자의 목은 베지 않는 법이외다."

주유는 듣지 않았다.

"사자의 목을 베어 위엄을 보여 줄 것이오!"

마침내 사자의 목을 잘라 그 수급을 따라온 자들에게 주어 돌려보냈다. 이어서 감녕을 선봉, 한당을 왼쪽 날개, 장흠을 오른쪽 날개로 삼고 주유 자신은 장수들을 거느리고 호응하며 다음날 4경에 밥을 먹고 5경에 배를 띄우고 북을 울리며 진격하기로 했다.

한편 조조는 주유가 글을 찢고 사자의 목까지 벤 것을 알고 크게 노했다. 즉시 채모와 장윤 등 형주에서 항복한 장수들을 선두 부대로 내세우고 자신은 후군이 되어 전투선을 재촉하여 삼강구에 이르렀다. 이때 벌써 동오의 전선들은 강을 뒤덮으며 마주 오고 있었다. 앞장선 대장이 뱃머리에 앉아 큰소리로 외쳤다.

"내가 바로 감녕이다! 누가 감히 와서 나하고 싸워 보겠느냐?"

채모가 아우 채훈蔡壎에게 영을 내려 나가 싸우라고 했다. 두 배가 가까워지자 감녕이 활을 들어 채훈을 겨누고 살을 날렸다. 시위소리가 울림과 동시에 채훈이 나자빠졌다. 감녕은 배를 몰아 크게 진격하며 수많은 쇠뇌를 일제히 발사했다. 조조의 군사들은 당해 낼 수가 없었다. 오른편으로는 장흠, 왼편으로는 한당이 곧바로 조조군의 함대 속으로 돌격해 들어갔다. 조조의 군사는 태반이 청주와 서주徐州 출신이라 수전에는 익숙하지 못했다. 장강의 수면 위에 전선이 한번 늘어서기만 해도 벌써 다리를 휘청거리며 제대로 서 있지도 못했다. 감녕을 비롯한 세 갈래의 전선이 수면 위를 종횡으로 누비고 있는데 주유가 또 배들을 재촉해서 싸움을 도우러 왔다. 조조의 군사가운데는 화살에 맞고 포炮에 다친 자가 부지기수로 나왔다. 사시부터 시작해서 미시까지 줄곧 무찔렀다. 주유는 비록 이기기는 했지만 적은 군사로 많은 적을 당해 내지 못할 게 걱정되어 징을 쳐서 전선들을 거두어들였다.

조조의 군사들은 패해서 돌아갔다. 조조는 육지의 영채로 올라가서 다시 군사를 정돈한 다음 채모와 장윤을 불러 꾸짖었다.

"동오의 군사는 우리보다 적었는데 우리가 도리어 패하고 말았다. 이는 너희들이 심혈을 기울이지 않았기 때문이 아니냐?"

채모가 변명했다.

"형주의 수군이 오랫동안 조련을 받지 못한 데다 청주와 서주의 군사들 또한 수전에 익숙하지 못해서 패한 것입니다. 마땅히 수채水寨부터 세운 다음 청주와 서주의 군사들은 안에 있게 하고 형주의 군사를 밖에 배치하여 날마다 가르치고 훈련하여 물에서 싸우는 데 익숙해져야 그들을 쓸 수 있습니다."

조조가 말했다.

"네가 수군 도독인데 형편에 따라 알아서 처리할 일이지 구태여 나에게 보고할 필요가 있느냐?"

이에 장윤과 채모 두 사람은 직접 수군을 훈련했다. 장강 연안 일대에 수문水門 24개를 만들고 큰 배들을 성곽처럼 바깥에 늘어세워 그 안에서 작은 배들이 왕래할 수 있게 했다. 밤이면 일제히 등불을 켜서 하늘과 수면을 온통 새빨갛게 비췄다. 육지의 영채도 3백여 리나 이어져 연기와 불길이 끊어지지 않았다.

한편 첫 싸움에 이긴 주유는 영채로 돌아가 공에 따라 삼군에게 상과 음식을 내려 위로하는 한편 오후에게 사람을 보내어 첩보를 올렸다. 이날 밤 주유가 높은 곳에 올라 바라보니 서쪽에서 불빛이 하늘까지 뻗치고 있었다. 주위 사람들이 말했다.

"저것은 모두 북군의 등불입니다."

주유 역시 놀랄 지경이었다. 이튿날 주유는 몸소 조조의 수상 영채를 살펴보려고 망루가 있는 누선樓船 한 척을 마련하라고 했다. 북과 악기를 싣고 건장한 장수 몇 명에게 강한 활과 쇠뇌를 갖고 따르게 하며 일제히 배에 올라 구불구불 전진했다. 조조의 수채 가에 이르자 주유는 닻돌을 내리고 일제히 풍악을 울리게 했다. 그러고는 가만히 조조의 수채를 훔쳐보았다. 주유는 깜짝 놀랐다.

"이는 수군의 묘리를 깊이 터득하여 만든 영채로다!"

좌우를 돌아보며 물었다.

"수군 도독이 누구냐?"

좌우의 부하들이 대답했다.

"채모와 장윤이라 합니다."

주유는 속으로 생각했다.

'그 두 사람은 강동에 오래 살았으므로 수전을 깊이 익혔을 것이다. 내 반드시 계책을 써서 이 두 사람을 먼저 없애야 조조를 깨뜨릴 수 있겠구나.'

한창 수채 안을 엿보고 있는데 어느새 조조의 군사가 나는 듯이 달려가서 조조에게 보고했다.

"주유가 우리의 수채를 훔쳐보고 있습니다."

조조는 배를 풀어 주유를 사로잡으라는 명을 내렸다. 수채 안에서 깃발이 움직이는 것을 본 주유는 급히 닻을 올리게 했다. 배 양편에서 일제히 노질을 하자 배는 수면 위를 나는 듯이 미끄러져 달아났다. 조조의 수채에서 배가 나올 무렵 주유가 탄 누선은 이미 10여 리나 달아난 뒤라 따라잡을 도리가 없었다. 조조군은 그대로 되돌아와 조조에게 보고했다.

조조가 여러 장수들에게 물었다.

"어제는 한바탕 패해서 우리의 예기가 꺾였는데 오늘은 다시 주유가 우리의 수채까지 엿보고 갔소. 어떤 계책을 써야 적을 깨뜨릴 수 있겠소?"

그 말이 채 끝나기도 전에 한 사람이 나섰다.

"저는 어릴 적부터 주랑과 함께 공부하며 사이가 두터웠습니다.

살아 있는 세 치 혀끝을 믿고 강동으로 가서 그 사람을 설득하여 항복하러 오도록 하겠습니다."

조조가 크게 기뻐하며 바라보니 그는 구강九江 사람 장간蔣幹이었다. 장간은 자가 자익子翼으로 당시 조조의 막빈幕賓으로 있었다. 조조가 물었다.

"자익은 주공근과 교분이 두텁소?"

장간이 장담했다.

"승상께서는 안심하십시오. 이 간이 강동으로 가면 반드시 성공할 것입니다."

조조가 다시 물었다.

"그래 무엇을 가지고 가시려오?"

장간이 대답했다.

"시중 들 동자 하나와 배를 저을 노복 둘이면 됩니다. 그밖에는 아무것도 필요 없습니다."

조조는 매우 기뻐하며 술상을 차려 장간을 전송했다. 칡으로 짠 갈건葛巾을 쓰고 무명 도포를 입은 장간은 작은 배에 올라 곧장 주유의 영채로 떠났다. 영채에 이른 장간은 주유에게 전하게 했다.

"옛 친구 장간이 찾아왔느니라."

이때 주유는 군막 안에서 일을 의논하고 있었는데 장간이 왔다는 말을 듣자 장수들을 보고 웃으면서 말했다.

"세객說客이 왔구려!"

그러고는 장수들의 귀에 대고 목소리를 낮추어 이리저리 하라고 계책을 일러 주었다. 장수들은 명을 받고 나갔다.

주유는 의관을 정제하고 종자 수백 명을 거느리고 나왔는데, 종자들은 모두 비단옷에 꽃무늬를 수놓은 화려한 모자를 쓰고 주유의 앞뒤에 둘러섰다. 장간은 달랑 푸른 옷을 입은 동자 하나만을 데리고 고개를 잔뜩 치켜들고 들어왔다. 주유가 절을 하며 맞아들이자 장간이 인사를 했다.

"공근은 헤어진 이후 무탈하신가?"

주유가 되물었다.

"자익은 고생이 많으시네. 멀리 강과 호수를 건너왔으니 조씨를 위해 세객 노릇을 하려는 게 아닌가?"

장간은 깜짝 놀랐다.

"내 족하와 헤어진 지 오래되어 특별히 옛 정의를 펴려고 온 것인데 어찌하여 세객 노릇을 한다고 의심하는가?"

주유가 웃으면서 말했다.

"내 비록 사광師曠*만큼 귀가 밝지는 못하나 거문고 소리를 들으면 그 뜻쯤은 짐작한다네."

장간은 짐짓 화를 내는 척했다.

"족하가 옛 친구를 이렇게 대접한다면 나는 곧 물러가겠네."

주유가 웃으며 그의 팔을 잡았다.

"나는 다만 형이 조씨의 세객이 아닐까 두려워하는 것뿐일세. 그런 마음이 없다면 무엇 때문에 그리 속히 떠나신단 말인가?"

두 사람은 함께 군막 안으로 들어갔다. 인사를 마치고 자리에 앉자 주유는 즉시 강동의 영걸들을 모두 불러오게 하여 자익과 상면토록 했다.

---

*사광ㅣ춘추시대 진晉나라의 음악가. 귀가 밝아 음을 잘 판별하기로 유명했다.

이윽고 비단옷을 차려입은 문관과 무장, 은빛 갑옷을 걸친 편장과 비장들이 두 줄로 나뉘어 들어왔다. 주유는 그들을 일일이 장간에게 인사시키고 양편으로 벌려 앉혀 큰 잔치를 벌였다. 승전을 경하하는 군악이 울리는 가운데 사람들은 번갈아 잔을 잡고 술을 권했다. 주유가 사람들에게 말했다.

"이분은 나와 동문수학한 옛 친구요. 강북에서 오시긴 했으나 조씨의 세객은 아니니 공들은 행여 의심하지 마시오."

그러고는 허리에 찬 검을 풀어 태사자에게 넘겨주며 말했다.

"공은 내 검을 차고 술자리를 감독하시오. 오늘 잔치는 오직 친구 사이의 정회를 푸는 자리이니 조조나 동오의 군사에 대한 일을 꺼내는 자가 있으면 그 자리에서 목을 치시오!"

태사자는 응낙하고 검을 틀어쥐고선 자리에 가 앉았다. 장간은 너무나 놀란 나머지 감히 여러 말을 할 수 없었다. 주유가 다시 입을 열었다.

"내가 군사를 거느린 이래 술이라고는 한 방울도 입에 대지 않았소. 오늘은 옛 친구를 만났고 또한 의심하거나 꺼릴 일이 없으니 한 번 취하도록 마셔야겠소."

말을 마친 주유는 크게 소리 내어 웃으며 통쾌하게 마시기 시작했다. 그러자 자리에서는 술잔이 마구 오가며 잔치가 무르익어 갔다. 술기운이 거나해지자 주유는 장간의 손을 잡고 함께 장막 밖으로 걸어 나갔다. 좌우의 군사들은 모두

투구와 갑옷을 갖추어 입고 과戈와 극戟을 든 채 기립해 있었다. 주유가 물었다.

"나의 군사들이 자못 웅장하지 않은가?"

장간이 응대했다.

"참으로 곰 같고 범 같은 군사들일세."

주유는 다시 장간을 이끌고 막사 뒤로 가서 바라보았다. 군량과 말먹이 풀이 산더미처럼 쌓여 있었다. 주유가 또 물었다.

"우리의 군량과 말먹이 풀이 이만하면 넉넉하지 않겠는가?"

장간이 대답했다.

"군사는 정예하고 양식은 풍족하다더니 과연 헛소문이 아니었네 그려."

주유는 짐짓 취한 척 크게 한바탕 웃어 제쳤다.

"이 주유가 자익과 함께 공부하던 시절에야 오늘 같은 날이 있으리라고는 기대도 못했지."

장간이 비위를 맞추었다.

"형의 높은 재주로 본다면야 실로 지나칠 것도 없으이."

주유가 장간의 손을 잡고 말했다.

"대장부가 세상을 살아가면서 자기를 알아주는 주인을 만나 겉으로는 군신의 의리에 묶여 있는 듯해도 안으로는 골육의 은혜를 맺고, 말을 하면 반드시 실행해 주고 계책을 내면 반드시 따라 주며 화와 복을 함께 하니 이게 어디 쉬운 일인가. 그러니 설령 입은 흐르는 물 같고 혀는 날선 칼 같은 구변을 지닌 소진蘇秦, 장의張儀, 육가陸賈, 역생酈生 같은 유세객들이 다시 살아난다 해도 어찌 내 마음을 움직일 수 있겠는가?"

주유는 말을 마치고 껄껄 웃었다. 장간의 얼굴은 흙빛으로 변하고 말았다. 주유는 다시 장간을 데리고 군막 안으로 들어가 여러 장수들과 어울려 또 한 차례 술을 마셨다. 그러고는 장수들을 가리키며 말했다.

"이들은 모두 강동의 영웅호걸이니 오늘의 이 모임을 '군영회群英會'라 불러도 좋겠네."

술을 마시다가 어느덧 날이 저물자 등촉을 밝혔다. 주유는 자리에서 일어나 직접 검무劍舞를 추며 노래를 지어 불렀다.

장부가 세상을 살아감이여 공명을 세울 것이요 /
공명을 세움이여 평생을 위안하기 위해서로다. //
평생을 위안함이여 나 이제 취할 것이요 /
내 이제 취함이여 미친 듯 노래 부르리라!
丈夫處世兮立功名, 立功名兮慰平生.
慰平生兮吾將醉, 吾將醉兮發狂吟!

노래가 끝나고 좌중은 모두 웃으며 즐거워했다. 밤이 깊어지자 장간은 물러가려 하며 말했다.

"술기운을 이길 수가 없네."

주유가 자리를 치우라고 명하자 장수들이 물러났다. 주유가 말했다.

"자익과 한 침상에서 잔 지 오래되었네. 오늘밤은 우리 발을 가까이 대고 자 보세."

주유는 짐짓 잔뜩 취한 시늉을 하며 장간을 이끌고 휘장 안으로 들

주지꽝 그림

어가서 함께 잠자리에 들었다. 주유는 옷을 입은 채 그대로 쓰러지더니 먹었던 음식을 어지럽게 토해 놓았다. 이런 마당에 장간이 어찌 잠들 수 있겠는가? 침상에 엎드려 있자니 군중에서 2경을 알리는 북소리가 들렸다. 자리에서 일어나 살펴보니 등불은 가물거리지만 여전히 밝았다. 주유를 보니 천둥치듯 코를 골고 있었다. 장막 안을 둘러보니 탁자 위에는 둘둘 말린 문서 뭉치가 쌓여 있었다. 곧바로 침상에서 일어나 몰래 문서를 살펴보니 모두가 주고받은 서신들이었다. 그런데 그 가운데 한 통의 겉봉에 '채모와 장윤이 삼가 올립니다'라고 적혀 있었다. 장간은 소스라치게 놀라 몰래 읽어 보았다. 내용은 다음과 같았다.

'저희들이 조조에게 항복한 것은 벼슬이나 녹봉을 바라서가 아니라 위세에 억눌려서입니다. 지금 이미 북군을 속여 수채 안에 가두어 놓았으니 기회를 얻는 대로 즉시 조조놈의 수급을 베어다가 휘하에 바치겠습니다. 조만간 사람이 도착하는 대로 보고를 올리겠습니다. 바라건대 의심하지 말아 주십시오. 우선 이 글로 답을 올립니다.'

장간은 생각했다.

'본래 채모와 장윤은 동오와 결탁하고 있었구나!'

마침내 그 서신을 몰래 옷 속에 감추었다. 다시 다른 문서들을 뒤적여 보려는데 침상 위에서 주유가 몸을 뒤채며 돌아누웠다. 장간은 급히 불을 끄고 자리에 누웠다. 주유가 입속말로 중얼거렸다.

"자익! 내가 수일 내로 조조 역적놈의 수급을 보여 주겠네!"

장간이 마지못해 대꾸하자 주유가 다시 중얼거렸다.

"자익! 잠시만 기다리게! ……자네에게 조조 도적놈의 수급을 보여 주겠다니까…….”

장간이 한마디 물어보려는데 주유는 다시 잠이 들고 말았다. 장간
은 침상에 엎드린 채 뜬눈으로 밤을 새우고 있었다. 4경이 가까워질
무렵 누군가 군막으로 들어오는 소리가 들리더니 주유를 불렀다.

“도독! 깨셨습니까?”

주유는 꿈을 꾸다 갑자기 깨어난 시늉을 하며 일부러 그 사람을
보고 물었다.

“침상에서 자고 있는 사람은 누군가?”

그 사람이 대답했다.

“도독께서 자익을 청해 함께 주무셨는데 어찌하여 잊으셨단 말
입니까?”

주유는 뉘우쳤다.

“내가 평소에 술을 마시고 취한 적이라곤 없었는데 어제는 취해서
실수를 한 것 같구나. 대체 무슨 말을 했는지도 모르겠구먼.”

그 사람이 말했다.

“강북에서 사람이 왔습니다.”

주유가 호통을 쳤다.

“소리를 낮추어라!”

그러고는 장간을 불렀다.

“자익!”

장간은 잠든 척했다. 주유는 살그머니 군막 밖으로 나갔다. 장간
이 귀를 기울이고 엿듣고 있으려니 밖에 있던 사람이 말했다.

“장윤과 채모 두 분 도독께서 급히 손을 쓸 수는 없다고 하셨습
니다.”

그 뒤의 말은 목소리가 너무 작아 무슨 말인지 알아들을 수가 없었다. 이윽고 주유가 군막 안으로 들어오더니 다시 한번 장간을 불렀다.

"자익!"

장간은 대꾸하지 않고 이불을 뒤집어쓴 채 자는 시늉을 했다. 주유도 옷을 벗더니 자리에 누웠다. 장간은 속으로 궁리했다.

'주유는 세밀한 사람이다. 날이 밝은 뒤에 편지를 찾다가 보이지 않으면 틀림없이 나를 해칠 것이야.'

그럭저럭 5경이 되어 자리에서 일어난 장간이 주유를 불러 보았다. 주유는 그때까지 잠들어 있었다. 갈건을 쓰고 살금살금 걸어서 밖으로 나온 장간은 동자를 불러 곧장 원문轅門으로 나갔다. 군사가 물었다.

"선생께선 어디로 가십니까?"

장간이 대답했다.

"내가 이곳에 있다가는 도독의 일을 그르칠 것 같아 잠시 작별하는 것이네."

장간이 이렇게 말하니 군사도 막지 않았다. 장간은 배에 오르자 나는 듯이 노를 저어 돌아가 조조를 뵈었다. 조조가 물었다.

"자익이 갔던 일은 어찌되었소?"

장간이 대답했다.

"주유는 포용력이 있고 정취가 고상해 말로 움직일 수 있는 사람이 아니었습니다."

조조는 노했다.

"일은 이루지도 못하고 도리어 비웃음만 샀단 말이군!"

장간이 얼른 말했다.

"비록 주유는 설득하지 못했지만 승상께 알려 드려야 할 일을 한 가지 알아 왔습니다. 좌우를 물려주시기 바랍니다."

장간은 서신을 꺼내 놓고 간밤에 보고들은 일들을 낱낱이 조조에게 이야기했다. 말을 들은 조조는 크게 노했다.

"두 도적놈이 그처럼 무례하더란 말이지?"

조조는 즉시 채모와 장윤을 군막 안으로 불러들였다.

"너희 두 사람에게 진격을 명하려 한다."

채모가 곤란한 표정을 지으며 대답했다.

"군사들이 아직 충분히 훈련되지 않았으니 가벼이 진격해서는 안 됩니다."

조조가 노하여 소리쳤다.

"군사들이 제대로 숙달되고 나면 내 수급을 주랑에게 바칠 작정인가?"

채모와 장윤은 무슨 말인 도무지 알 수 없어 놀라고 당황하며 대답을 못했다. 조조는 무사들에게 두 사람을 끌어내어 목을 치라고 호령했다. 잠시 뒤 무사들이 채모와 장윤의 머리를 군막으로 가져왔다. 그제야 조조는 불현듯 깨달았다.

"내가 계책에 걸려들었구나!"

후세 사람이 시를 지어 탄식했다.

조조의 간교함은 당할 사람이 없다더니 /
일시에 주랑이 친 속임수에 빠져 버렸네. //
채모 장윤 주인 팔아 영화를 구하더니만 /

뉘 알았으랴 오늘 아침 칼 아래 죽을 줄!

曹操奸雄不可當, 一時詭計中周郞. 蔡張賣主求生計, 誰料今朝劍下亡!

　장수들이 채모와 장윤이 참형 당한 것을 보고 들어와서 까닭을 물었다. 조조는 속으로는 계교에 떨어진 줄 번연히 알고 있었지만 자신의 잘못을 드러내고 싶지 않았다. 그래서 장수들에게 이렇게 말했다.

　"두 사람은 군법을 태만히 했기 때문에 목을 벤 것이오."

　사람들은 몹시 의아해 했다. 조조는 모개와 우금을 수군 도독으로 삼고 채모와 장윤이 맡았던 일을 대신하게 했다.

　첩자가 이 사실을 탐지하여 강동에 알렸다. 주유는 크게 기뻐했다.

　"내가 걱정한 것은 이 두 사람뿐이었다. 이제 그들을 제거했으니 내 걱정이 사라졌구나."

　노숙이 치하했다.

　"도독의 용병술이 이러하거늘 어찌 조가 놈쯤 깨뜨리지 못해 걱정하겠소이까?"

　주유는 노숙에게 당부했다.

　"내 짐작에 다른 장수들은 이 계책을 몰랐을 것이나 제갈량만은 식견이 나보다 나으니 이번 계책 역시 그를 속이지는 못했으리라 생각되오. 자경께서 슬며시 떠보시구려.

그가 이 일을 아는지 모르는지 알아보고 즉시 돌아와 알려 주시오.”

이야말로 바로 다음 대구와 같다.

또 반간계를 써서 성공한 일을 두고 /
옆의 관계없는 사람 시험하러 가네
還將反間成功事　去試從旁冷眼人

노숙이 공명에게 물으러 간 일은 또 어떻게 될 것인가, 다음 회를
보라.

46

풀단 실은 배로 화살을 빌리다

공명은 기이한 계책으로 화살을 빌리고
황개는 비밀한 계책을 드려 형벌을 받다
用奇謀孔明借箭　獻密計黃蓋受刑

노숙은 주유의 말을 듣고 곧장 공명이 거처하는 배로 찾아갔다. 공명이 작은 배 안으로 맞아들여 마주 앉았다. 노숙이 먼저 말을 건넸다.

"며칠 동안 군무를 처리하느라 가르치심을 받지 못했습니다."

공명이 말했다.

"저 역시 아직 도독께 기쁜 일이 생긴 것을 축하드리지 못했구려."

노숙이 물었다.

"무슨 기쁜 일이라니요?"

공명이 바로 깨뜨렸다.

"공근께서 선생더러 내가 아는지 모르는지 알아보라고 한 그 일이 바로 축하드릴 만한 일 아닌가요?"

노숙은 너무나 놀란 나머지

얼굴빛까지 변했다.

"선생께선 어떻게 그걸 아십니까?"

공명이 대답했다.

"그런 계책으로 장간 정도는 농락할 수 있겠지요. 그러나 조조는 잠깐은 속아 넘어갔겠지만 금방 깨달았을 거요. 다만 자기 잘못을 인정하기 싫어서 덮어 둘 뿐이지요. 이제 채모와 장윤이 죽었으니 강동의 근심을 덜게 되었는데 그 기쁜 일을 어찌 축하하지 않겠소? 들으니 조조가 모개와 우금을 수군 도독으로 삼았다는데 저 두 사람 손에서 숱한 수군의 목숨이 달아나게 생겼소이다."

노숙은 이 말을 듣고 입을 열 수가 없었다. 한동안 다른 말만 둘러대다가 공명과 하직하고 돌아섰다. 공명이 당부했다.

"자경께선 공근 앞에서 내가 이번 일을 미리 알고 있더라는 말은 마시오. 공근이 시기심으로 또 무슨 구실을 만들어 나를 해치려 할 것이오."

노숙은 응낙하고 떠났다. 그러나 돌아가서 주유를 만나서는 모든 걸 사실대로 이야기하지 않을 수 없었다. 주유는 크게 놀랐다.

"이 사람은 결단코 그냥 놓아둘 수 없구려! 내 기필코 그를 죽이고 말리다!"

노숙이 권했다.

"공명을 죽인다면 오히려 조조의 비웃음만 사게 될 것이오."

주유가 말했다.

"그를 정당하게 죽일 방안이 있소. 그는 죽어도 원망하지 못하게 할 것이오."

노숙이 물었다.

방선건 그림

"어떻게 정당한 방법으로 목을 자르겠단 말씀이오?"

주유는 대답을 회피했다.

"자경은 더 이상 묻지 마시오. 내일이면 보시게 되다."

이튿날이 되었다. 주유는 군막에 장수들을 모으고 공명에게 사람을 보내 의논할 일이 있으니 와 달라고 청했다. 공명은 흔쾌히 왔다. 자리에 앉자 주유가 공명에게 물었다.

"수일 내로 조조의 군사와 교전하게 될 터인데 물길에서 싸우려면 어떤 무기가 우선이겠소?"

공명이 대답했다.

"큰 강 위에서는 활과 화살이 우선이지요."

주유가 그 말을 받아 말했다.

"선생의 말씀이 바로 내 생각과 같소이다. 그런데 지금 군중에 화살이 부족하오. 번거롭겠지만 선생께서 화살 10만 대를 만드는 일을 감독해서 적과 싸울 준비를 해주시오. 이것은 공적인 일이니 선생은 거절하지 마시오."

공명이 대답했다.

"도독께서 맡기시는 일이니 마땅히 힘을 다하겠소이다. 그런데 10만 대의 화살은 언제쯤 쓰시렵니까?"

주유가 되물었다.

"열흘 안에 다 갖출 수 있겠소?"

공명이 대답했다.

"조조의 군사가 수일 안으로 쳐들어올 판인데 열흘씩 기다리다가는 필시 대사를 그르치고 말 것입니다."

주유가 물었다.

방선건 그림

"선생 짐작에는 며칠이면 완비할 수 있겠소?"

공명이 대답했다.

"사흘 말미만 주시면 10만 대의 화살을 바치겠소이다."

너무나 뜻밖의 말이라 주유는 다짐을 받았다.

"군중에는 농담이 없는 법이오."

공명은 장담했다.

"어찌 감히 도독께 농담을 하겠습니까? 내 군령장軍令狀을 바치리다. 사흘 안에 처리하지 못하면 중벌도 달게 받겠소."

주유는 크게 기뻐했다. 군중의 사무를 맡은 군정사軍政司를 불러 그 자리에서 군령장을 받아 놓게 했다. 그러고는 술을 내어 대접하며 말했다.

"일이 마무리된 다음에는 자연히 노고에 대한 보답이 있을 것이오."

공명이 말했다.

"오늘은 이미 늦었으니 내일부터 만들기 시작하겠습니다. 사흘째 되는 날 군사 5백 명을 강변으로 보내어 화살을 나르게 하십시오."

공명은 술을 몇 잔 마시더니 하직하고 돌아갔다. 노숙이 물었다.

"이 사람이 혹시 거짓말을 하는 건 아닐까요?"

주유가 대답했다.

"그가 스스로 죽을 짓을 하는 것이지 내가 그를 핍박한 건 아니오. 이제 분명히 여러 사람 앞에서 문서를 받아 두었으니 양쪽 겨드랑이에 날개가 돋는다 해도 날아가지는 못할 것이오. 내가 군중의 장인匠人들에게 일부러 늑장을 부리도록 분부하고 소용되는 물건들도 완벽하게 갖추어 주지 못하게 할 작정이오. 그리되고 보면 틀림없이 정한 기일을 지키지 못할 것이오. 그때 가서 죄를 결정한다면 무슨 발뺌할 말이 있겠소? 이제 공은 가서 그의 동정이나 살펴서 알려 주시구려."

노숙이 명을 받고 공명을 찾아갔다. 공명이 말했다.

"공근이 알면 틀림없이 나를 해치려 할 테니 공근에게는 말하지 말라고 부탁하지 않았소? 자경이 그 말을 토설할 줄은 정말 몰랐소이다. 그 바람에 결국 오늘 또 일이 벌어지고 말았소. 사흘 안에 무슨 수로 화살 10만 대를 만들어 낸단 말씀이오? 자경이 나를 구해 주는 수밖에 없게 되었소이다."

노숙이 대꾸했다.

"공이 스스로 화를 자초하신 터에 내가 무슨 수로 구해 드린단 말씀이오?"

공명이 요구 사항을 늘어놓았다.

"자경께선 나에게 배 20척만 빌려 주시오. 배마다 군사 30명이 필요하오. 선상에는 푸른 천으로 장막을 둘러치고 각각 풀단 1천여 개씩을 묶어 배 양편에다 벌여 세워 주시오. 내 따로 묘하게 쓸 데가 있소. 그러면 사흘째 되는 날에 책임지고 화살 10만 대를 마련해 놓겠소. 하지만 다시 공근에게 이 일을 알려서는 아니 되오. 만일 그가 아는 날에는 내 계획은 실패로 돌아가고 말 것이오."

노숙은 그렇게 하겠다고 응낙했으나 까닭은 알 수가 없었다. 돌아가서 주유에게 만난 일을 이야기했지만 배를 빌려 달라던 말은 빼고 하지 않았다.

"공명은 전죽箭竹이나 깃털, 아교를 아무것도 쓰지 않고도 화살을 만들 방법이 있다고 하더이다."

왕굉희 그림

주유는 크게 의심이 들었다.

"사흘 뒤에 그가 무어라고 대답하는지 우선 두고 봅시다."

한편 노숙은 가볍고 빠른 배 20척을 은밀히 선발하여 배마다 군사 30여 명과 푸른 천이며 풀단 따위를 모두 갖추어 공명이 쓰기만을 기다리고 있었다. 첫날 공명은 아무런 동정이 없었다. 둘째 날도 역시 움직이지 않았다. 사흘째 되는 날 4경쯤(새벽 2시 전후) 되자 공명이 노숙을 은밀히 자기 배로 불렀다. 노숙이 물었다.

"무슨 일로 부르셨소?"

공명이 대답했다.

"특별히 자경과 함께 화살을 가지러 가려는 것이오."

"어디로 가지러 간단 말입니까?"

공명은 그 물음에는 대답을 피했다.

"자경께선 묻지 마시오. 가 보시면 알게 될 거요."

공명은 배 20척을 밧줄로 연결하고 곧장 북쪽 기슭을 바라고 나아가게 했다. 이날 밤 온 하늘에 안개가 자욱하게 덮였는데, 장강 위에는 안개가 더욱 짙어서 서로 얼굴을 맞대고도 누군지 알아볼 수 없을 지경이었다. 공명은 배를 재촉하며 앞으로 나아가는데 과연 엄청난 안개였다. 옛사람이 지은 「대무수강부大霧垂江賦」라는 부賦에서는 이렇게 표현했다.

거대하도다 장강이여! /

서로는 민산과 아미산을 품은 파촉과 이어지고 /

남으로는 오군과 오흥, 단양 등의 강동 땅을 누르고 /

북으로는 황하 하류의 큰 지역을 띠처럼 두르고 있구나. /

수백 갈래의 온갖 시냇물 모아 바다로 들어가서 /

만고의 세월 거치며 파도를 일으키누나. /

용의 신과 바다의 신, 강의 신과 냇물의 신에서부터 /

천 길이나 되는 거대한 고래와 머리 아홉 달린 천오와 /

괴기하고 이상한 것들 모두 모아 간직하고 있구나. /

온갖 귀신들이 깃을 들이고 / 영웅들이 싸우고 지키는 곳이로다.

지금은 바로 음기와 양기가 혼란을 빚어 /

밝음과 어둠이 나누어지지 않은 때로다. /

멀리 하늘의 한빛을 맞으려는 찰나 /

홀연 거대한 안개 사방으로 들이차누나. /

수레에 높이 매단 장작더미도 눈에 보이지 않고 /

오직 징소리 북소리만 귓전에 들릴 뿐이로다. /

처음에는 어슴푸레 하여 / 겨우 종남산의 표범 정도나 숨길 만하더니 /

차츰 가득히 채워져 / 북해의 곤조차 방향을 잃는다네. /

위로는 높은 하늘에 닿고 / 아래로는 두텁게 땅까지 드리우니 /

아득히 멀어 창망하고 / 가없이 넓어 끝이 없어라. /

수고래와 암고래가 물위로 나와 파도를 일으키고 /

교룡은 깊은 바닥에 엎드려 기를 토하누나. /

마치 여름철 장맛비가 무더위를 거둬들이고 /

봄날 흐릿한 음기가 차가운 기운을 내뿜는 듯 /

어슴푸레하고 희미하며 / 성대하고도 가득히 늠실대누나. /

동쪽으로는 시상 기슭도 잃어버리고 /

남쪽으로는 하구의 산들도 사라졌도다. / 일천 척이나 되는 전선들은 /

모조리 바위 골짜기로 침몰해 버리고 / 한 조각 고깃배만 /

놀란 파도 속으로 들락거리누나. /

더욱 심해진 안개에 하늘빛은 사라지고 /

찬란한 아침 해도 빛을 잃어 / 대낮이 도리어 황혼으로 바뀌고 /

붉은 산이 푸른 물로 변해 버리네. /

비록 대우의 지혜라 해도 / 그 깊이를 측량할 수가 없고 /

이루의 밝은 시력이라 할지라도 / 어찌 지척을 분간할 수 있으리오?

이윽고 용왕 풍이가 물결을 잠재우고 /

바람신 병예도 위력을 거둬들이니 / 물고기와 자라가 몸을 숨기고 /

길짐승과 날짐승도 자취를 감추네. /

신선이 산다는 봉래섬 가는 길도 끊어 버리고 /

천상의 자미성 궁문마저 캄캄하게 덮어 버리네. /

황홀하고도 빠르게 치솟는 안개여 /

마치 소낙비처럼 쏟아져 내리다간 / 또다시 어지러이 뒤엉기면서 /

차가운 구름처럼 몰려드누나. / 독사가 그 속에 숨어 있어서 /

그것이 무서운 풍토병을 뿜어내고 /

요사스런 도깨비가 몸을 감추고 있어 /

그것이 화를 부르는 장난을 일으키나니 /

인간 세상에 질병과 재앙을 내리고 / 변방에는 전쟁을 일으키누나. /

서민이 만나면 요절하거나 몸을 다치고 /

대인이 그것을 보면 탄식한다네. /

이것은 아마도 천지의 기운을 태고로 되돌려 /

하늘과 땅을 한 덩어리로 만들려는 것이리라.

大哉長江! 西接岷·峨, 南控三吳, 北帶九河. 匯百川而入海, 歷萬古以揚波. 至若龍伯·海若, 江妃·水母, 長鯨千丈, 天蜈九首, 鬼怪異類, 咸集而有. 蓋夫鬼神之所憑依, 英雄之所戰守也.

時也陰陽既亂, 昧爽不分. 訝長空之一色, 忽大霧之四屯. 雖輿薪而莫睹, 惟金鼓之可聞. 初若溟濛, 纔隱南山之豹; 漸而充塞, 欲迷北海之鯤. 然后上接高天, 下垂厚地; 渺乎蒼茫, 浩乎無際. 鯨鯢出水而騰波, 蛟龍潛淵而吐氣. 又如梅霖收溽, 春陰釀寒; 溟溟漠漠, 浩浩漫漫. 東失柴桑之岸, 南無夏口之山. 戰船千艘, 俱沈淪於巖壑; 漁舟一葉, 驚出沒於波瀾. 甚則穹昊無光, 朝陽失色; 返白晝爲昏黃, 變丹山爲水碧. 雖大禹之智, 不能測其淺深; 離婁之明, 焉能辨乎咫尺?

於是馮夷息浪, 屏翳收功; 魚鱉遁迹, 鳥獸潛踪. 隔斷蓬萊之島, 暗圍閶闔之宮. 恍惚奔騰, 如驟雨之將至; 紛紜雜沓, 若寒雲之欲同. 乃能中隱毒蛇, 因之而爲瘴癘; 內藏妖魅, 憑之而爲禍害. 降疾厄於人間, 起風塵於塞外. 小民遇之夭傷, 大人觀之感慨. 蓋將返元氣於洪荒, 混天地爲大塊.

새벽 5경 무렵(새벽 4시 전후) 배는 조조의 수채 가까이에 당도했다. 공명은 이물(뱃머리)은 서쪽을 향하게 하고 고물(배꼬리)은 동쪽을 향하도록 배를 한 줄로 늘여 세우고 배 위에서 북을 치고 함성을 지르게 했다. 노숙은 깜짝 놀랐다.

"조조의 군사가 일시에 나오면 어쩌려고 이러십니까?"

공명은 빙그레 웃으며 대답했다.

"아마도 조조는 이 짙은 안개 속으로 나오지 못할 것이오. 우리는 그저 술이나 마시면서 즐기다가 안개가 걷히는 대로 돌아가기로 합시다.”

한편 조조의 영채에서는 북소리와 고함 소리가 들리자 모개와 우금이 황망히 조조에게 보고했다. 조조는 즉시 명령을 전했다.

“두터운 안개가 자욱하게 강을 덮었는데 적병이 갑자기 쳐들어왔으니 반드시 매복이 있을 것이다. 절대 경솔하게 움직이지 말라. 수군 궁노수들을 동원하여 어지러이 화살을 날리도록 하라.”

그러고는 다시 육상의 영채로 사람을 보내어 장료와 서황에게 각기 궁노수 3천 명씩을 거느리고 급히 강변으로 나가서 수군을 도와

조지전 그림

방선건 그림

함께 활을 쏘게 했다. 조조의 호령이 전해졌을 때 모개와 우금은 남쪽 군사들이 수채 안으로 뛰어들지나 않을까 염려하여 벌써 궁노수들을 수채 앞으로 보내 화살을 쏘고 있었다. 이윽고 육지 영채의 궁노수들도 들이닥쳐 약 1만여 명이 모조리 강 한가운데를 향하여 화살을 쏘아 부었다. 화살은 빗발치듯 날았다. 공명은 배를 돌려서 이번에는 뱃머리를 동쪽으로 향하고 배꼬리를 서쪽으로 향하게 하여 화살을 더 잘 받도록 조조의 수채 앞으로 바싹 다가들게 했다. 그러는 한편 더욱 힘차게 북을 치고 고함을 지르게 했다. 해가 높이 떠올라 안개가 흩어지기 시작하자 공명은 배를 돌려 급히 돌아가자고 명했다. 20척 배의 양편에 벌여 세운 풀단에는 화살이 빈틈없이 꽂혀 있었다. 공명은 배 위의 군사들을 시켜 일제히 외치게 했다.

"승상! 화살을 주어 고맙소이다!"

조조의 수채 안에서 이 일을 조조에게 알렸을 무렵 가벼운 배는 이미 급류를 타고 20여 리나 되돌아간 뒤였다. 추격해 보아야 따라잡을 수도 없는 거리였다. 조조는 가슴을 치도록 후회했다.

이때 공명은 돌아가는 배 안에서 노숙에게 말했다.

"배마다 꽂힌 화살이 대략 5,6천 개는 될 것이오. 강동의 힘은 반 푼어치도 허비하지 않고 이미 10만 대가 넘는 화살을 얻었소. 훗날 그것을 가져다가 조조군을 쏜다면 얼마나 편리하겠소?"

노숙은 감탄했다.

"선생은 참으로 신인神人이시구려! 오늘 이처럼 짙은 안개가 낄 줄은 어떻게 아셨소이까?"

공명이 대답했다.

"장수가 되어 천문天文에 통하지 못하고 지리地理를 모르며 기문

둔갑遁甲을 모르고 음양陰陽(여기선 점성술을 말함)에 어두우며 진도
陣圖를 보지 못하고 병세兵勢에 밝지 못한다면 용렬한 자에 불과하지
요. 나는 사흘 전에 이미 오늘 안개가 낄 것을 예측하고 감히 사흘 기
한을 잡았던 것이오. 공근은 나더러 열흘 안으로 화살을 다 만들라
고 합디다만 일할 장인과 물자는 하나도 마련해 놓지 않았으니 근거
없는 죄과로 나를 죽이려는 것이 분명하지요. 그러나 내 목숨은 하
늘에 달렸거늘 공근이 어찌 나를 해칠 수 있겠소?"

노숙은 절을 올리며 탄복했다.

배가 기슭에 닿았을 때 주유가 보낸 군사 5백 명이 화살을 나르기
위해 이미 강변에서 기다리고 있었다. 공명이 그들에게 배 위로 올
라가서 화살을 거두게 하여 10여만 대의 화살을 얻었다. 그것을 모
두 중군 군막으로 가져다 바치게 했다. 노숙이 안으로 들어가 주유
를 뵙고 공명이 화살을 마련한 일을 자세히 설명했다. 주유는 깜짝
놀라며 개연히 탄식했다.

"공명의 신기묘산神機妙算을 나는 도저히 따르지 못하겠구려!"

후세 사람이 시를 지어 칭찬했다.

온 하늘 짙은 안개 장강을 가득 채우니 /
원근도 알 수 없고 강물마저 아득하네. //
화살이 소낙비처럼 전함으로 날아드니 /
공명이 오늘에야 주유를 굴복시키도다.
一天濃霧滿長江, 遠近難分水渺茫. 驟雨飛蝗來戰艦, 孔明今日伏周郎.

조금 뒤 공명이 영채로 들어가 주유를 만났다. 주유는 군막을 나

와 맞아들이며 부러운 표정으로 칭찬했다.

"선생의 귀신같은 헤아림은 정말 존경스럽소. 탄복하지 않을 수 없소."

공명이 겸손하게 응답했다.

"한낱 조그만 속임수가 무어 그리 기이하다 하겠소이까?"

주유는 공명을 군막 안으로 맞아들이고 함께 술을 마셨다. 주유가 말했다.

"어제 우리 주공께서 진군을 독촉하는 사자를 보내셨소. 그러나 이 유에게는 아직 특별히 빼어난 계책이 없으니 바라건대 선생께서 좀 가르쳐 주시구려."

공명은 짐짓 사양했다.

"저와 같이 녹록하고 용렬한 자에게 무슨 묘계가 있겠소이까?"

주유가 다시 부탁했다.

"일전에 조조의 수상 영채를 살펴보니 지극히 엄정하고 법도가 있어 쉽사리 공격할 수 없더이다. 그래서 한 가지 계책을 생각해 보았는데 성공할 수 있을지 알 수가 없구려. 선생께서 나를 위해 결정을 내려 주시면 고맙겠소."

공명이 주유의 말을 끊었다.

"도독께선 잠시 말씀을 멈추시오. 각자 손바닥에 글을 적어 생각이 같은지 보기로 합시다."

주유는 크게 기뻐했다. 붓과 벼루를 가져오게 하여 먼저 손바닥에 글자를 쓰고 나서 공명에게 붓과 벼루를 넘겨주었다. 공명 역시 상대가 보지 못하게 글자를 썼다. 다 쓰고 난 두 사람은 의자를 옮겨 가까이 앉아 각기 손바닥의 글자를 내밀었다. 글자를 들여다본 두 사람은 다 같이 크게 웃었다. 주유는 손바닥에 불 '화火' 자를 적었는데 공명의 손바닥에 적힌 글자 역시 '화' 자였다. 주유가 말했다.

"우리 두 사람의 생각이 같으니 더 이상 의심할 게 없소이다. 누설하지는 마시오."

공명이 대꾸했다.

"두 집안의 공적인 일을 어찌 누설할 리가 있겠소이까? 짐작컨대 조조는 나의 계책에 두 번이나 당하고도 화공에 대한 대비는 하지 않고 있을 것이오. 도독께선 마음껏 그 계책을 쓰시면 될 것입니다."

두 사람은 술을 마시고 나서 헤어졌다. 장수들은 아무도 그 일을 몰랐다.

한편 눈 번히 뜨고 화살을 15,6만 대나 잃은 조조는 분이 치밀고 속이 답답했다. 순유가 계책을 드렸다.

"강동에는 주유와 제갈량이 계책을 쓰고 있기 때문에 깨뜨리기가 매우 어렵습니다. 누구 한 사람을 동오에 거짓 항복하게 하십시오. 그가 안에서 호응하며 소식을 알려 주면 손을 쓸 수 있을 것입니다."

조조가 말했다.

"그 말이 내 뜻에 딱 맞는구려. 군중에서 누가 이 계책을 이행할 수 있을 것 같소?"

순유가 대답했다.

"채모는 죽음을 당했지만 채씨 종족들은 모두 군중에 남아 있습니다. 채모의 집안 아우인 채중蔡中과 채화蔡和가 지금 부장副將으로 있습니다. 승상께서는 은혜를 베풀어 그들의 마음을 단단히 잡아 두십시오. 그들을 동오로 보내 거짓 항복하게 하면 틀림없이 의심을 받지는 않을 것입니다."

조조는 그 말을 따르기로 하고 그날 밤 두 사람을 은밀히 자신의 막사로 불러 분부했다.

"너희 두 사람은 약간의 군사를 이끌고 동오로 가서 거짓 항복을 하라. 그쪽에서 무슨 움직임이 있으면 즉시 사람을 보내 보고하도록 하라. 일이 성사되면 무거운 상을 내리고 벼슬도 높여 주겠다. 절대로 두 마음을 품지 말렷다!"

두 사람이 말했다.

"처자식이 모두 형주에 있는데 어찌 감히 두 마음을 품겠습니까? 승상께서는 의심하지 마십시오. 저희 두 사람이 반드시 주유와 제갈량의 머리를 베어다가 휘하에 바치오리다."

이 말을 들은 조조는 그들에게 후한 상을 내렸다. 이튿날 두 사람은 군사 5백 명을 거느리고 몇 척의 배에 나누어 타고 순풍을 따라 남쪽 기슭으로 갔다.

한편 주유는 한창 진군할 일을 처리하고 있는데 갑자기 강북에서 배가 내려와 강 입구에 닿았다는 보고가 들어왔다. 채모의 아우 채화와 채중이 투항하러 왔다는 것이었다. 주유가 불러들였다. 두 사람은 소리 내어 울더니 절을 올리며 말했다.

"저희 형이 죄 없이 조조 도적놈의 손에 피살되었습니다. 저희 둘은 형의 원수를 갚으려고 특별히 와서 항복합니다. 부디 군중에 거두어 주신다면 선봉이 되겠습니다."

주유는 크게 기뻐했다. 두 사람에게 무거운 상을 내리고 즉시 감녕과 함께 군사를 이끌고 선두 부대가 되라고 명했다. 두 사람은 절을 올려 감사하고 주유가 자신들의 계책에 빠진 줄로만 생각했다. 주유는 은밀히 감녕을 불러 분부했다.

"이 두 사람은 처자식을 데리고 오지 않았으니 진신으로 항복하러 온 것이 아니오. 조조의 첩자들일 것이오. 내 이제 그들의 계책을 거꾸로 이용하는 장계취계將計就計로 그들을 통해 우리의 소식을 전하게 하겠소. 그대는 정성껏 대접하면서 속으로는 방비를 하시오. 출병하는 날에는 우선 저들 둘을 죽여 깃발에 제사를 지낼 것이오. 그대는 반드시 조심하여 일을 그르치지 않도록 하시오."

감녕은 명령을 받고 나갔다. 노숙이 들어와서 주유에게 말했다.

"채중과 채화의 항복은 속임수일 가능성이 많으니 받아들여서는 아니 되오이다."

주유가 대뜸 꾸짖었다.

"조조가 저희들의 형을 죽여 원수를 갚으려고 투항해 온 것인데 무슨 거짓이 있단 말이오? 그렇게 의심이 많아서야 어떻게 천하의 인재들을 용납할 수 있단 말씀이오?"

뜻밖에 책망을 당한 노숙은 그대로 묵묵히 물러 나왔다. 그 길로 공명에게 가서 그 일을 하소연했다. 그러나 공명은 말없이 빙그레 웃기만 했다.

"공명은 어째서 웃기만 하시오?"

공명이 대답했다.

"자경께서 공근이 쓰는 계책을 알아보지 못하시기에 웃은 것이지요. 큰 강을 사이에 두고 멀리 떨어져 있으니 첩자들이 왕래하기가 지극히 어렵지요. 그래서 조조가 채중과 채화를 거짓으로 항복하게 하여 몰래 우리 군중의 기밀을 탐지하려고 한 것인데, 공근은 저들을 통해 이곳을 소식을 흘려서 조조의 계책을 역이용하려고 군중에 두는 것이오. 전쟁에서는 속임수도 꺼리지 않는다고 했소. 공근의 계책이 바로 그런 것이오."

주지꽝 그림

노숙은 그제야 모든 것을 깨달았다.

한편 주유가 밤에 막사 안에 앉아 있으려니 황개가 남몰래 중군으로 잠입하여 주유를 뵈었다. 주유가 물었다.

"공복公覆(황개의 자)께서 밤중에 찾아온 것을 보니 필시 나에게 일러 주실 좋은 계책이 있으신가 보구려."

황개가 말했다.

"적병은 많고 우리 군사는 적으니 오래 대치해서는 안 됩니다. 어찌하여 화공을 쓰려고 하지 않으십니까?"

주유가 되물었다.

"누가 공에게 그 계책을 드리라고 했소?"

황개가 대답했다.

"내 스스로 생각해 낸 것이지 남이 일러 준 것이 아니외다."

주유는 이 말을 듣고서야 마음이 놓였다.

"나도 바로 그렇게 하려고 생각했기 때문에 거짓 투항한 채중과 채화를 살려 두어 저쪽에 소식을 전하도록 하는 것이오. 단지 이쪽에서 나를 위해 사항계詐降計를 실행할 사람이 없는 것이 한이외다."

황개가 대뜸 자청했다.

"내가 그 계책을 실행하겠소이다."

주유가 말했다.

"상당한 고통을 당하지 않고서야 적이 어찌 믿으려 하겠소?"

황개가 결연한 표정으로 말했다.

"나는 손씨의 두터운 은혜를 입었소이다. 비록 간과 뇌수를 땅바닥에 바르는 한이 있더라도 원망하거나 후회하지 않으리다."

주유는 절을 올리며 고마워했다.

"공이 만약 이 고육계苦肉計를 실행해 주시겠다면 강동으로선 천만다행한 일이리다."

"나는 죽어도 원망이 없을 것이오."

황개는 다시 한번 다짐하고 물러갔다.

이튿날이었다. 주유는 북을 울려 모든 장수들을 군막 안으로 총집결시켰다. 공명도 그 자리에 있었다. 주유가 입을 열었다.

"조조가 백만의 무리를 이끌고 3백여 리나 늘어서 있으니 하루아침에 격파할 수는 없소. 그래서 명하니 장수들을 각기 3개월분의 양식과 말먹이 풀을 받아 적을 막을 채비를 하시오."

주유의 말이 채 끝나기도 전이었다. 황개가 앞으로 썩 나서 소리쳤다.

"3개월분은 고사하고 30개월분의 양식과 말먹이 풀을 마련할지라도 일은 글렀소! 이 달 안으로 적을 쳐서 깨뜨릴 수 있다면 깨뜨리는 것이고 그렇지 못하다면 장자포의 말대로 갑옷을 벗고 무기를 버리고 신하의 예를 바치며 항복할 수밖에 없소!"

주유는 발끈하며 안색이 변하더니 크게 성을 냈다.

"나는 주공의 명령을 받들어 군사를 거느리고 조조를 깨뜨리려 하고 있다. 감히 다시 항복을 입에 담는 자가 있으면 목을 치겠다고 선언했다. 이제 양쪽 군사가 대치하고 있는 마당에 네 감히 그 따위 말로 군심을 해이하게 하다니! 내 너의 머리를 자르지 않는다면 여러 사람을 복종시키기 어려우리라!"

그러고는 황개를 끌고 나가 목을 치라며 호통을 쳤다. 황개 역시 분노를 터뜨렸다.

"나는 파로장군破虜將軍(손견)을 수행하여 동남 지방을 누비고 다니며 3대째를 지나온 사람이다. 너는 어디에서 굴러 왔단 말이냐?"

주유는 머리꼭지까지 화가 치밀어 속히 목을 치라고 소리쳤다. 감녕이 앞으로 나와 사정했다.

"공복은 동오의 신하 중에서도 고참 신하입니다. 너그러이 용서해 주시기 바랍니다."

주유가 버럭 호통을 쳤다.

"네 어찌 감히 여러 말을 지껄여 나의 법도를 어지럽히려 드느냐?"

고중평 그림

그러고는 좌우를 꾸짖어 감녕부터 몽둥이로 흠씬 두들겨 내쫓게 했다. 여러 관원이 모두들 꿇어앉아서 빌었다.

　"황개의 죄는 실로 죽어 마땅하나 다만 군에 이롭지 못합니다. 도독께서 너그러이 용서하시고 잠시 죄를 기록해 두셨다가 조조를 깨뜨린 다음에 목을 잘라도 늦지는 않을 것입니다."

　그러나 주유의 노여움은 좀처럼 풀리지 않았다. 여러 관원들이 애걸복걸하자 그제야 주유가 말했다.

　"만약 여러 관원들의 체면을 보지 않았다면 반드시 목을 잘랐으리라! 지금 잠시 목숨만은 붙여 두겠다!"

　그러고는 좌우에게 명했다.

　"여봐라! 저자를 끌어다가 등에 몽둥이 1백 대를 쳐서 그 죄를 다스리도록 하라!"

　관원들이 다시 용서를 빌었다. 그러나 주유는 상을 밀어 엎고 관원들을 꾸짖어 물리치더니 당장 매질을 하라고 호령했다. 무사들은 황개의 옷을 벗겨 젖히고 땅바닥에 엎어 놓고 척장脊杖 50대를 쳤다. 관원들이 또다시 나서서 애걸복걸하며 용서를 빌었다. 주유는 자리에서 벌떡 일어나더니 황개를 손가락질하며 내뱉었다.

　"네 감히 나를 우습게보느냐? 나머지 50대는 적어 두겠다. 앞으로 다시 태만한 일이 있으면 두 가지 죄를 함께 다스리겠다!"

　그러고도 성이 풀리지 않는 듯 연신 씩씩거리며 막사 안으로 들어갔다.

　관원들이 황개를 부축해 일으키고 보니 살가죽이 터지고 근육이 찢어져 상처마다 선혈이 낭자했다. 부축을 받으며 자신의 영채로 돌아온 황개는 몇 차례나 정신을 잃었다. 문안 온 사람들은 누구 하나

눈물을 흘리지 않는 사람이 없었다. 노숙도 황개를 찾아 위문하고 공명의 배로 가서 말했다.

"오늘 공근이 화를 내어 공복을 벌했는데 우리야 다들 그의 부하이므로 감히 체면을 건드려 가며 심하게 말릴 수 없었소. 하지만 선생이야 손님의 입장인데 어찌하여 팔짱만 끼고 방관하시며 한마디도 거들지 않았소이까?"

공명은 빙긋 웃으며 말했다.

"자경께선 나를 속이시는구려."

노숙은 의아했다.

"이 노숙은 선생을 모시고 강을 건너온 이래로 한번도 속인 일이라곤 없소이다. 지금 어찌하여 그런 말씀을 하시오?"

공명이 반문했다.

"자경께선 공근이 오늘 황공복을 호되게 매질한 것이 바로 계책임을 모르신단 말씀이오? 그런 걸 날더러 어떻게 말리란 말이오?"

노숙은 그제야 깨달았다. 공명이 말했다.

"고육계를 쓰지 않고서야 무슨 수로 조조를 속여 넘길 수 있겠소? 이제 공근은 틀림없이 황공복을 조조에게 거짓 항복시키는 하는 한편 채중과 채화를 통해 이 일을 알리게 할 것이오. 자경께선 공근을 보시거든 절대로 내가 그 일을 알고 있더라는 말은 하지 마시오. 그저 나도 도독을 원망하더라는 말씀만 하면 되오이다."

노숙은 하직하고 물러 나와 중군 막사로 주유를 만나러 갔다. 주유가 막사 안으로 맞아들이자 노숙이 물었다.

"오늘 무슨 까닭으로 황공복을 그토록 심하게 매질하셨소이까?"

주유가 되물었다.

"장수들이 원망을 하던가요?"

"속으로 불안해하는 사람들이 많소이다."

주유가 다시 물었다.

"공명의 생각은 어떠하던가요?"

"그도 도독을 너무 매정하다며 원망을 하더군요."

주유가 웃으면서 말했다.

"이번에는 감쪽같이 그를 속여 넘겼구려!"

노숙이 물었다.

"그게 무슨 말씀인가요?"

주유가 설명했다.

"오늘 황개를 호되게 매질한 것은 바로 계책이었소. 내가 그를 거짓 항복시키려니 우선 고육계를 써서 조조를 속여야 했소. 그리고 나서 화공을 쓴다면 이길 수 있을 것이오."

노숙은 속으로 공명의 높은 식견을 생각했지만 감히 입 밖으로 드러내어 말을 할 수는 없었다.

한편 황개가 자신의 막사 안에 누워 있으려니 장수들이 모두 찾아와서 위문했다. 황개는 아무 말도 없이 오직 길게 한숨만 내쉴 뿐이었다. 참모參謀 감택闞澤이 문안하러 왔다. 황개는 그를 침실로 불러들이고 곁에 있던 자들을 물리쳤다. 감택이 물었다.

"장군께서는 혹시 도독과 원수진 일이 있으시오?"

황개가 대답했다.

"아니오."

감택이 다시 물었다.

"그렇다면 공이 책벌을 당하신 것은 고육계가 아니오?"

"어떻게 아시었소?"

감택이 말했다.

"제가 공근의 거동을 살펴보고 벌써 열에 여덟아홉은 짐작하고 있었소이다."

이 말에 황개는 솔직하게 털어놓았다.

"이 몸은 3대에 걸쳐 오후의 두터운 은혜를 입었으나 보답할 길이 없기에 이 계책을 바쳐 조조를 격파하려 하오. 그러니 내 비록 모진 고통을 당했으나 한이 될 건 없소. 내가 군중을 두루 살펴보았지만 누구 하나 마음을 털어놓을 만한 사람은 없었소. 오직 공만이 평소부터 충의로운 마음을 지니고 있기에 감히 마음속 말을 털어놓는 것이오."

감택이 말했다.

"공이 나에게 할 말씀이란 나더러 사항서詐降書를 조조에게 바쳐 달라는 것밖에 더 있겠소?"

황개는 반색을 했다.

"실은 그럴 생각이었소. 들어주시겠소?"

감택은 기꺼이 응낙했다. 바로 다음 대구와 같다.

용장이 주인에게 보답하려 몸 아끼지 않으니 /
모사도 나라 위해 같은 마음을 가지는구나.
勇將輕身思報主 謀臣爲國有同心

감택은 무슨 말을 하려는가, 다음 회를 보라.

47

연환계

감택은 비밀리에 거짓 항서를 바치고
방통은 교묘하게 연환계를 전수하다
闞澤密獻詐降書 龐統巧授連環計

감택은 자가 덕윤德潤인데 회계 산음山陰 사람이다. 집안이 가난했으나 배우기를 좋아하여 남의 집 고용살이를 하면서도 곧잘 책을 빌려 보곤 했는데 한번 읽은 것은 잊어버리는 법이 없었다. 게다가 구변이 좋고 어릴 적부터 담력도 있었다. 손권의 부름을 받고 참모가 되었는데 황개와 가장 사이가 좋았다. 황개는 그가 언변이 유창한 데다 담력 또한 큰 것을 알기 때문에 그를 시켜 항복 문서를 바치려고 했던 것이다. 감택은 기꺼이 응낙했다.

"대장부가 세상을 살아가면서 공을 세우고 업적을 쌓지 못한다면 초목과 함께 덧없이 썩고 말 것이 아니겠소? 공이 이미 몸을 돌보지 않고 주공께 보답하려는 마당에 내 어찌 보잘것없는 목숨을 아끼겠소이까?"

침상에 있던 황개는 구르듯이 내려와 절을 하며 감사했다. 감택이 서둘렀다.

"일을 지체해서는 안 되니 지금 즉시 떠나겠소."

황개가 말했다.

"글은 이미 써 두었소."

글을 받은 감택은 그날 밤으로 어부로 가장하고 작은 배를 저어 북쪽 기슭을 향하여 떠났다. 그날 밤 따라 하늘에는 차가운 별들이 가득했다. 3경쯤 되자 조조군의 수채에 당도했다. 강을 돌며 순찰하던 군사들이 감택을 붙잡아 한밤중임에도 불구하고 조조에게 보고했다.

"혹시 첩자가 아니냐?"

군사가 대답했다.

"어부 한 사람뿐인데 자칭 동오의 참모 감택이라고 하면서 기밀 사항이 있어 승상을 뵈러 왔다고 합니다."

조조는 즉시 데려오라고 분부했다. 감택이 군사에게 이끌려 들어가니 군막에는 등촉이 휘황한데 조조는 안석에 기대어 위엄 있게 앉아 있었다. 조조가 물었다.

"너는 동오의 참모라면서 무얼 하러 이곳까지 왔느냐?"

감택은 대답하지 않고 엉뚱한 소리를 지껄였다.

"사람들이 조승상은 목마른 이가 물을 찾듯 간절히 훌륭한 인재를 구한다고 하더니 지금 묻는 것을 보니 소문과는 전혀 다르군. 황공복 자네는 또 생각을 잘못했네그려!"

조조가 듣고 다시 물었다.

"내가 동오와 더불어 아침저녁으로 전쟁을 하는 판에 네가 사사로

連環計之一
庚辰年
初夏 業燮 盦

섭웅 그림

이 이곳까지 왔는데 어찌 묻지 않는단 말이냐?"

감택이 대답했다.

"황공복은 3대를 모셔 온 동오의 오랜 신하인데 이번에 많은 장수들 앞에서 까닭 없이 주유에게 모진 매를 맞아 분을 이기지 못하고 있소이다. 그래서 승상께 투항하여 원수를 갚으려고 특별히 나에게 의논을 하더이다. 나는 공복과 혈육 같이 친하게 지내므로 대신 밀서를 바치려고 왔소이다. 승상께서는 받아 주시겠소이까?"

조조가 되물었다.

"글은 어디 있는가?"

감택은 글을 꺼내 바쳤다. 조조가 글을 펼쳐 들고 등잔 아래로 다가가 읽어 보니 사연은 대강 다음과 같았다.

개롭는 손씨의 두터운 은혜를 입었으니 두 마음을 품어서는 안 됩니다. 그러나 오늘의 형세를 논한다면 강동 여섯 군의 병졸로 중원의 백만 대군과 겨룬다는 것은 적은 무리로 많은 군사를 대적함이라, 이길 수 없음을 천하 사람들이 다 인정하는 바입니다. 동오의 장수와 관원들도 현명한 자나 어리석은 자를 막론하고 모두가 그 불가함을 알고 있습니다. 그런데 주유 어린놈은 천성이 편협하고 천박하며 우둔하여 자신의 재능만 믿고 계란으로 바위를 치려고 합니다. 게다가 제멋대로 위엄을 부려 죄 없는 사람이 형벌을 받는가 하면 공이 있어도 상을 받지 못하는 형편입니다. 이 개는 오랜 신하임에도 불구하고 까닭 없이 치욕을 당했으니 실로 원통하고 한스럽기 그지없습니다. 엎드려 듣자오니 승상께서는 사람을 성심으로 대하시며 흉금을 터놓고 인재를 받아들이신다 하더이다. 원컨대 이 개는 무리들을 거느리고 귀순하여 공을 세우고 수치를 씻고자 합니다. 군량과 말먹이 풀과 군수물자들은 배가 갈 때 함께 바치겠습니다. 피눈물을 흘리며 엎드려 사뢰오니 결코 의심하지 마소서.

조조는 글을 상 위에 놓고 십여 차례나 되풀이해서 이리저리 뜯어보았다. 그러더니 갑자기 상을 치며 눈을 부릅뜨고 무섭게 화를 냈다.

"황개가 고육계를 쓰는구나. 너를 시켜 거짓 항서를 바치게 하고 중간에서 일을 꾸미려는 것이로다! 감히 어디서 나를 농락하려는 것이냐?"

조조는 즉시 좌우에게 분부하여 감택을 끌어내어 목을 치게 했다. 곁에 있던 자들이 우르르 몰려와 감택을 둘러쌌다. 감택은 얼굴빛 하나 고치지 않고 하늘을 우러러 껄껄 웃어 제쳤다. 조조는 도로 끌고 오게 하여 꾸짖었다.

"내 이미 간계를 간파했거늘 너는 어찌하여 비웃느냐?"

감택이 대꾸했다.

"나는 당신을 비웃은 게 아니오. 사람을 알아볼 줄 모르는 황공복을 비웃었을 따름이오."

조조가 다시 물었다.

"어째서 그가 사람을 볼 줄 모른단 말이냐?"

감택이 귀찮다는 듯 소리쳤다.

"죽일 테면 죽일 것이지 무얼 그리 자꾸 캐묻는가?"

조조가 말했다.

"나는 어려서부터 병서를 많이 읽어 간교한 속임수들을 훤히 꿰뚫고 있다. 너희들의 이 계책은 다른 사람을 속일 수 있을지는 몰라도 어찌 나까지 속일 수 있겠느냐?"

감택이 반문했다.

"그럼 우선 글 속의 어느 일이 간계라는 것인지 어디 말해 보아라!"

조조가 대답했다.

"내 너희들의 허점을 밝혀내어 네가 죽어도 원망이나 없게 해주마. 너희들이 이미 진심으로 글을 바치고 투항하려 한다면 어째서 날짜를 분명하게 약속하지 않았단 말이냐? 지금 이러고도 무슨 할 말이 있느냐?"

그 말을 들은 감택은 껄껄 웃었다.

"당신은 그러고도 감히 병서를 깊이 읽었다고 자랑하는가? 어서 빨리 군사를 거두어 돌아가라! 이대로 싸우면 반드시 주유에게 사로잡힐 것이다! 이 무식한 무리야! 내가 네 손에 죽는 것이 애석하구나!"

조조가 물었다.

"어째서 내가 무식하다는 것이냐?"

감택이 내뱉었다.

"네가 임기응변의 계책도 모르고 도리에도 밝지 못한데 어찌 무식하지 않단 말이냐?"

"너는 그럼 내가 무엇을 잘못했는지 말해 보라."

감택이 대꾸했다.

"네가 인재를 대하는 예를 갖추지 않는데 내 굳이 무슨 말을 하겠느냐? 다만 죽음이 있을 뿐이다!"

조조가 응수했다.

"네 말에 일리가 있다면 내 당연히 승복할 것이다."

감택이 말했다.

"'주인을 배반하고 도적질을 하려면 기일을 정해서는 안 된다'는 말도 듣지 못했단 말이냐? 지금 날짜를 약속해 놓았다가 그 날짜에 미처 손을 쓰지 못하게 되었는데 이편에서 호응하러 온다면 일은 누설되고 말 것이다. 이런 일일수록 적당한 틈을 보아 실행해야 하는데 어떻게 미리 기일을 정한단 말인가? 네가 이런 이치도 모르면서 좋은 사람을 억울하게 죽이려 하니 참으로 배워먹지 못한 무리가 아니냐?"

이 말을 듣고 조조는 얼굴빛을 고치며 자리에서 내려와 잘못을 빌었다.

"내 사리에 밝지 못하여 존귀한 위엄을 거슬렀소이다. 마음에 두지 마시오."

감택도 말투를 고쳤다.

"나와 황공복은 어린아이가 부모를 그리워하듯이 마음을 기울여 투항하는 것입니다. 어찌 속임수가 있겠소이까?"

조조는 크게 기뻐했다.

"두 분이 큰 공을 세운다면 후일 벼슬을 받을 때 반드시 다른 사람의 윗자리에 있게 될 것이오."

감택이 말했다.

"우리는 벼슬이나 녹봉을 바라고 온 것이 아닙니다. 진실로 하늘의 뜻을 따르고 인심에 순응하려는 것뿐입니다."

조조가 술을 가져오라고 하여 감택을 대접했다.

조금 있으려니 한 사람이 군막으로 들어와 조조의 귀에 대고 무어라 가만히 소곤거렸다. 조조가 말했다.

"어디 편지를 한번 보자꾸나."

그 사람이 밀서를 받들어 올렸다. 조조가 살펴보더니 얼굴에 자못 희색을 띠었다. 감택은 속으로 생각했다.

'이는 필시 채중과 채화가 황개가 형벌을 받은 소식을 통보해 온 것일 게야. 조조는 우리가 항복한 게 진심임을 알고 좋아하는 모양 이다.'

조조가 감택에게 말했다.

"번거롭겠지만 선생께서 다시 강동으로 돌아가 황공복과 약속을 정하시오. 그래서 먼저 강을 건넌다는 소식을 통보해 주면 내가 군사 를 내어 호응하리다."

감택은 짐짓 회피했다.

"저는 이미 강동을 떠났으니 다시 돌아갈 수는 없습니다. 승상께 서 달리 밀사를 보내시기 바랍니다."

조조가 말했다.

"다른 사람이 갔다가는 일이 누설될 우려가 있소."

감택은 두 번 세 번 사양하다가 한참이 지나서야 마지못해 대답 했다.

"만일 가야 한다면 감히 오래 머물 수가 없습니다. 당장 떠나겠습 니다."

조조가 황금과 비단을 내렸으나 감택은 받지 않았다. 조조에게 하 직하고 영채를 나와서 다시 조각배를 저어 강동으로 돌아갔다. 황개 를 만난 감택은 지난 일을 자세히 이야기했다. 황개가 말했다.

"공의 능란한 구변이 아니었다면 내가 고통을 당한 것도 헛일이 될 뻔했구려."

감택이 말했다.

"내가 이번에는 감녕의 영채로 가서 채중과 채화의 소식을 알아볼까 하오."

"그거 참 좋은 생각이오."

감택이 영채에 이르자 감녕이 맞아들였다. 감택이 먼저 입을 열었다.

"장군께서 어제 황공복을 구하려다가 주공근에게 욕을 당한 것을 보니 내 마음도 몹시 편치 못하외다."

감녕은 빙그레 웃을 뿐 대답하지 않았다. 두 사람이 한창 이야기를 나누고 있는데 마침 채화와 채중이 들어왔다. 감택이 감녕에게 눈짓을 하자 감녕은 즉시 그 뜻을 알아차리고 말했다.

"주공근은 자기 재능만 믿고 우리는 안중에도 없소. 내 이번에 욕을 당하고 나니 강동 사람들 보기가 부끄럽구려."

말을 마치고는 이를 갈아 부치고 손으로 상을 내리치며 소리까지 버럭 질렀다. 감택은 또 짐짓 감녕의 귀에 입을 대고 무어라 속삭이는 시늉을 했다. 그러자 감녕은 고개를 떨어뜨린 채 말없이 몇 차례 긴 한숨만 내쉬었다. 채화와 채중은 감택과 감녕에게 다들 모반할 뜻이 있음을 알고 슬쩍 떠보았다.

"장군께선 무슨 까닭으로 그처럼 번뇌하시며 선생께선 또 무슨 불평이 있으십니까?"

감택이 대꾸했다.

"우리 마음속의 괴로움을 그대들이 어찌 알겠나?"

채화가 또 물었다.

"혹시 동오를 배반하고 조조에게 투항하려는 게 아닙니까?"

그 말에 감택은 얼굴빛이 확 변하고 감녕은 검을 쑥 뽑아 들고 자리에서 일어났다.

"우리 일을 이미 눈치 챘으니 너희들을 죽여 입을 막지 않을 수가 없다!"

채화와 채중이 당황해서 손을 내저었다.

"두 분께선 걱정하지 마십시오. 저희들도 마음속 일을 고하겠습니다."

감녕이 재촉했다.

"속히 말하라!"

채화가 실토했다.

"저희 두 사람은 조공의 분부를 받고 거짓으로 항복한 것입니다. 두 분께 귀순하실 마음이 있으시다면 저희가 인도해 드리겠습니다."

감녕이 물었다.

"자네 말이 진실인가?"

두 사람이 동시에 대답했다.

"어찌 감히 속이겠습니까!"

감녕은 짐짓 기뻐하는 체하며 말했다.

"만약 그렇다면 이것은 하늘이 도우신 것이로다!"

채씨 형제가 공치사를 했다.

"황공복과 장군께서 욕을 당하신 일을 저희가 이미 조승상께 알려 드렸습니다."

감택도 자기가 한 일을 알려 주었다.

"나도 이미 황공복을 위해 승상께 항서를 바치고 왔소. 이제 특별히 홍패興霸(감녕의 자)를 만나 함께 투항하기로 약속하는 것이오."

감녕도 거들었다.

"대장부가 이미 밝은 주인을 만났으니 마땅히 마음을 다하여 섬겨야 하오."

이에 네 사람은 한자리에 앉아서 술을 마시며 함께 마음속 일을 상의했다. 채씨 형제는 즉시 이런 사실을 편지로 적어 조조에게 보고했다.

감녕이 저희들과 내응하기로 했습니다.

감택도 따로 편지를 써서 사람을 시켜 비밀리에 조조에게 보고했다.

황개는 가고 싶어 하지만 아직 기회를 잡지 못하고 있습니다. 뱃머리에 청룡아기靑龍牙旗를 꽂은 배가 가면 그가 바로 황개입니다.

조조는 연거푸 두 통의 글을 받고 보니 의혹이 생겼다. 마음을 정하지 못한 그는 여러 모사들을 모아 상의했다.

"강동의 감녕은 주유에게 모욕을 당하고 내응하겠다고 하고 황개는 매질을 당하고 감택을 시켜 항서를 보내왔으나 곧이곧대로 믿을 일이 못 되오. 누가 주유의 영채로 들어가서 확실한 사실을 탐지해 오겠소?"

장간이 나서며 말했다.

"저는 전날 동오로 갔다가 공도 이루지 못하고 돌아와서 부끄럽기 짝이 없습니다. 이번에 목숨을 걸고 다시 가서 반드시 확실한 내용을 알아 와서 승상께 보고 드리겠습니다."

조조는 크게 기뻐하며 즉시 장간에게 배에 오르라고 했다. 작은 배를 타고 곧바로 강남의 수채에 이른 장간은 사람을 시켜 자기가 온 것을 알리게 했다. 주유는 장간이 다시 왔다는 말을 듣자 매우 기뻐했다.

"우리의 성공 여부는 오로지 이 사람에게 달려 있구나!"

그러고는 노숙에게 당부했다.

"방사원龐士元에게 나를 위해 이러저러하게 해 달라고 부탁해 주시오."

양양 사람 방통龐統은 자가 사원士元인데 난리를 피해 강동에 거주하고 있었다. 노숙이 일찍이 그를 주유에게 천거했으나 방통이 미처 주유를 찾아가지 못하고 있었는데, 주유가 먼저 노숙을 보내 방통에게 계책을 물은 적이 있었다.

"조조를 깨뜨리려면 어떤 계책을 써야 할까요?"

방통이 비밀리에 노숙에게 답해 주었다.

"조조의 군사를 격파하려면 반드시 화공을 써야 하오. 그러나 큰 강에서는 배 하나에 불이 붙으면 나머지 배들은 사방으로 흩어질 것이니 배들을 한군데 고정시키는 '연환계連環計'를 써야 공을 이룰 수 있을 것이오."

노숙이 이 말을 주유에게 알렸다. 주유는 그 논리에 깊이 탄복하며 노숙에게 말했다.

"나를 위해 이 계책을 행할 사람은 방사원밖에 없소."

노숙이 걱정했다.

"조조가 그토록 간교하고 교활한데 어떻게 강북으로 간단 말입니까?"

이 말에 주유는 주저하며 결단을 내리지 못했다. 이모저모로 궁리했지만 기회를 찾지 못하고 있던 차에 갑자기 장간이 다시 왔다는 보고를 받은 것이었다. 주유는 대단히 기뻐하며 방통에게 계책을 실행하라고 부탁하는 한편 군막에 앉은 채로 사람을 시켜 장간을 들여보내게 했다. 장간은 주유가 직접 나와 영접하지 않는 것을 보자 의심스럽고 불안한 마음이 들었다. 타고 온 배를 후미지고 조용한 기슭에다 매어 두라고 이른 다음 영채로 들어가서 주유를 만났다. 주유는 노기를 띤 채 말했다.

"자익은 무슨 까닭으로 나를 그토록 심하게 속였는가?"

장간은 웃음을 지으며 물었다.

"나는 자네와 형제처럼 지내던 옛날을 생각하고 일부러 마음속의 일을 털어놓으려고 찾아왔는데 속였다니 그게 무슨 말씀인가?"

주유가 말했다.

"자네가 나를 항복시키려 설득하러 왔다면 바다가 마르고 돌이 문드러지기 전에는 아니 될 것일세. 지난번에 나는 옛날의 정을 생각해서 모처럼 자네와 취하도록 마시고 한 침상에서 자기까지 했는데 자네는 도리어 내 사사로운 글을 훔쳐 인사도 없이 떠나지 않았는가? 그래서 돌아가 조조에게 일러바쳐 채모와 장윤을 죽이는 바람에 내 일을 낭패시켜 놓지 않았는가? 그런데 오늘 다시 아무 까닭 없이 또 왔으니 틀림없이 좋은 뜻을 품지는 않았을 게 아닌가? 내 만일 옛정을 생각하지 않았다면 단칼에 두 동강을 내고 말았을 것일세. 내 본

심은 자네를 바로 돌려보내고 싶지만 내 하루 이틀 사이에 조가 놈을 깨뜨릴 작정이니 어찌 그렇게 하겠나? 그렇다고 해서 자네를 군중에 묵게 하면 틀림없이 또 기밀이 누설되고 말겠지……."

즉시 좌우에게 분부했다.

"자익을 서산의 암자로 모시고 가서 편히 쉬게 하라! 내가 조조를 깨뜨린 뒤에 자네를 강 건너로 보내드리겠네. 그래도 늦을 것은 없겠지."

장간이 다시 입을 열어 무언가 말을 하려고 했다. 그러나 주유는 어느새 막사 뒤로 들어가고 말았다. 주유의 측근들이 말을 끌어다 장간을 태우더니 서산 뒤의 조그마한 암자로 데려다가 쉬게 했다. 그러고는 병졸 둘을 배치하여 시중을 들게 했다. 암자에 있게 된 장간은 근심스럽고 답답하여 입맛이 떨어지고 잠도 오지 않았다. 이날 밤은 하늘 가득 별들이 반짝거렸다. 홀로 암자를 나가 뒷길을 걷고 있노라니 문득 글 읽는 소리가 들렸다. 소리를 따라 찾아가 보니 바위 곁에 초가 몇 간이 있는데 그 안에서 불빛이 흘러나왔다. 장간이 암자로 다가가 가만히 들여다보니 웬 사람이 검을 걸어 놓고 등불 앞에서 손오병서孫吳兵書*를 낭랑하게 읽고 있었다. 장간은 속으로 생각했다.

'이는 틀림없이 이인異人일 것이야.'

장간이 문을 두드리며 만나기를 청했다. 그 사람이 문을 열고 나와서 맞이하는데 풍채가 속되지 않았다. 장간이 이름을 묻자 그 사람이 대답했다.

"이름은 방통이고 자를 사원이라 하오."

---

*손오병서 | 손무孫武와 오기吳起의 병서. 두 사람 다 고대의 걸출한 군사 전략가.

連環計之二

섭웅 그림

장간이 다시 물었다.

"그렇다면 혹시 봉추鳳雛선생이 아니신가요?"

방통이 대답했다.

"그러하오."

장간은 반가웠다.

"큰 명성을 들은 지는 오래입니다. 어찌하여 이런 벽촌에 계십니까?"

방통이 대답했다.

"주유가 자신의 재주만 믿고 남을 용납하지 못하므로 이곳에 숨어삽니다. 공은 대체 누구시오?"

"저는 장간이라고 합니다."

방통은 장간을 초옥으로 맞아들여 함께 앉아서 흉금을 털어놓았다. 장간이 권했다.

"공의 재주로야 어디를 가시든 이롭지 않겠습니까? 조공께 가실 의향이 있으시다면 제가 길을 인도해 드리리다."

방통이 대답했다.

"나 역시 강동을 떠나려고 한 지는 오래외다. 공께서 인도해 주실 생각이라면 지금 당장 함께 떠납시다. 지체하다가 주유가 알게 되면 반드시 해를 입을 것이오."

이에 방통은 장간과 함께 그 밤으로 산을 내려왔다. 장간은 강변에 이르러 원래 타고 온 배를 찾아서 나는 듯이 노를 저어 강북으로 돌아갔다.

조조의 영채에 당도하자 장간이 먼저 들어가서 지난 일을 자세히 설명했다. 봉추선생이 왔다는 말을 들은 조조는 몸소 장막에서 나와 그를 맞아들였다. 손님과 주인이 자리를 나누어 앉자 조조가 먼저 물었다.

"주유는 나이가 어려 자신의 재주만 믿고 남을 업신여기며 좋은 계책도 쓰려고 하지 않을 것이오. 이 조조가 선생의 큰 이름을 들은 지는 오래되었소이다. 오늘 이처럼 찾아 주셨으니 부디 아낌없는 가르침을 부탁드리오이다."

방통이 침착하게 말했다.

"제가 평소에 듣기로는 승상께서 군사를 부리는 데 법도가 있다고 하더이다. 어디 한번 군사들의 위용을 보고 싶소이다."

조조는 말을 준비하라고 이르더니 방통을 청해 우선 육상 영채를 보러 갔다. 방통은 조조와 말머리를 가지런히 하고 높은 곳으로 올라가 관망했다. 이윽고 입을 열었다.

"산과 숲을 의지하고 앞뒤가 서로 돌보며 나가고 들어감에 문이 있고 나아가고 물러섬에 곡절이 있으니 비록 손무와 오기가 다시 살아나고 양저穰苴*가 다시 세상에 나올지라도 이보다 나을 수는 없겠군요."

조조가 말했다.

"과찬이십니다. 그러지 마시고 가르침을 주시오."

조조와 방통이 이번에는 수채를 보러 갔다. 수상 영채는 남쪽을 향하여 24개의 문을 냈는데 각각 몽동과 전선들을 늘어 세워 성곽으로 삼았고 그 안에 작은 배들을 숨겨 놓았다. 오고 가는 데는 길이 있고 출동하거나 매복하는 데는 순서가 있었다. 방통이 웃으며 말했다.

---

*양저ㅣ춘추시대 제齊나라의 군사 전략가. 성은 전田씨. 사마司馬 벼슬을 역임하여 사마양저라고도 한다.

"승상께서 군사를 부리심이 이러하시니 과연 명불허전名不虛傳이로소이다!"

그러고는 강남을 가리키며 소리쳤다.

"주랑! 주랑! 네가 망할 날도 머지않았구나!"

조조는 대단히 기뻤다. 영채로 돌아오자 방통을 막사 안으로 청해 들여 함께 술을 마시면서 군사 전략에 관한 이야기를 나누었다. 방통이 고담준론高談峻論을 펴며 물 흐르듯 응답하는 것을 보자 조조는 깊이 탄복하고 공경하면서 더욱 정성껏 대접했다. 방통은 짐짓 취한 척하면서 물었다.

"감히 묻겠습니다만 군중에 훌륭한 의원은 있는지요?"

조조가 의원이 무슨 소용이냐고 묻자 방통이 대답했다.

"수군들에게 병이 많을 것이니 반드시 용한 의원에게 치료를 받아야지요."

이때 조조의 군사들은 풍토와 물이 몸에 맞지 않아 먹은 것을 토하며 죽는 자가 많았으므로 조조가 이 일을 근심하고 있던 중이었다. 이런 판에 방통의 말을 들었으니 어찌 묻지 않을 수 있겠는가? 조조의 물음에 방통이 대답했다.

"승상께서 수군을 조련하시는 방법은 심히 묘하오나 아쉽게도 완벽하지는 못합니다."

조조가 두 번 세 번 방법을 묻자 그제야 방통이 대답했다.

"저에게 한 가지 대책이 있는데 그대로만 하시면 대소 수군들이 병에 걸리지 않고 안전하게 공을 이룰 수 있을 것입니다."

조조가 크게 기뻐하여 묘책을 묻자 방통이 대답했다.

"큰 강 가운데는 조수가 밀려들고 나가며 풍랑이 그칠 사이가 없습

連環計之四
庚辰初夏 葉雄畫

섭웅 그림

니다. 북방 군사들은 배에 익숙지 못하므로 배가 출렁거리기만 해도 병이 나는 것입니다. 만약 큰 배와 작은 배를 서로 맞추어 혹은 30척을 한 줄로 혹은 50척을 한 줄로 해서 이물과 고물을 쇠사슬로 이어 놓고 그 위에 널빤지를 깔면 사람이 지나다니는 것은 말할 것도 없고 말도 달릴 수 있을 것입니다. 이런 배를 타고 나간다면 제 아무리 풍랑이 일고 조수가 오르내린들 두려울 게 무엇이겠습니까?"

이 말을 들은 조조는 자리에서 내려와 감사했다.

"선생의 훌륭한 계책이 아니라면 어떻게 동오의 군사를 깨뜨릴 수 있겠소이까?"

방통은 겸손하게 말했다.

"어리석고 천박한 소견이니 승상께서 직접 헤아려 결정하시기 바랍니다."

조조는 즉시 명령을 하달하고 군중의 대장장이들을 불러 밤낮을 가리지 말고 쇠고리를 이어 사슬을 만들고 큰못을 쳐서 선박들을 서로 잇게 했다. 모든 군사들은 이 소식을 듣고 다들 기뻐했다. 후세 사람이 지은 시가 있다.

적벽강 격전에서 화공책 쓴다는 건 /
공명과 주유 둘 다 계산이 같았네. //
허나 만일 방통의 연환계 없었던들 /
주유 어찌 큰 공 세울 수 있었으리.
赤壁鏖兵用火功, 運籌決策盡皆同. 若非龐統連環計, 公瑾安能立大功.

방통이 다시 조조에게 말했다.

1176

"제가 보건대 강동의 호걸들 중에는 주유에게 원한을 품고 있는 자가 많습디다. 제가 승상을 위해 세 치 혀끝을 놀려 그들이 모두 항복하러 오도록 달래 보겠습니다. 그러면 주유는 고립무원孤立無援이 되어 반드시 승상께 사로잡힐 것입니다. 주유가 격파되고 나면 유비는 아무 것도 아닙니다."

조조가 말했다.

"선생께서 과연 그처럼 큰 공을 세우신다면 이 조조가 천자께 아뢰어 삼공三公의 반열에 오르도록 해 드리겠소."

방통이 대답했다.

"저는 부귀를 바라는 것이 아니라 오직 만백성을 구하려는 것뿐입니다. 승상께서는 강을 건너신 뒤 삼가 백성들을 죽이거나 해하지 말아 주십시오."

조조가 말했다.

"내가 하늘을 대신해 도를 행하는 터에 어찌 차마 백성들을 살육하겠소이까?"

방통은 조조에게 절을 올리며 자신의 종족을 보호할 수 있는 방문榜文을 한 장 써 달라고 청했다. 조조가 물었다.

"선생의 가솔은 지금 어디에 사시오?"

"바로 강변에 살고 있습니다. 승상의 방문을 얻으면 목숨을 보전할 수 있을 것입니다."

조조는 즉시 측근에게 명하여 방문을 쓰게 한 다음 손수 수결手決을 하여 방통에게 주었다. 방통은 절을 올려 감사하고 나서 말했다.

"제가 떠난 다음 속히 진병하십시오. 주랑이 알아챌 때까지 기다려서는 안 됩니다."

조조는 그 말을 옳게 여겼다.

방통이 조조에게 작별하고 강변에 이르러 막 배에 오르려 할 때였다. 갑자기 도포를 입고 대나무로 엮어 만든 관을 쓴 사람 하나가 기슭에서 쑥 나오더니 방통을 덥석 잡았다.

"너무도 대담하구나! 황개는 고육계를 쓰고 감택은 거짓 항서를 바치더니 너는 또 와서 연환계를 올리는구나. 그저 깡그리 다 태워 죽이지 못해서 안달이로구나! 너희들이 그런 독수毒手를 뻗쳐 조조를 속일 수 있을지는 몰라도 결코 나를 속이지는 못하리라!"

방통은 얼마나 놀랐던지 그만 혼백이 하늘로 다 흩어지는 듯했다. 바로 다음 대구와 같다.

동남에서 이긴다고 함부로 말하지 말라 /
서북에는 사람이 없다고 누가 이르더냐?
莫道東南能制勝　誰云西北獨無人

과연 이 사람은 누구인가, 다음 회를 보라.

48

장강의 밤잔치

장강에서 잔치 열어 조조는 시를 짓고
전선을 묶어 놓고 북군은 무력을 쓰다
宴長江曹操賦詩 鎖戰船北軍用武

방통이 깜짝 놀라 급히 되돌아보니 그 사람은 바로 서서였다. 방통은
옛 친구를 알아보고 비로소 놀란 가슴이 진정되었다. 좌우를 둘러보
니 아무도 보는 사람이 없었다. 방통이 입을 열었다.

"자네가 나의 계책을 깨뜨린다면 애석하게도 강남 81주 백성
들을 자네가 다 죽이는 것일세!"

서서가 웃으며 응수했다.

"그럼 이곳에 있는 83만 인마의 목숨은 어떻
게 한단 말인가?"

방통은 뜨악했다.

"원직, 정말 나의 계책을 못 쓰게 만들 작정
인가?"

서서가 진심을 토로했다.

"나는 유황숙의 두터운 은혜에 보답할
생각을 잊은 적이 없네. 조조는 나의 어

머님을 돌아가시게 한 자이므로 그를 위해서는 평생토록 한 가지 계책도 내지 않겠다는 말까지 한 적이 있네. 그런데 지금 와서 어찌 형의 훌륭한 계책을 망칠 리가 있겠는가? 다만 나 역시 이곳에서 종군하고 있는 형편이라 전쟁에서 패한 뒤에는 옥석을 가리지 않을 것이니 어떻게 난을 피할 수 있겠는가? 그대가 나에게 몸을 빼낼 술책만 가르쳐 준다면 나는 즉시 입을 다물고 멀리 피하겠네."

랑승문 그림

방통이 웃으며 말했다.

"원직, 자네 같이 높고 원대한 식견을 가진 사람이 이만한 일로 무얼 그리 어려워한단 말인가?"

서서가 부탁했다.

"원컨대 선생께서 가르침을 내려 주시게."

방통은 서서의 귓가에 입을 대고 몇 마디 일러 주었다. 듣고 난 서서는 크게 기뻐하며 절을 올려 사례했다. 서서와 작별한 방통은 배에 올라 강동으로 돌아갔다.

한편 서서는 그날 밤으로 은밀히 측근들을 시켜 각 영채를 돌아다니며 헛소문을 퍼뜨리게 했다. 이튿날이 되자 영채 안에는 장병들이 삼삼오오 모여 앉아 서로 머리를 맞대고 귀엣말로 수군대기 시작했다. 일찌감치 염탐꾼이 이 일을 탐지하여 조조에게 보고했다.

"서량주의 한수와 마등이 반란을 꾀하여 허도로 쇄도한다는 소문이 군중에 떠돌고 있습니다."

크게 놀란 조조는 급히 모사들을 모아 의논했다.

"내가 군사를 이끌고 남정하면서 유일한 걱정거리가 한수와 마등이었소. 군중에 떠도는 소문이 진실인지 거짓인지는 판단할 수 없으나 방비를 하지 않을 수는 없소."

말이 미처 끝나기도 전에 서서가 나서며 말했다.

"이 서는 승상께서 거두어 주신 은혜를 입었지만 한스럽게도 아직 한 치의 공을 세워 보답한 적이 없습니다. 청컨대 3천 명의 인마만 주시면 밤을 무릅쓰고 산관散關으로 달려가 요충지를 지키겠습니다. 긴급한 일이 생기면 다시 보고 드리겠습니다."

조조가 기뻐했다.

"만약 원직이 가 준다면 내가 마음을 놓을 수 있겠소. 산관에도 군사들이 있으니 공이 그들까지 통솔토록 하시오. 지금 기병과 보병 3천 명을 줄 테니 장패藏霸를 선봉으로 삼아 밤낮을 가리지 말고 달려가도록 하시오. 지체해서는 아니 되오."

서서는 조조에게 하직을 고하고 장패와 함께 즉시 길을 떠났다. 이것이 바로 방통이 서서를 구해 준 계책이었다. 후세 사람이 지은 시가 있다.

남쪽 정벌 나선 조조 날마다 걱정한 건 /
마등과 한수가 전쟁 일으킬 일이었다네. //
봉추가 한마디 서서 위해 가르쳐 주자 /
물고기처럼 유유히 낚시 바늘 벗어나네.
曹操征南日日憂, 馬騰韓邃起戈矛. 鳳雛一語敎徐庶, 正似遊魚脫釣鉤.

조조는 서서를 보내고 나자 마음이 조금 안정되었다. 그래서 즉시 말을 타고 강 연안의 육상 영채부터 둘러본 다음 다시 수군 영채를 돌아보았다. '수帥' 자 기를 세운 중앙의 큰 배 위에 오르니 양옆으로 수군 영채들이 늘어섰는데 선상에는 활과 쇠뇌 1천 벌을 매복해 놓았다. 조조는 그곳에 머물렀다. 때는 바로 건안 13년(208년) 겨울 11월 보름날이었다. 날씨는 맑고 바람이 일지 않아 물결도 잔잔했다. 조조가 영을 내렸다.

"큰 배 위에 주안상을 차리고 풍악을 준비하라. 내 오늘 밤 여러 장수들과 연회를 베풀겠노라."

날이 저물자 동산 위에 달이 떠올라 대낮처럼 훤하게 비추었다. 장강 일대는 마치 하얀 비단을 펼쳐 놓은 것 같았다. 조조가 큰 배 위에 좌정하니 좌우에서 시중들며 모시는 사람 수백 명이 모두들 비단옷과 수놓은 저고리 차림으로 과戈를 메고 극戟을 든 채 늘어섰다. 문무 관원들은 각기 벼슬의 순서에 따라 자리를 잡고 앉았다. 조조가 바라보니 남병산南屛山의 경치가 그림처럼 아름다웠다. 동쪽으로는 시상 경계를 바라보고 서쪽으로는 하구의 강을 둘러보며 남으로는 번산樊山을 바라보고 북쪽으로는 오림烏林을 살펴보아도 어느 곳 하나 막힌 데 없이 사면이 탁 트여 광활했다. 그는 즐거운 마음으로 관원들을 돌아보며 말했다.

"내가 의로운 군사를 일으킨 이래 국가를 위해 흉악한 무리와 해로운 자들을 제거하여 사해를 깨끗이 쓸고 천하를 평정하기로 맹세했는데 아직 평정하지 못한 곳은 강남뿐이오. 내 이제 백만이나 되는 웅병을 거느렸고 더욱이 명령에 따라 움직여 주는 여러분이 있으니 어찌 공을 이루지 못할까 걱정하겠소? 강남을 항복 받은 다음에는 천하에 일이 없을 터이니 여러분과 더불어 부귀를 누리며 태평세월을 즐겼으면 하오."

문관과 무장이 모두 일어나서 감사를 표했다.

"바라건대 하루 빨리 개선가를 울리소서! 저희들은 평생토록 승상의 크나큰 은택을 입고자 하옵니다."

조조는 크게 기뻐하면서 측근에게 명하여 술잔을 돌리게 했다. 한밤중까지 술을 마신 조조는 술기운이 거나해지자 손을 들어 멀리 남쪽 기슭을 가리키며 말했다.

"주유 노숙! 너희들은 천시를 모르는구나! 지금 요행히 나에게 투항하는 사람이 생겨 저들에게는 심복지환이 되고 있으니 이는 하늘이 나를 도우시는 것이로다."

순유가 귀띔했다.

"승상께서는 그런 말씀을 마십시오. 누설되지나 않을까 두렵습니다."

조조는 껄껄 웃으며 말했다

"자리에 앉은 여러분과 가까이서 시중드는 사람들이 모두 나의 심복들인데 말을 한들 무엇이 구애된단 말이오?"

그러고는 다시 하구 쪽을 가리키며 비웃었다.

"유비, 제갈량! 너희들은 땅강아지나 개미 같은 힘을 스스로 요량하지 못하고 감히 태산을 흔들려고 하다니 어찌 그리도 어리석단 말이냐?"

조조는 그래도 성이 차지 않은 듯 여러 장수들을 돌아보며 말했다.

"내 나이 금년에 쉰네 살이오. 만약 강남을 얻는다면 은근히 기쁜 일이 하나 있소. 지난날 교공과 나는 지극히 뜻이 맞았는데 그의 두 딸이 모두 나라를 망하게 할 만한 미모를 가졌다는 사실을 아오. 그런데 뒷날 뜻밖에도 손책과 주유에게 시집을 갔다는구려. 그러나 내 이제 새로이 장수 가에다 동작대를 세웠으니 강남을 얻는 날에는 두 교씨를 데려다가 동작대 위에 두고 만년을 즐길 생각이오. 내 소원은 그것으로 족할 것이오."

말을 마친 조조는 너털웃음을 웃었다. 당唐나라 시인 두목지杜牧之가 지은 시가 있다.

부러진 창 모래에 묻혔으나 쇠 아직 삭지 않아 /

1184

송옥린 그림

화삼천 그림

스스로 갈고 씻어 보니 삼국의 유물임을 알겠네. //

동풍이 불어와 주랑의 편을 들어주지 않았다면 /

동작대 봄 깊어 갈 때 강동 이교는 갇혔으리라.

折戟沈沙鐵未銷, 自將磨洗認前朝. 東風不與周郞便, 銅雀春深鎖二喬.

조조가 한창 웃고 떠들며 이야기하고 있을 때였다. 별안간 까마귀가 남쪽으로 날아가며 울었다. 조조가 물었다.

"저 까마귀는 어찌하여 밤에 우는가?"

측근들이 대답했다.

"달이 너무 밝아 까마귀가 날이 샌 줄 착각하고 나무를 떠나 우는 것입니다."

조조는 또 한번 껄껄 웃었다. 이때 이미 취한 조조는 삭槊(긴 창)을 들고 뱃머리에 우뚝 서서 강물에 술을 뿌려 신에게 고한 다음 석 잔을 가득히 따라 마셨다. 그러고는 삭을 비스듬히 들고 여러 장수들에 말했다.

"내가 이 삭을 들고 황건적을 깨뜨리고 여포를 사로잡고 원술을 멸하고 원소를 굴복시키고 북쪽 변경으로 깊숙이 들어가고 요동까지 이르며 천하를 종횡했으니 이만하면 자못 대장부의 뜻을 폈다고 할 수 있으리라. 지금 이 경치를 대하고 보니 감정이 북받치는구나. 내 지금 노래를 지어 부를 터이니 그대들은 화답하도록 하라."

그러고는 노래를 지어 불렀다.

술 대하고 노래하나니 / 우리 인생 얼마나 되랴. //

비유컨대 아침 이슬 / 가 버린 날이 너무도 많네.

노래 소리 높여 보지만 / 근심 걱정 못 잊겠네. //
무엇으로 시름 풀거나 / 오직 술이 있을 뿐이로다.

푸르고 푸른 선비들 옷깃 / 느긋해지는 나의 마음. //
오직 그대 위하는 까닭에 / 지금도 나직이 읊조리네.

유유하며 우는 사슴 / 들판의 쑥을 뜯는구나. //
훌륭하신 손님이 와서 / 비파 뜯고 생황 부노라.

희고 밝은 달과 같아 / 어느 때나 그칠 건가. //
근심이 찾아오면 / 끊어 버릴 수가 없네.

논길 넘고 밭길 건너 / 서로 만나 인사하네. //
오랜만에 회포 풀며 / 옛정을 마음에 그리네.

달은 밝고 별 드문데 / 까막까치 남으로 나네. //
나무 둘레 세 바퀴 돌아도 / 앉을 만한 가지가 없네.

산은 높기를 마다 않고 / 바다는 깊기를 싫다 않네. //
주공처럼 인재 대하면 / 천하의 인심 돌아오리.

對酒當歌, 人生幾何; 譬如朝露, 去日苦多.

慨當以慷, 憂思難忘; 何以解憂, 惟有杜康.

靑靑子衿, 悠悠我心; 但爲君故, 沈吟至今.

呦呦鹿鳴, 食野之苹; 我有嘉賓, 鼓瑟吹笙.

진전승 그림

皎皎如月, 何時可輟; 憂從中來, 不可斷絶!

越陌度阡, 枉用相存; 契闊談宴, 心念舊恩.

月明星稀, 烏鵲南飛; 繞樹三匝, 無枝可依.

山不厭高, 水不厭深; 周公吐哺, 天下歸心.

조조가 노래를 마치자 여러 사람이 화답하며 모두 함께 즐겁게 웃었다. 별안간 자리에서 한 사람이 나서며 말했다.

"대군이 서로 맞서고 장수와 군사들이 목숨을 바치려고 하는 시점에 승상께서는 어찌하여 그처럼 불길한 말씀을 하십니까?"

조조가 보니 바로 양주 자사揚州刺史로 있는 패국沛國 상상相 사람 유복劉馥이었다. 유복은 자가 원영元穎으로 합비合淝를 자립시켜 주州의 치소로 만들고 난리 통에 도망가고 흩어진 백성들을 모아 학교를 세우며 둔전屯田을 넓히는가 하면 정치와 교화를 폈다. 그는 오랫동안 조조를 섬기며 많은 공을 세우기도 했다. 조조가 삭을 가로든 채 물었다.

"내 말의 어디가 불길하단 말이오?"

유복이 대답했다.

"'달은 밝고 별 드문데 까막까치 남으로 나네. 나무 둘레 세 바퀴 돌아도 앉을 만한 가지가 없네'라고 하신 부분이 불길한 말씀입니다."

이 말을 들은 조조는 벌컥 화를 냈다.

"네 어찌 감히 나의 흥을 깨뜨리느냐?"

조조의 손이 번쩍 올라가더니 한창에 유복을 찔러 죽여 버렸다. 여러 사람이 모두 소스라치게 놀라고 마침내 잔치도 파하고 말았다. 이

틀날 술이 깬 조조는 몹시 후회했다. 유복의 아들 유희劉熙가 아비의 시신을 수습하여 고향으로 돌아가 장사를 지내게 해 달라고 청하자 조조는 울면서 허락했다.

"내 어제 술김에 너의 아비를 잘못 죽인 일이 후회스럽기 그지없구나. 삼공三公의 예를 갖추어 후히 장례를 치르도록 하여라."

그러고는 군사들에게 유복의 영구를 호송토록 하고 그날로 고향으로 돌아가 장사를 지내게 했다.

이튿날 수군 도독 모개와 우금이 조조의 군막에 와서 청을 올렸다.

"크고 작은 선박들을 이미 모두 쇠사슬로 연결하여 고정시켜 놓았고 깃발과 전투 기구들도 모두 갖추어 놓았습니다. 승상께서는 출동을 명하시고 날짜를 정해 진군토록 하소서."

조조는 수군 중앙에 있는 큰 전함 위에 자리를 잡고 앉아 장수들을 불러 모아 각기 명령을 수령토록 했다. 수군과 육군은 각각 다섯 색상의 깃발로 나누어 표시했다. 수군을 보면 중앙의 누런 깃발은 모개와 우금이요 전군의 붉은 깃발은 장합이며 후군의 검은 깃발은 여건이요 좌군의 푸른 깃발은 문빙이며 우군의 흰 깃발은 이통李通이 지휘하도록 했다.

기병과 보병을 보면 전군의 붉은 깃발은 서황이요 후군의 검은 깃발은 이전이며 좌군의 푸른 깃발은 악진이요 우군의 흰 깃발은 하후연이 지휘하도록 했다. 물과 뭍의 군사들을 뒷받침하며 호응하는 임무를 맡은 수륙로 도접응사水陸路都接應使는 하후돈과 조홍이요 이리저리 오가며 전투를 감독하는 임무를 맡은 호위왕래 감전사護衛往來

監戰使는 허저와 장료였다. 그 밖의 사납고 날랜 장수들도 각각 적당한 대오에 넣었다.

명령이 떨어지자 수군 영채에서는 세 바탕의 북소리가 울리고 각 대오의 전투선들이 영채의 문을 열고 나왔다. 이날은 서북풍이 몰아쳤다. 각 전투선들은 돛을 높이 올리고 거센 파도를 헤치면서 나아가는데 편안하기가 마치 평지에 있는 것과 같았다. 북쪽에서 온 군사들은 선상에서 이리 뛰고 저리 뛰면서 용맹스럽게 창을 찌르고 칼을 휘둘렀다. 전후좌우 각 군의 깃발들도 전혀 섞이지 않았다. 또한 작은 배 50척은 각 대오 사이로 오가며 순찰을 돌고 훈련을 독려하며 재촉했다. 조조는 전투를 지휘하는 장대將臺에 올라 군사들이 조련하는 광경을 바라보고 속으로 크게 기뻐했다. 이것이야말로 틀림없

조지전 그림

이 이길 방도라고 생각했다. 그리하여 각기 돛을 거두고 차례에 따라 영채로 돌아가라는 명령을 내렸다.

군무를 처리하던 조조는 여러 모사들에게 말했다.

"만약 하늘이 명을 내려 나를 돕는 것이 아니라면 어찌 봉추의 묘계를 얻었겠소? 쇠사슬로 배들을 이어 놓으니 과연 강 건너는 것이 평지를 밟듯 평탄하구려."

정욱이 염려했다.

"배를 모두 사슬로 연결해 놓으니 참으로 안정되기는 합니다만 만에 하나 저들이 화공을 쓰면 피하기가 어려울 것입니다. 방비를 하지 않을 수 없습니다."

조조가 크게 웃으며 대꾸했다.

"정중덕仲德(정욱의 자)이 비록 멀리 내다보는 안목은 있지만 아직 살피지 못한 부분이 있구려."

순유가 정욱의 말을 거들었다.

"중덕의 말씀이 매우 옳은데 승상께서는 무슨 까닭으로 웃으십니까?"

조조가 대답했다.

"무릇 화공을 쓰려면 반드시 바람의 힘을 빌려야 하오. 그러나 지금은 엄동설한이니 오직 서풍과 북풍이 있을 뿐 동풍이나 남풍이 불리 없소. 우리는 서북쪽 상류에 있고 저쪽 군사는 다들 남쪽 기슭에 있으니 저들이 불을 쓴다면 도리어 자기 군사들만 태우게 될 것이오. 그러니 내가 무엇을 두려워하겠소? 시월 소춘小春(음력 10월)이라면 내 벌써 방비를 했을 것이오."

장수들은 모두 절을 올리며 탄복했다.

"승상의 높으신 식견에는 누구도 미치지 못하겠습니다."

조조가 장수들을 돌아보며 말했다.

"청주, 서주와 연燕, 대代 땅의 무리들은 배를 타는 데 익숙하지 못하오. 지금의 이 계책이 아니라면 어찌 이 험한 대강을 건널 수 있단 말이오?"

문득 반열 가운데 있던 두 장수가 용감하게 나섰다.

"소장들은 비록 유연幽燕 땅 출신이지만 배를 잘 탈 수 있습니다. 순시선巡視船 20척만 빌려 주시면 곧바로 강어귀까지 가서 깃발과 북을 빼앗아 북군도 배타는 데 능하다는 것을 보여 줄까 합니다."

조조가 보니 원소 수하에 있었던 초촉과 장남이었다.

"그대들은 모두 북방에서 나고 자라 배 타는 데 익숙지 않을 것일세. 강남 군사들은 물위를 왕래하는 데 잘 훈련되어 있으니 경솔하게 목숨을 걸고 장난할 일이 아닐세."

초촉과 장남은 목청을 돋우어 소리쳤다.

"만약 이기지 못한다면 군법을 달게 받겠소이다!"

조조가 말했다.

"전투선은 모두 쇠고리로 연결하고 남은 건 작은 배들뿐일세. 한 척에 20명밖에 못 탈 텐데 그걸 가지고 적과 싸우기는 어려울 것이야."

초촉이 장담했다.

"큰 배를 쓴다면 남다를 게 무엇이겠습니까? 작은 배 20여 척만 주십시오. 장남과 반씩 나누어 거느리고 당장 강남의 수채로 들이닥쳐 깃발을 뺏고 장수의 목을 베어 오겠습니다."

조조는 마침내 허락했다.

"내 너희들에게 배 20척에 장창과 강한 쇠뇌로 무장한 정예군 5백 명을 내주겠다. 내일 날이 밝는 대로 본부 영채의 큰 배를 강물에 띄워 멀리서 형세를 돕겠다. 또한 문빙에게도 순시선 30척을 거느리고 나가 귀환하는 자네들을 지원토록 하겠다."

초촉과 장남은 몹시 기뻐하며 물러갔다. 이튿날이었다. 4경에 밥

대굉해 그림

안매화 그림

을 지어먹고 5경에 갑옷 입고 무기를 챙겨 전투 채비를 마치니 어느 덧 수채 안에서 북소리 징소리가 요란하게 들렸다. 배들은 모두 영채에서 나와 수면 위에 늘어섰다. 장강 일대에는 푸른 깃발과 붉은 깃발이 서로 어우러졌다. 초촉과 장남은 순시선 20척을 거느리고 영채를 빠져 나오더니 강남을 향하여 나아갔다.

한편 남쪽 기슭에서는 간밤에 북소리 고함 소리가 진동하는 것을 듣고 멀리 바라보니 조조가 수군을 훈련시키고 있었다. 정찰병이 주유에게 보고했다. 주유가 산꼭대기에 올라가 살펴보려 했을 때는 조조의 군사는 이미 전투선을 거두어 돌아간 뒤였다. 이튿날 또 갑자기 북소리가 하늘을 뒤흔들었다. 군사가 급히 높은 데로 올라가서 바라보니 작은 배들이 물결을 헤치며 이쪽으로 오고 있었다. 군사가 나는 듯이 중군에 보고했다. 주유가 군막 안에 있는 장수들에게 물었다.

"누가 먼저 나가겠소?"

한당과 주태 두 사람이 일제히 나섰다.

"제가 잠시 선봉이 되어 적을 깨뜨리겠소이다."

주유는 기뻐하며 각 영채에 더욱 굳게 지키며 가볍게 움직이지 말라고 명령했다. 한당과 주태는 각기 순시선 5척씩을 이끌고 좌우로 나뉘어 출전했다.

한편 초촉과 장남은 용기만 믿고 나는 듯이 작은 배를 저어 다가왔다. 한당은 가슴을 보호하는 엄심갑掩心甲 하나만 걸친 채 손에 긴 창을 들고 뱃머리에 서 있었다. 초촉의 배가 먼저 다가오더니 곧바로 한당의 배를 향해 어지러이 화살을 쏘았다. 한당이 방패를 들어 화살을 막았다. 초촉은 장창을 틀어잡고 한당과 맞붙었지만 한당의 손이 번쩍 올라가더니 단창에 초촉을 찔러 죽였다. 장남이 큰소리로 고함을 치며 달려들었다. 이때 주태의 배가 옆으로 비스듬하게 다가왔다. 장남이 창을 꼬나들고 뱃머리에 서자 양측 군사들이 어지러이 화살을 쏘아 댔다. 주태는 한 팔에 방패를 끼고 한 손에 칼을 뽑아 들었다. 두 배의 간격이 7,8척 정도로 좁혀지자 주태는 훌쩍 몸을 날려 그대로 장남의 배로 건너뛰었다. 번쩍 들어 올린 칼이 아래로 떨어짐과 동시에 장남을 찍어 물속으로 처박아 버렸다. 주태가 배를 젓던 군사들을 닥치는 대로 쳐 죽이자 다른 배들은 나는 듯이 노를 저어 되돌아갔다. 한당과 주태가 배를 재촉하여 추격했다. 강 한복판에 이를 즈음 때마침 문빙의 배와 마주쳤다. 양편은 즉시 배들을 벌여 세우고 한바탕 싸움을 벌였다.

한편 주유는 장수들을 거느리고 산마루에 서 있었다. 멀리 강북의 수면을 바라보니 몽동과 전선들이 강 위에 늘어섰는데 깃발과 신호 띠들이 조금도 흐트러짐 없이 질서정연했다. 눈길을 돌려 보니 문빙이 한당, 주태와 대치하고 있었다. 그러나 한당, 주태가 힘을 다해 들이치자 문빙은 당해 내지 못하고 배를 돌려 달아났다. 한당과 주태가 급히 배를 재촉하여 추격했다. 주유는 두 사람이 적진으로 너무 깊이 들어가지나 않을까 걱정되어 즉시 흰 깃발을 휘두르고 징을 치게 했다. 그러자 두 사람이 노를 저어 돌아왔다. 주유는 산마루에서 강 건너 전선들이 모두 수채로 들어가는 걸 지켜보았다. 주유가 장수들을 돌아보며 물었다.

"강북의 전투선들이 갈대숲처럼 빽빽한데다 조조 또한 꾀가 많으니 무슨 계책을 써야 깨뜨릴 수 있겠소?"

모두가 미처 대답도 하기 전 조조군의 영채 중앙에 세워 놓은 깃대가 바람을 이기지 못해 부러지면서 누런 깃발이 강으로 떨어졌다.

주유가 크게 웃으며 소리쳤다.

"저것은 상서롭지 못한 징조로다!"

그 광경을 한창 보고 있는데 별안간 광풍이 몰아치면서 강에서 일

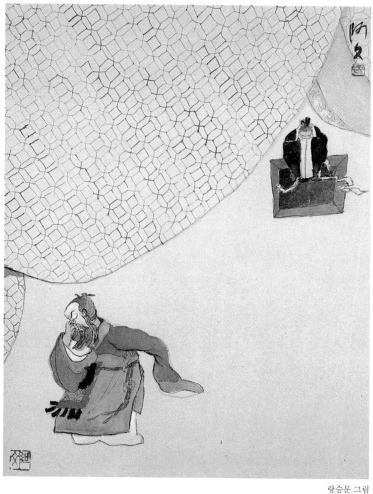

랑승문 그림

어난 파도가 언덕을 후려쳤다. 한바탕 바람이 지나가며 기폭을 말아 올려 주유의 뺨을 스쳤다. 주유는 불현듯 한 가지 생각이 떠올라 외 마디 고함을 지르며 뒤로 나자빠졌다. 동시에 입으로 붉은 피를 토해 냈다. 장수들이 급히 달려들어 일으켰을 때는 어느새 정신을 잃어 사 람도 알아보지 못했다. 이야말로 다음 대구와 같다.

갑자기 웃다 갑자기 또 소리 지르니 /
남군이 북군을 깨뜨리기는 어렵겠네.
一時忽笑又忽叫　難使南軍破北軍

주유의 목숨은 어떻게 될 것인가, 다음 회를 보라.

/감숙성 민현 동남.

풍右扶風 | 사례주에 속한 행정구역/섬서성 흥평興平 동남.

평右北平 | 동한/유주의 속군/하북성 풍윤현豊潤縣 일대.

저渚 | 우저산/안휘성 당도當塗 서북 장강변.

洈水 | 지금의 하남성 임현林縣 융려산隆慮山에서 발원하여 으로 흘러 위하韋河로 들어가는 물.

渭口 | 위수渭水가 황하로 흘러드는 곳/섬서성 서동관西潼 북쪽.

渭河 | 일명 위수渭水. 황하의 최대 지류.

구油工口 | 유강油工이 장강長工과 합류하는 곳/지금의 호북 공안公安 동북쪽.

包卿浦 | 지금의 호북성 석수石首 서북쪽.

柳城 | 서한 때 설치했다가 동한 때 폐지한 현/요령성 조양朝 남쪽.

濡須 | 장강과 회수淮水 사이의 강. 교통 요지며 군사 요충지.

陸口 | 육수陸水가 장강으로 흘러드는 곳/호북성 가어嘉魚 서 육계陸溪 입구.

淯水 | 영수穎水의 지류. 하남성 상수현商水縣에서 다른 물과 처 영수에 합류.

平橋 | 음평현 동남쪽 백수에 가설한 다리/감숙성 문현縣.

군平郡 | 지금의 감숙성 문현文縣 서북.

宜陽 | 동한/사례주 홍농군의 속현/하남성 의양宜陽 서쪽.

夷陵 | 형주 남군의 속현. 일명 이릉夷陵/호북성 의창宜昌 동.

益州 | 동한/지금의 사천성 일대.

臨沮 | 형주 남군의 속현/호북성 당양현當陽縣 서북.

臨菑 | 청주 제국齊國의 속현/산동성 치박시淄博市 동북.

臨淮 | 한의 군 이름/안휘성 우이현 북쪽.

秭歸 | 형주 남군의 속현/호북성에 속함.

子午谷 | 일명 자오도 子午道. 당시 관중에서 한중漢中에 이 는 통로.

夷陵 | 형주 무릉군의 속현/지금의 호북성 공안현公安縣 남쪽.

長城 | 지금의 섬서성 주지현周至縣 서남쪽의 요새지.

교長坂橋 | 지금의 호북성 당양 동북쪽 장판파에 있던 다리.

狄道城 | 위/옹주 농서군 적도현의 현성/감숙성 임조면臨조縣.

赤岸坡 | 적안赤岸/섬서성 유패현留珥縣 북쪽.

墊江 | 익주 파군의 속현/사천성 합천현合川縣.

山軍山 | 한중군 면양현沔陽縣 경계에 있는 산/섬서성 면勉縣 서남.

定陶 | 동한/연주 제음군濟陰郡의 속현/산서성 정도 서북.

洮水 | 청해성과 감숙성 경계인 서경산西傾山 동쪽 기슭에서 원하여 감숙성을 거쳐 영정永靖에 이르러 다른 물과 합쳐 에 합류.

洮陽 | 지금의 감숙성 임담臨潭에 있던 요새지.

鍾提 | 일명 종제鍾堤/지금의 감숙성 임조현臨洮縣 남쪽의 해치.

浚山 | 산동성 비현費縣에서 발원하여 임기臨沂에서 기하沂河 들어가는 준수浚水 부근의 산.

陳留 | 동한/연주 진류국의 속현/하남성 개봉 동남.

淮 | 예주/예에 속한 왕국/하남 회양淮陽.

陳倉 | 동한/사례주 우부풍군의 속현/섬서성 보계시寶鷄市 쪽.

秦川 | 지금의 섬서성·감숙성 사이 위수渭水 유역.

倉亭 | 창정진. 황하의 중요 나루터/산동성 양곡현陽谷縣.

蔡川 | 일명 사수沙水 또는 낭탕거狼湯渠/하남성 개봉開封 아 지역에서는 채하라 하며, 동남쪽으로 흘러 안휘성 회원懷遠 쪽에서 회수로 들어간다.

天水 | 위/동한의 한양군漢陽郡/감숙성 천수시 일대.

산天嵩山 | 한중군 면양현沔陽縣 북쪽. 정군산과 마주 보는 /섬서성 면현勉縣 북쪽.

산鐵龍山 | 지금의 감숙성 예현 남쪽.

青泥 | 지금의 호북성 양번襄樊 서북.

淸河 | 동한/기주에 속한 왕국/산동성 일대.

| 위/예주 초군의 속현

涿縣 | 동한/유주 탁군의 속현/하북성 탁주.

탑하潔河 | 청주 경내에 있는 황하의 지류.

탕거谷渠 | 익주 파서군의 속현/사천성 거현渠縣 동북.

탕석蕩石 | 지금의 사천성 거현 팔몽산八濛山에 있는 지명.

태곡太谷 | 동한/낙양 동남쪽의 관문.

파구巴丘 | 지금의 호남성 악양岳陽 남쪽에 있는 산. 제29회의 파 구현과는 다른 곳임.

파구巴丘 | 동한/양주 예장군의 속현/강서성 협강현峽江縣.

파군巴郡 | 익주의 속군/사천성 중경重慶.

파릉군巴陵郡 | 남조南朝 송대의 지명/호남성 악양 일대.

파산巴山 | 지금의 낙향 서쪽. 장강 남쪽.

파양호鄱陽湖 | 양주 여강군廬工郡과 예장군 경계에 있던 호수/강 서성 북부.

파중巴中 | 지금의 사천성 거현渠縣 일대.

파巴·촉蜀 | 고대의 파국과 촉국 지역/사천성.

패릉霸陵 | 동한/사례주 경조윤의 속현/섬서성 서안시 동북.

포중褒中 | 익주 한중군의 속현/섬서성 한중시 서북.

포판진蒲阪津 | 황하 나루터. 일명 포진/영제현 서포주의 황하 동 쪽.

풍익馮翊 | 사례주의 속군. 동한의 좌풍익. 위의 옹주에 속함/섬 서성 고릉.

하구夏口 | 한수가 장강과 합류하는 곳/호북성 무한武漢의 한구 漢口.

하남윤河南尹 | 동한/동도東都 낙양 부근 21개현의 통칭.

하내河內 | 동한/사례주의 속군/하남성 척현陟西 남쪽.

하동 양군楊郡 | 동한/하동군 양현/섬서성 홍동洪洞 동북.

하변下辯 | 량주 무도군武都郡의 속현/지금의 감숙성 성현成縣 서쪽.

한녕漢寧 | 동한의 한중군漢中郡. 장로가 점령한 후 개명.

한단邯鄲 | 동한/기주 조국趙國의 속현/하북성 한단 서남.

한성漢城 | 면양沔陽/섬서성 면현勉縣 동쪽.

한수성漢壽城 | 촉/익주 재동현梓潼縣에 속한 한수현. 동한의 가맹 현葭萌縣/사천성 광원시廣元市 서남.

한수漢水 | 장강의 지류. 일명 한강漢工.

한양漢陽 | 지금의 호북성 무한시 한양漢陽/한양은 오대五代 때 의 지명.

한진漢津 | 지금의 호북성 종상鍾祥 경계에 있었던 나루터.

한천漢川 | 한수/한천은 당대의 지명/호북성 한천漢川.

합비合肥 | 위/양주의 주도. 본래 양주 구강군의 속현/안휘성에 속함.

항성項城 | 위/예주 여남군에 속한 항현項縣/하남성 심구沈丘.

허도許都 | 동한/예주 영천군의 속현/하남성 허창許昌 동쪽.

현산峴山 | 양양 남쪽의 요새/호북성 양번 남쪽.

현산峴山 | 지금의 호북성 양양 남쪽에 있는 산.

협주峽州 | 북주北周에서 설치/호북성 의창宜昌.

형양榮陽 | 동한/사례주 하남윤의 속현/하남성 형양 동쪽.

형주荊州 | 형주부/형주는 명대明代의 지명/호북성 강릉江陵.

형초荊楚 | 형주. 관할 구역이 전국시대의 초楚나라 영역까지 미치 므로 생긴 이름.

호로곡葫蘆谷 | 오림과 화용 사이.

홍구鴻溝 | 하남성 형양 북쪽에서 황하 물을 끌어들여 동쪽의 중 모中牟와 개봉開封을 거쳐 회양淮陽 동남쪽에서 영수穎水로 들 어가는 운하.

홍농弘農 | 동한/사례주의 속군/하남성 영보靈寶 북쪽.

화비華費 | 동한/서한 때 화현華縣을 두었으나 동한 때 비費에 병 합함. 연주 태산군에 속한 후국/산동성 비현 북쪽.

화용華容 | 형주 남군의 속현/호북성 감리監利 동북쪽.

화음華陰 | 동한/사례주 홍농군의 속현/섬서.

환성睆城 | 양주 여강군에 속한 환현睆縣의 현성/안휘성 잠산현 潛山縣.

환원轘轅 | 동한/낙양 동남쪽의 관문.

황주黃州 | 수隋대의 지명/지금의 호북성 황강黃岡.

회남淮南 | 동한/양주에 속한 왕국.

회음淮陰 | 동한/서주 하비국下邳國의 속현/강소성 일대.

횡강橫江 | 지금의 안휘성 화현 동남쪽. 장강의 북쪽 기슭.

효정猇亭 | 오/형주 의도군宜都郡 이도현夷道縣에 속함/호북성 의 도宜都 북쪽.

三國

부록

● 정세도 ● 삼국지 지명 일람